테마명작관 5

서적 욕망

에디터
editor

옮 긴 이 (작품 수록순)

이나미 | 고리키문학대학을 졸업하고, 고려대학교 노어노문학과 박사과정을 수료하였다. 1988년 서울신문 신춘문예에 당선되면서 작품 활동을 시작하였으며, 《수상한 하루》에 수록된 단편소설 〈마디〉로 2008년 김준성 문학상을 수상하였다. 창작집으로 《얼음가시》, 《빙화》, 《수상한 하루》가 있으며, 옮긴 책으로 《악마》, 《바보 이반》, 《펭귄의 우울》 등이 있다.

정숙현 | 성균관대학교 불어불문학과를 졸업하고, 프랑스 파리7대학에서 〈프랑스 혁명사 연구〉로 석사학위를 받았다. 현재 전문 번역가로 활동하고 있다. 옮긴 책으로 《달력-영원한 시간의 파수꾼》, 《위대한 기사 윌리엄 마셜》, 《르네상스-라루스 서양미술사 2》, 《고전주의와 바로크-라루스 서양미술사 3》, 《미켈란젤로-인간의 열정으로 신을 빚다》 등이 있다.

유혜경 | 한국외국어대학교 통역번역대학원 스페인어과 석사 및 박사과정을 수료하였다. 현재 국제회의 통역사 및 전문 번역가로 활동하고 있다. 옮긴 책으로 《너만의 명작을 그려라》, 《광기》, 《차가운 피부》, 《보이니치 코드》, 《이야기 철학》 등이 있다.

서대원 | 이탈리아 로마 그레고리오대학 철학과를 졸업하였다. 로만가톨릭 필그림센터(ASPEC) 소장을 역임하고, 가톨릭 청소년문화원에서 청소년 국제 교류에 관한 업무를 담당하였다. 현재 전문 번역가로 활동하고 있으며, 옮긴 책으로 《그리고 사랑을 이야기 하자꾸나》, 《엄마가 깨워도 일어나지 않는 방법》, 《어머니 왜 나를 버렸나요》 와 여러 권의 종교 관련 서적이 있다.

Contents

톨스토이 Lev Nikolaevich Tolstoi 악마 · 5

바르베 도르비이 Barbey d'Aurevilly 범죄 안에 깃든 행복 · 99

미겔 데 세르반테스 사베드라 Miguel de Cervantes Saavedra 피는 물보다 진하다 · 191

알베르토 모라비아 Alberto Moravia 가죽 벨트 · 221

작품 해설 · 259

| 일러두기 |
• 외국어 고유 명사의 한글 표기는 개정된 외래어 표기법에 따랐으나 일부 예외를 두었습니다.
• 옮긴이의 주석은 본문 아래 각주로 처리하였습니다.

악마
Дьявол

Lev Nikolaevich Tolstoi

톨스토이 지음 | 이나미 옮김

톨스토이 Lev Nikolaevich Tolstoi | 제정 러시아의 작가·사상가(1828~1910). 귀족 출신이었으나 유한(有閑) 사회의 생활을 부정하였으며, 구도적 내면세계를 보여 주었다. 대학을 중퇴하고 고향으로 돌아와 농민들의 생활과 농사일을 개선하기 위해 노력했고, 초등학교를 세워 가난한 농민의 아이들을 가르쳤다. 1862년 결혼한 이후 〈전쟁과 평화〉, 〈안나 카레니나〉 같은 걸작을 썼고, 1880년 정신적인 전환의 기록인 〈고백〉을 쓴 이후에는 사회정치 평론, 종교 에세이, 어린이 교육을 위한 글쓰기에 전념했다. 1899년에는 당시 박해받던 두호보르 교도들을 돕기 위해 〈부활〉을 썼다.

✝

나는 너희에게 말한다. 여자를 보고 음욕을 품는 사람은 이미 마음으로 그 여자를 범하였다. 네 오른 눈이 너로 하여금 죄를 짓게 하거든 빼서 내버려라. 신체의 한 부분을 잃는 것이 온몸이 지옥에 던져지는 것보다 더 낫다. 또 네 오른손이 너로 하여금 죄를 짓게 하거든 찍어서 내버려라. 신체의 한 부분을 잃는 것이 온몸이 지옥에 던져지는 것보다 더 낫다.

마태복음 5장 28~30절

1

빛나는 성공이 예브게니 이르체네프를 기다리고 있었다. 그는 사회적 성공과 출세를 위한 모든 조건을 완벽하게 갖추고 있었던 것이다. 훌륭한 집안에서 나무랄 데 없는 가정교육을 받았고 페테르부르크 대학교 법학부를 우수한 성적으로 졸업했으며 최근에 작고한 아버지가 정부 최고위층과 돈독한 유대 관계를 맺고 있었던 까닭에 장관의 전폭적인 후원 아래 정부 내각의 한 부처에서 근무를 막 시작한 터였다. 더구나 집안의 재산도 상당했다. 비록 미심쩍은 부분이 없진 않았지만 조상 대대로 내려온 저택과 토지가 엄청났다. 예브게니의 아버지는 살아

생전에 주로 외국과 페테르부르크를 오가며 지냈는데 두 아들, 예브게니와 근위 기병대에 근무하는 장남 안드레이에게 매년 6000루블의 돈을 보내 주었다. 아버지 자신도 어머니와 함께 아쉬운 줄 모르고 돈을 쓰며 살았다.

아버지는 오직 여름에만 두 달 정도 영지에 머물면서 휴식을 취할 뿐 농장의 경영이나 관리에는 일절 관심이 없었다. 농장 관리는 전적으로 몰염치한 관리인에게 맡겼다. 관리인은 농장 경영과 관리를 허술하게 했는데도 아버지의 신임은 대단했다.

아버지가 세상을 떠난 후 막상 재산 분배를 하려고 나서자 의외로 빚이 너무 많다는 것을 알게 됐다. 변호사는 그럴 바엔 재산 상속을 포기하고 할머니가 물려준 영지만 지키는 것이 더 현명할 것 같다고 조언할 지경이었다. 할머니의 영지는 10만 루블 정도의 가치가 있는 것으로 감정되었다. 그러나 이웃 영지에 사는 지주가 아버지가 생전에 발행했다는 어음을 들고 페테르부르크로 예브게니를 찾아왔다. 지주는 막대한 빚에도 불구하고 아직 남은 재산을 지키고 현실을 타개하기 위한 좋은 방법을 가르쳐 주었다. 이를테면 숲과 별도의 황무지를 파는 한이 있더라도 더욱 값어치 있는 노다지, 즉 세묘노프스코예에 있는 4000에이커의 비옥한 검은 땅과 사탕수수 농장, 강이 흐르는 200에이커의 초원을 건지는 것이 현실적으로 더 바람직하다는 것이었다. 그러려면 형제 중 누구 한 사람이 고향에 돌아와 정착해서 살면서 지혜롭고 신중하게 농장을 경영하는 게 좋겠다고 말했다.

그 말을 들은 예브게니는 봄에 (아버지는 사순절에 세상을 떠났다.) 고향으로 돌아와 모든 상황을 낱낱이 파악한 후 정부 부처에 사표를 내고 어머니와 함께 영지에 정착해 살면서 농장 경영 일선에 나서서 남은 재산을 지키기로 결심했다. 형 안드레이와 상의한 끝에 재산 상속 부분에서 형이 자신의 몫을 양도하는 대신 매년 4000루블씩 보내거나 원한다면 일시불로 8만 루블을 주는 것에 합의했다.

이렇게 일 처리를 한 예브게니는 어머니와 함께 시골 영지의 저택으로 거처를 옮긴 후 열정적이고 신중하게 농장 경영에 나섰다.

보편적으로 사람들은 노년층이 매우 보수적이고, 반대로 젊은 사람들이 변화를 추구하는 혁신주의 경향이 강하다고 생각하게 마련이다. 그러나 이 견해는 결코 공정하거나 옳지 못하다. 통상적으로 가장 보수적인 사람들은 바로 젊은 계층이다. 젊은 사람들은 열심히 살기를 원하지만 어떻게 살아야 하는지에 대해 진지하게 생각할 시간을 가져 본 적이 없다. 그러므로 주변에서 늘 보아 왔던 삶의 방식을 자기 삶의 전형으로 삼을 수밖에 없는 것이다.

예브게니도 마찬가지였다. 고향 영지에 정착한 이후 그의 꿈과 이상은 지금 마을에서 한 세대를 건너뛰어 그의 할아버지 세대, 즉 조상 대대로 이어져 온 삶의 방식을 고스란히 재현해 내는 것이었다. 아버지는 그다지 영리하지도 않았거니와 실패한 농장주였다. 따라서 할아버지 세대의 정신을 변화하는 시대의 흐름에 걸맞게 저택과 정원 관리, 농장 경영에 적용하고 되살리면서 재현해 내려 부단히 노력했다. 이런 삶을 펼쳐 나가기 위해서는 모든 분야에서 폭넓게, 모두가 만족할 수 있는 질서와 정돈을 추구할 필요가 있었다. 그러기 위해서는 해결해야 할 일이 무척 많았다. 우선 채무자들과 은행들의 요구를 만족시키기 위해 얼마간의 토지를 매각해 돈을 마련해야 했고, 채무 조건을 수정하는 협상을 벌여야 했으며, 집안의 중요한 재산인 4000에이커의 비옥한 세묘노프스코예 땅을 경작하고 사탕수수 공장을 가동하기 위해 인부들을 고용해야 했는데, 그 일 역시 현실적으로 돈이 있어야 가능했다. 그 외에도 저택과 경작지가 퇴락하거나 황폐해지지 않도록 수시로 돌보고 관리하는 데도 돈이 필요했다.

예브게니의 손길을 필요로 하는 일이 산재해 있었지만 그는 육체적으로 또 정신적으로 매우 건강한 젊은이였다. 스물여섯 살의 나이로 중간 키에 체조로 단련된 멋진 근육을 가진 건강한 신체의 소유자였다. 환하고 발그레한 뺨과 희고 선명한 치아와 입술 그리고 숱이 많지는 않지만 부드럽고 굽슬굽슬한 머리칼을 가진 다혈질의 성격이었다. 오직 하나 그의 신체적 결함이라면 근시로 인해 일찍부터 안경을 쓰기 시작해 코안경 없이는 아무 일도 할 수 없을 뿐더러 이미 콧잔등에는 안경 자국이 나 있었다.

신체적인 특징은 그렇고 정신적인 면을 봤을 때 정신적으로도 가까이 지내면서 그가 어떤 사람인지 알면 알수록 점점 사랑하게 되는 사람이었다. 특히 그의 어머니는 항상 아들을 아끼고 사랑했는데, 남편이 죽은 후로는 자신의 삶 전체를 통틀어 아들에게 의지하고 아낌없이 사랑을 쏟아부었다. 그를 아끼고 사랑한 이는 비단 어머니 한 사람만이 아니었다. 김나지움[1] 시절과 대학 동창들 역시 그를 아낄 뿐만 아니라 존경해 마지않았다. 이렇게 그는 모든 이들에게 한결같은 영향을 미쳤다. 그가 하는 말을 믿지 않을 수 없었고 맑고 정직한 얼굴과 눈동자는 거짓이나 속임수로 가장할 수 없었다.

대체로 이런 그의 인품이 여러 가지 일을 해 나가는 데 많은 도움을 주었다. 다른 사람이었으면 거절했을 일도 예브게니라면 채권자들이 선뜻 믿어 주었다. 정부 관리나 촌장 그리고 다른 사람들에겐 속이고 사기를 치는 농부조차도 예브게니처럼 선량하고 상냥하고 솔직한 사람과 관계를 맺고 지내다 보면 유쾌하고 즐거운 인상 때문에 속일 생각조차 잊어버리곤 했다.

5월 말경이었다. 예브게니는 오랫동안 경작하지 않고 버려두었던 황무지를 상인에게 팔고 받은 돈으로 농기구들을 수리하고 말과 황소와 짐수레를 새로 장만했다. 이번 기회에 꼭 필요했던 농가를 새로 짓기 위해서였다. 일이 어느 정도 진척되었다. 목재가 실려 오고 목수들은 벌써 일을 시작했으며 필요한 거름도 80대 분이나 짐수레에 실려 왔는데 오히려 그때부터 모든 일이 극심한 위기에 처했다.

---

[1] 초등교육 수료 후 진학하는 중등 교육기관으로, 그리스어의 김나시온에서 유래함.

2

걱정과 염려 속에 일이 진행되면서 비록 중요하지는 않지만 이 무렵 개인적으로 예브게니를 괴롭히는 일이 있었다. 그는 다른 모든 젊고 신체 건강한 미혼 남성들처럼 젊음을 즐기며 살아가고 있었다. 이를테면 여러 부류의 여성들과 교제를 해 오고 있었던 것이다. 물론 그가 탕자는 아니지만, 자신의 표현을 빌리자면 도를 닦는 수도자도 아니었던 것이다. 육체적 건강과 정신적인 자유를 유지하기 위해 필요한 경우 이따금 여자에게 열중하거나 의존했다. 이런 버릇은 이미 열여섯 살 때부터 시작됐다. 이후로 모든 것이 순조로웠다. 방탕한 생활에 빠져들지도 않았거니와 여자에게 온 정신을 빼앗기지 않았고 매독 한 번 걸리지 않았던 점도 매우 흡족했다. 그는 페테르부르크에 살 당시 재봉사와 처음 관계를 맺었고, 이후에 그녀가 타락한 생활을 하자 관계를 정리하고 다른 여자를 찾았다. 이런 생활은 자연스럽게 비밀이 보장되어 그를 당혹스럽게 만들지 않았다.

그러나 시골 영지에 정착한 지 두 달째 접어들면서 예브게니는 육체적 갈망을 어떤 방법으로 풀어야 할지 알 수 없었다. 강요된 절제력은 점점 그에게 나쁜 영향을 끼치기 시작했다. 욕망을 풀기 위해 도회지로 나갈 것인가? 만일 나간다면 어디로 간다? 간다 해도 어떻게 여자를 구한단 말인가? 알게 모르게 예브게니 이바노비치를 혼란스럽게 만드는 골칫거리였다. 그러나 그런 문제는 젊은 남자라면 누구나 겪는 것이고 또 그 자신에게도 꼭 필요하며 해결돼야 할 본능이라는 걸 깨닫고 있었다. 욕망을 해결하는 방법을 찾기 전엔 결코 자유로워질 수 없다는 것을 알게 되면서 자신의 의지와는 달리 눈으로 젊은 여자들의 뒤꽁무니를 쫓게 되었다.

그는 자신의 영지에서 유부녀나 마을 처녀와 관계를 맺는 것은 좋지 않다는 데 생각이 미쳤다. 입에서 입으로 전해진 소문을 통해 그의 아버지나 할아버지가 동시대에 살던 다른 지주들과는 적어도 그런 면에서 확실히 다른 삶을 살았다는 것을 잘 알고 있었다. 두 분만큼은 결코 단 한 번도 자신의 영지에서 농부들의 아내와 부정한 관계를 맺지 않았기에 그 또한 그것만큼은 반드시 본받으리라 결심하고 있던 터였다. 그러나 시간이 갈수록 여자에 대한 강박관념이 깊어지는 것은 어쩔 수 없었다. 자신이 시골구석에서 여자와 관계를 가졌을 때 닥칠지도 모를 일들을 떠올리면 두려웠지만 한편 농노해방령[2]이 내려진 지가 언젠가……? 그는 마을에서 여자를 구하지 못할 것도 없다는 결론을 내렸다. 오직 한 가지 이런 행위는 자신의 건강을 지키기 위한 것이므로 방탕의 길로 빠져서도 안 되며 누구도 알아차리지 못하도록 해야 한다고 자신에게 다짐을 두었다. 어렵게나마 결정을 내리고 나자 이번에는 또 다른 걱정이 앞섰다. 마을 촌장이나 농부들, 목수들과 대화를 하다 보면 어느새 여자 얘기를 하고 있었고 자연스럽게 화제가 여자로 옮겨가면 그는 더욱

---

[2] 1861년에 제정 러시아의 황제 알렉산드르 2세가 내린 농노 해방에 관한 법령. 농민에 대한 실질적인 혜택은 별로 없었으나 자본주의의 발전을 촉진하는 계기가 되었다.

흥분했다. 그리고 더욱 더 노골적으로 여자들을 유심히 살펴보게 되었다.

3

그러나 결정을 내리는 것과 실행에 옮기는 것은 별개였다. 스스로 여자에게 다가가는 것은 불가능했다. 어떤 여자에게 접근한다? 그리고 어디서 만나지? 그렇다면 누군가를 통할 필요가 있는데 누구에게 부탁하면 좋단 말인가?

그러던 어느 날 숲 속을 지나가다가 갈증이 나서 산지기 집에 물을 마시러 들르게 되었다. 산지기는 예전에 아버지가 사냥을 갈 때 항상 데리고 다니던 사람이었다. 예브게니 이바노비치는 산지기와 더불어 이런저런 이야기를 나누었다. 산지기는 젊었을 때 사냥 다니던 이야기며 사냥감으로 잔치 벌이던 얘기들을 주섬주섬 풀어 놓았다. 순간 예브게니의 머릿속을 스치는 것이 있었다.

'바로 여기야. 이 집이나 인근 숲에서 그 문제를 해결하면 좋겠군. 그래!'

하지만 늙은 산지기 다니라가 그 일에 순순히 협조해 줄지 알 수 없었다.

'어쩌면 그는 내 제안에 펄쩍 뛸지도 몰라. 그럼 괜히 체면만 구기는 셈인데…… 하지만 또 모르지. 선뜻 동의할지도…….'

그런 생각을 하며 다니라의 이야기에 귀 기울였다. 그때 마침

다니라는 자신이 인가에서 멀리 떨어진 들판의 사냥터 근처에 있는 잡부의 아내 집에 들렀을 때, 프랴치니코프에게 여자를 데려다 준 이야기를 신이 나서 떠들고 있었다.

'듣다 보니 가능할 거 같은데?'

예브게니는 생각했다.

"천국에서 편히 쉬고 계신 주인님 선친께선 한 번도 그런 어리석고 우둔한 짓거리에 한눈을 파신 적이 없으셨답니다."

'틀렸군. 아예 말도 꺼내지 않는 게 좋겠어.'

한 발 물러섰지만 예브게니는 그래도 미련이 남아서 떠보느라 슬쩍 말을 꺼냈다.

"그런데 어쩌다가 자네는 그런 좋지 못한 일에 끼어들게 되었나?"

"그게 뭐가 나쁘다는 겁니까? 여자도 좋아했고 표트르 자하리치도 만족했는뎁쇼! 아암, 대만족이었지요! 덕분에 저도 1루블 챙겼는걸요. 하지만 그가 어떻게 됐는지 아십니까? 살아 있는 해골이나 마찬가지예요. 자, 차나 포도주를 드시지요!"

'그래, 한번 말해 보는 거야.'

생각을 바꾼 예브게니는 즉시 실행에 옮길 채비를 차렸다.

"그런데 다니라, 그거 아는가?"

막상 말문을 떼고 나니 얼굴이 벌겋게 달아오르는 것을 느꼈다.

"짐작할지 모르겠지만 다니라, 난 몹시 고통스럽네."

늙은 다니라가 슬그머니 미소를 지었다.

"어쨌거나 난 수도사가 아니잖아? 게다가 습관이 돼서 말이야."

말해 놓고 나니 한결 마음이 편안해졌다. 비록 어리석기 짝이 없었지만 홀가분하기까지 했다. 다니라가 수긍하는 표정을 지었기 때문이다.

"그런 일이라면 진작 말씀하시지 그랬어요? 그거야 얼마든지 가능합죠. 어떤 여자를 원하시는지 말씀만 하십시오."

"에이, 나야 뭐 어떤 여자든 상관없네. 하긴 이왕이면 밉상이 아니고 건강하면 좋겠지."

"알아들었습니다요."

나니라가 잠시 생각하는 눈치더니 반색을 했다.

"옳지, 아주 적당한 여자가 있습지요."

그러자 오히려 예브게니의 얼굴이 벌겋게 달아올랐다.

"아주 괜찮은 여자예요. 작년 가을에 시집을 갔는데 말입쇼."

다니라가 목소리를 낮춰 소곤거렸다.

"아직 그 남편은 여자 손도 못 잡아 봤을 겁니다. 그러니 주인님은 값을 치르고 원하는 것을 손에 넣으면 되는 거지요."

예브게니는 수치심 때문에 저절로 인상이 찌푸려졌다.

"아니, 안 되지. 유부녀는 진짜 필요 없네. 난 반대야. (뭘 반대한다는 말이지?) 반대라고. 내가 원하는 건 그저 건강하고 뭐랄까…… 번거롭지 않은 사람이라야 해. 가령 남편이 군인이라서 멀리 떨어져 있다든가…… 뭐 그런 경우 있잖나?"

"알겠습니다. 그렇다면 스체파니다를 주인님께 대령시키겠습니다. 그 여자 남편은 도회지에 나가 있으니까 군인이나 마찬가진 셈이죠. 여자는 아주 깔끔하고 그만입니다요. 주인님도 보시면 만족하실 겁니다. 여자한테는 제가 일러두겠습니다. 주인님이 그쪽으로 가시든가 아니면 여자더러……."

"아무래도 좋네. 그럼 언제가 좋을까?"

"원하신다면 당장 내일도 괜찮습니다요. 지금 제가 담배 좀 갖고 슬쩍 들러 보지요. 주인님은 내일 점심시간에 이리로 오시든가 채소밭 근처의 통나무 목욕탕으로 오세요. 아무도 없을 겁니다. 점심 먹고 나면 사람들은 다 낮잠을 자거든요."

"알았네."

집으로 돌아오면서 예브게니는 내내 야릇한 흥분에 휩싸였다.

"앞으로 어떤 일이 벌어질까? 어떻게 생긴 여자일까? 너무 못생겼으면 곤란한데. 아냐, 예쁠 거야. 근데 처음에 무슨 얘길 하지? 뭘 어떻게 한다?"

연신 혼자 중얼거리면서 그동안 눈여겨봐 두었던 마을 여자들을 한 명씩 떠올려 보았다.

하루 종일 그는 제정신이 아니었다. 다음 날 정오가 되자 약속대로 산지기의 집으로 갔다. 다닐라는 문 앞에 선 채 말없이 숲을 쳐다보며 의미심장하게 고개를 끄덕였다. 예브게니는 심장께로 뜨거운 피가 몰리는 것을 생생하게 느끼면서 채소밭 근처로 다가갔다. 아무도 없었다. 이번에는 목욕탕으로 쓰는 통나무 오두막으로 가 보았다. 역시 사람 그림자조차 보이지 않았다. 텅 빈 목욕탕을 들여다보고 돌아서는데 문득 어디선가 나뭇가지 부딪치는 소리가 들려왔다. 고개를 들고 바라보니 그녀가 작은 골짜기 건너 우거진 숲에 서 있었다. 예브게니는 골짜기 너머로 몸을 내던지다시피 달려갔다. 골짜기 여기저기에 쐐기풀이 많았다. 쐐기풀에 찔리고 코안경이 떨어졌지만 개의치 않고 반대편 기슭의 작은 언덕으로 단숨에 뛰어 올라갔다. 수놓인 흰 앞치마를 두르고 적갈색 윗도리에 주황색 머릿수건을 쓴 그녀는 맨발에 신선하고 강인한 아름다움을 지닌 채 부끄러운 듯 미소 짓고 서 있었다.

"저쪽에 작은 오솔길이 있어서 그리로 돌아왔어요. 한참 기다렸어요."

그는 여자에게로 다가가서 얼굴을 들여다보면서 슬쩍 몸을 만져 보았다.

15분 후 그들은 헤어졌고 예브게니는 관목 숲에 떨어져 있던 코안경을 찾아 쓰고는 다니라의 집에 들렀다. 만족했느냐는 그의 질문에 그렇다고 대답하고 1루블을 준 뒤 집으로 돌아왔다.

그는 물론 대만족이었다. 수치심도 처음에 잠깐, 나중에는 흔적도 없었다. 모든 것이 순조롭고 좋았다. 일도 잘 풀려나갔고 이제는 모든 것이 쉽고 안정되고 원기 왕성한 젊은이로 되돌아와 있었다. 그는 그녀를 제대로 쳐다보지 않았기 때문에 괜찮았다고 생각했다. 그가 기억하는 것은 그저 깔끔하고 싱그럽고 멍청하지 않고 평범하면서 화장기 없는 얼굴이었다는 정도였다.

"대체 그 여자는 누구의 아내일까? 다니라 말로는 페치니코프의 아내라고 했는데, 도대체 어떤 페치니코프지? 마을에 페치니코프 성을 가진 집이 두 집이나 되니 말이야. 어쩌면 미하일 노인의 며느리일지도 몰라. 맞아. 틀림없어! 그 집 아들이 모스크바에 나가 지낸다고 하지 않았던가. 언제 한번 다니라에게 물어봐야지."

그는 혼자 중얼거렸다.

무엇보다도 중요했던 육체적 욕망을 해결하고 나니 시골 생활의 불편함 —강요된 절제— 도 견딜 만해졌다. 예브게니의 생각은 속박에서 벗어나 더욱 자유로워졌고 더 이상 짜증날 일도 없어진 만큼 추진하고 있는 여러 가지 사업에 편안하게 몰두할 수 있었다.

그러나 예브게니가 추진하고 있는 사업은 그렇게 간단한 것이 아니라서 송종 이런저런 생각에 사로잡혔다. 어쩌면 농장 경영을 제대로 해낼 수 없을 뿐더러 종국에 가선 영지를 팔아야 할지도 모르는 상황에 처하게 되고, 그렇게 되면 지금까지 기울여 온 노력이 모두 수포로 돌아갈지도 모른다는 불안감이 그를 가장 괴롭혔다. 한 가지 문제가 생기면 미처 해결하기도 전에 새로운 두통거리가 생겨 정신을 차릴 수가 없었다.

이 무렵 엎친 데 덮친 격으로 생각지도 못했던 아버지의 부채가 여기저기서 새로 나타났다. 미루어 짐작컨대 아버지는 말년에 이 사람 저 사람에게서 돈을 빌려 쓴 듯했다. 지난 5월경 고향에 돌아와 정착할 때만 해도 그는 아버지의 부채에 대해 전부 파악하고 있다고 생각했다. 그러나 어느 한여름날, 미망인 에시포바 부인이 보낸 편지를 한 통 받았는데, 1만 2000루블의 빚이 있다는 뜻밖의 내용이었다. 약속어음이 아니라 그저 돈을 주고받았다는 영수증에 불과해서 변호사 말로는 다분히 논박의 여지가 있다고 했다. 그러나 예브게니는 서류상의 문제를 핑계로 아버지의 부채 상환을 모른 척 거절할 수는 없다고 생각했다. 우선 실제로 그런 빚이 있었는지 확실하게 알아볼 필요가 있었다.

"어머니, 에시포바 칼레리야 블라디미로브나 부인이 누군지 아세요?"

평소대로 어머니와 함께 점심 식사를 하면서 물었다.

"에시포바 부인? 알지. 예전에 네 할아버지께서 공부를 시키고 보살펴 주었던 부인이란다. 그런데 그건 왜 묻니?"

예브게니는 어머니에게 편지의 내용에 대해 언급했다.

"저런 세상에! 놀라운 일이구나. 그 여자는 어쩜 그렇게 양심이 없다니! 너희 아버지께서 그 여자에게 얼마나 많은 은혜를 베풀었는데."

"그럼 에시포바 부인 말대로 빚을 갚아야 할까요?"

"네게 뭐라고 말해야 좋을까? 하지만 분명히 말하건대 빚은 없단다. 너희 아버지께서 인정 많고 마음 약해서 한정 없이 남을 돕다 보니……."

"그렇군요. 하지만 당시에 아버지는 이걸 빌린다고 생각하고 받아 쓰셨던 것 같아요."

"내가 뭐라고 말할 순 없다만, 도무지 알다가도 모를 일이구나. 네 사정 어려운 거 빤히 아는데."

예브게니가 보기에 어머니 마리아 파블로브나 부인도 빚을

지게 된 자세한 내막은 모르는 것 같았다.

"제가 판단하기로는 아무래도 이 돈을 갚아야 할 기 같군요. 내일 제가 직접 에시포바 부인을 만나서 지불 기한을 연장해 달라고 부탁해 봐야겠어요."

"저런, 가여워서 어쩐다니! 가서 조금만 더 기다려 달라고 말해 보렴. 그래야 네가 한숨 돌릴 게 아니냐?"

아들의 자신만만한 결정을 들은 마리아 파블로브나 부인은 그제야 마음의 안정을 되찾은 듯 홀가분하게 말했다.

사실 에브게니는 함께 사는 어머니가 현재 자신이 처한 상황을 전혀 이해하지 못하는 것 때문에 특히 힘들어 했다. 고생이라곤 전혀 모르고 살아왔던 습관에 젖어 아들의 입장에 서서 생각하는 것은 고사하고 금방이라도 돈 문제가 생기면 아무것도 남지 않은 지금 그나마 남은 재산을 다 팔고 아들이 겨우 벌어들이는 2000루블의 돈으로 생활해야 할 처지를 염두에 두지 않았다. 더구나 이런 처지에서 벗어나려면 생활 규모를 줄이고 지출을 최대한 억제하는 수밖에 없다는 것조차 이해하지 못했다. 그런 까닭에 어째서 아들이 그렇게 소소한 돈에 신경을 쓰고 정원사들과 마부들, 하녀들에게 지출하는 월급과 심지어 식비까지 일일이 따지고 드는지 영문을 몰라 했다. 뿐만 아니라 대개의 미망인들이 고인이 된 남편에 대해 공경심을 품듯이 그녀 역시 마찬가지로 남편 생전에 갖고 있던 서운한 감정과 달리 관대해져서 남편이 저질렀던 잘못은 다 덮고 고인의 유지를 받들어야 한다는 생각에 변함이 없었다.

예브게니는 두 명의 정원사를 데리고 직접 정원과 온실을 가꾸고 두 명의 마부만 데리고 어떻게든 마구간 일을 꾸려 나갔다. 그러나 마리아 파블로브나는 늙은 요리사가 차린 식탁에서 아무 불평 없이 먹고 정원 오솔길이 말끔하게 쓸려 있지 않아도, 하인 대신 어린 소년을 심부름꾼으로 쓰는 것에도 불평 한 마디 하지 않는 것이 어머니로서 아들을 위해 최대한 희생하는 삶을 살기 때문이라고 믿었다. 사정이 이렇다 보니 자신의 계획에 커다란 차질과 타격을 줄지도 모르는 거액의 부채를 새로 떠맡게 되어 망연자실하고 있을 때도 마리아 파블로브나는 그저 예브게니의 고결하고 고상한 성품을 또 한 번 드러내 주는 가벼운 사건 정도로 여겼다. 사실 마리아 파블로브나가 어머니 입장에서 아들의 상황을 심각하게 받아들이지 않는 것도 다 까닭이 있었다. 자신의 아들 정도라면 모든 문제를 한꺼번에 해결해 줄 수 있는 돈 많고 가문 좋은 아가씨와 결혼하는 것은 시간문제라고 생각했기 때문이다. 물론 예브게니 정도의 청년이라면 장래가 보장된 호화로운 결혼을 할 수 있었다. 마리아 파블로브나는 마땅히 딸을 줄 만한 내로라하는 집안을 열 군데나 알고 있었다. 그녀는 하루빨리 혼인이 성사되길 내심 기대하고 있었다.

4

예브게니도 자신의 결혼에 대해 꿈꾸고 있었지만 어머니와 생각이 일치하는 것은 아니었다. 결혼을 자신의 사업상 어려움을 극복하는 수단으로 받아들이는 것 자체가 그에겐 도무지 맞지 않았다. 결혼이란 사랑을 전제로 순결하게 이루어져야 한다고 그는 굳게 믿고 있었다. 그래서 오가며 마주쳤던 아가씨들이나 평소 알고 지내던 여자들을 눈여겨보았지만 쉽게 결혼 결정을 내릴 수가 없었다. 그런 가운데 처음 예상했던 것과 달리 스체파니다와의 관계가 지속되었고 그것을 현실로 받아들이게 되었다.

사실 그는 방종이나 타락과 거리가 멀고 또 비밀스런 관계를 지속적으로 이어가는 것조차 꽤 어려웠으며 내심 좋지 않은 행위라는 가책을 느끼고 있었기에 처음 그녀를 만나 관계를 맺은 직후 마음의 안정을 찾지 못해 더 이상 스체파니다를 보지 않기를 바랐다. 하지만 얼마 안 가서 다시 불안해지기 시작했다. 이번에는 대상 없는 갈망이 아니었다. 그의 머릿속에는 반짝이는 검은 눈동자와 가슴 깊은 곳에서 울려나오는 듯한 목소리, 어디선가 풍겨 오던 신선하고 강한 향기와 걷어 올린 앞치마 위로 봉곳 솟아 있던 풍만한 젖가슴, 단풍나무와 호두나무가 우거진 밝고 환한 햇살이 가득했던 숲 속에서 벌어졌던 장면이 눈에 아른거렸다.

예브게니는 부끄러웠지만 다시 다니라를 찾아갔다. 만남은 지난번처럼 점심때 숲 속으로 정해졌다. 이번에는 예브게니도 그녀를 더욱 주의 깊게 바라보았고 그녀는 한층 더 매력적으로 비쳐졌다. 그는 여자와 몇 마디 대화를 나누면서 넌지시 그녀의 남편에 대해 물어봤다. 역시 예상했던 대로 그녀의 남편은 미하일 노인의 아들로, 모스크바에서 마부 생활을 하고 있었다.

"그런데 어째서 너는······?"

예브게니는 그녀가 왜 남편을 배신하고 바람을 피우는지 묻고 싶었다.

"뭐가 어째서예요?"

그녀가 되물었다. 필경 영리하고 눈치가 빠른 여자였다.

"왜 나를 만나러 숲에 오는지 궁금하단 말이지."

"어머나!"

그녀는 무엇이 즐거운지 배시시 웃으며 말했다.

"내 생각엔 남편도 분명히 모스크바에서 여자를 만나 바람피울 텐데, 난들 뭐가 문제예요?"

그녀는 거리낌 없고 당당한 태도를 취했다. 오히려 그런 모습이 예브게니에게는 사랑스럽게 보였다. 그러나 어찌 됐든 역시 이번에도 그녀에게 다음에 만날 약속은 하지 않았다. 그녀는 다니라에게 악의를 품고 있는지 그를 통하지 말고 직접 약속을 정하자고 제안했지만 예브게니는 동의하지 않았다. 그는 이번 만남이 마지막이 되기를 바랐던 것이다. 그녀는 마음에 들었고 이런 관계가 자신에겐 꼭 필요한 것이며 그다지 나쁠 것도 없다는 생각까지 했다. 그러나 마음속 깊은 곳에 자리 잡고 있는 강한 도덕심이 스체파니다와의 부도덕한 관계를 인정하지 않았고, 이번이 마지막이라고 자신을 타일렀다. 혹 그렇지 않았더라도 예브게니는 다음을 기약하는 약속은 미리 해두고 싶지 않았다.

여름이 지나는 동안 그는 그녀와 대략 열 번 정도 만났고, 항상 다니라를 통해 약속을 정했다. 한번은 그녀의 남편이 모스크바에서 잠깐 다니러 왔기 때문에 그녀가 약속 장소인 숲에 나타나지 않았고, 다니라는 다른 여자를 소개해 주려 했지만 예브게니는 딱 잘라 거절했다. 남편이 다시 도회지로 떠나자 두 사람의 만남은 예전처럼 이어졌다. 처음에는 다니라를 통했지만 나중에는 아예 예브게니가 직접 다음 만날 약속을 정했으며, 여자는 프라하로바라는 마을 여자와 함께 나타났다. 여자가 혼자 다니면 의심받을지도 모른다는 계산에서였다. 한번은 두 사람이 만나기로 약속한 시간에 마리아 파블로브나 부인에게 손님으로 한 가족이 방문했는데, 그중에는 예브게니의 신붓감 아가씨도 있었다. 그는 예의상 손님 접대를 하느라 빠져나올 틈이 없었다. 잠깐 기회를 틈타 빠져나온 그는 곡식 창고에 가는 척하면서 만남의 장소인 숲 속으로 달려갔지만 이미 그녀는 없었다. 대신 늘 만나곤 했던 숲 속 나무들의 가지가 손 닿는 곳마다 똑똑 부러져 있었다. 벚꽃나무, 호두나무, 심지어는 말뚝만한 단풍나무 어린 가지까지 죄 꺾여 있었다. 기다리다 지친 스체파니다가 치밀어 오른 화를 가라앉히지 못하자 예브게니에게 기억될 만한 것들을 남겨 놓고 간 것이었다. 그는 내내 서성거리다가 다니라에게 들러 그녀에게 내일 만나자고 전해 달라고 이른 후 돌아왔다. 다음 날 그녀는 여느 때처럼 나왔고 그들은 다시 만났다.

이렇게 여름이 지나갔다. 그들은 항상 숲 속의 같은 장소에서 만났고 딱 한 번, 이미 가을이 코앞에 닥쳤을 때 여자의 집 뒤뜰에 있는 창고에서 관계를 가졌다. 예브게니는 이런 관계가 자신의 삶에 어떤 중요한 의미를 갖는다고는 생각지 않았다. 그녀의 존재 역시 마찬가지였다. 만남의 대가로 돈을 주는 것 이상 아무것도 없었다. 그는 마을 사람들 대부분이 그들의 관계를 알고 있으며, 심지어 그녀를 부러워하고 식구들조차 그녀가 집에 가져오는 돈 때문에 그녀의 비행을 눈감아 주고 말리지 않고 있다는 사실을 몰랐을 뿐 아니라 상상조차 못했다. 돈의 위력과 가족들의 동의 아래 도덕심이 완전히 무너지고 있었다. 그러나 그녀는 만일 마을 사람들이 자신을 부러워한다면 그것만으로도 자신의 행동이 정당하다고 여기는 듯했다.

'그저 긴장을 위해 필요할 뿐이야. 가령 이게 좋지 않은 일이라 비록 아무도 입에 담지 않아도 벌써 많은 사람들이 알고 있을 거야. 그래. 스체파니다와 함께 왔던 마을 여자도 알고 있잖아. 하긴 설령 알아서 다른 사람들에게 퍼뜨리고 수군댄들 어쩔 것인가. 부끄럽고 창피하지만 어쩌겠어. 어쨌든 오래가지 않을 건데 뭐.'

예브게니는 생각했다.

하지만 중요한 것은 그녀의 남편에게 생각이 미치면 괴롭다는 점이다. 처음에는 무엇 때문인지 모르지만 그녀의 남편이 별 볼일 없게 여겨졌고, 아내에게 만족을 주지 못하는 남편이라고 치부함으로써 자신의 행동을 정당한 쪽으로 밀어붙였다. 그러나 우연한 기회에 그녀의 남편을 보고 나서 생각이 바뀌었다. 남편은 매우 젊고 세련된 옷차림으로 자신과 비교했을 때 뒤떨어지지 않을 뿐더러 어쩌면 그보다 나을 성싶었다. 그녀의 남편을 처음 보고 난 후 그녀를 만났을 때, 남편을 봤는데 잘생기고 세련됐더라고 전했다.

"마을을 통틀어 우리 남편만한 사람도 없어요."

그녀는 자랑스럽게 말했다. 그 대답이 예브게니를 놀라게 했다. 그 후로 그녀의 남편에 대한 생각이 그를 더욱 괴롭혔다. 한 번은 다니라 집에 들렀다가 이런저런 얘기를 하던 중에 다니라가 단도직입적으로 말했다.

"미하일 노인이 저한테 묻더군요. 자기 며느리하고 주인님하고 사귄다는 소문이 있는데 사실이냐굽쇼. 물론 난 모르는 일이라고 했습죠. 하지만 가난한 농부랑 사귀는 것보다야 귀족 주인님이 더 낫지 않냐고 했습니다. 말이야 바른 말이지, 안 그렇습니까?"

"그랬더니 뭐라던가?"

"별 말은 없었습니다. 기다려 보면 알게 될 거라고. 그 여편네를 그냥 두지 않겠다고 하던 걸요."

'남편이 모스크바에서 돌아오는 즉시 관계를 정리하면 돼.'

예브게니는 생각했다. 그러나 그녀의 남편은 여전히 모스크바에 살고 있었고 그들의 관계는 지속됐다.

'정리할 때가 되면 끊는 거야. 아무 미련도 남기지 말고.'

그는 생각했다.

그 마음은 의심할 여지가 없었다. 여러 가지 골치 아픈 일들을 해결하느라 여름 내내 바빴던 것이다. 새로 농가와 창고를 짓고, 수확하고, 빚 청산하고, 황무지를 팔아 치우느라 다른 데 신경 쓸 틈이 없었다. 이 모든 과제를 해치우느라 예브게니는 눈 돌릴 새가 없었던 것이다. 누우나 일어서나 오직 하나, 농장 경영에 관한 생각뿐이었다. 이 모두가 그의 현재 삶이었다. 스체파니다와의 관계 —그는 이것을 섹스라고 명명하지 않았다— 에도 관심을 두지 않았다. 사실 느닷없이 그녀 생각이 나면 온통 마음을 빼앗겨 다른 생각을 통 할 수 없을 정도였지만 그리 오래가지는 않았다. 일주일에 한 번, 가끔 한 달에 한 번 약속을 정해서 만나고 곧 그녀를 잊었다.

가을로 접어들면서 예브게니는 자주 현청 소재지에 드나들었고, 거기서 안넨스카야 집안사람들과 가까워지게 되었다. 그 집에는 대학 졸업반인 딸이 하나 있었다. 곧 마리아 파블로브나에게는 크나큰 슬픔이 닥쳤으니, 그녀의 표현을 빌리자면 예브게니가 리자 안넨스카야에게 반해 청혼을 하면서 자신을 헐값에 파는 일이 생긴 것이다.

그 이후로 스체파니다와의 관계는 정리되었다.

5

예브게니가 왜 리자 안넨스카야를 선택하게 되었는지는 굳이 설명할 필요가 없다. 그것은 왜 다른 여자가 아니고 이 여자를 선택했는지 결코 설명할 필요가 없다는 뜻이다. 이유야 긍정적인 측면이나 부정적인 측면 모두 있을 수 있다. 굳이 설명하

자면 리자는, 어머니가 바라던 대로 지참금이 많은 신붓감이 아
니라는 것과 어머니와 관계가 순탄치 않고, 어머니의 마음에 썩
들지 않는 신붓감이라는 점이 그에게 동정과 연민을 불러일으
켰다. 또한 많은 사람들이 공감할 정도로 뛰어난 미인은 아니
지만 그리 못생기지도 않았다는 점이다. 중요한 것은 그녀를 처
음 만났을 바로 그때가 예브게니가 결혼에 대해 신중하게 검토
하고 있던 시기라는 점이다. 결혼 생활이 무엇인지 알고 결혼에
대한 필요성을 절감했으므로 사랑에 빠지게 된 셈이다.

　리자 안넨스카야는 처음에는 그냥 예브게니의 마음에 든 정
도였지만 아내로 맞아들일 결심을 하자 그녀에 대한 사랑의 감
정이 훨씬 더 깊어지는 것을 느꼈으며, 비로소 자신이 사랑에
빠졌다는 것을 인정했다. 리자는 키가 크고 몸매가 가늘고 호
리호리하면서 늘씬했다. 그녀의 외모는 대체로 모든 것이 긴 편
이었다. 얼굴과 코도 길었는데, 특히 코는 앞으로 뻗지 않고 얼
굴에 세로로 길게 뻗어 있었으며, 손가락은 물론이고 발도 길
었다. 얼굴과 피부색은 매우 부드럽고 밝았으며 엷은 분홍색으
로 빛나고, 부드러운 뺨과 긴 머리칼은 옅은 밤색으로 부드러우
면서 곱슬곱슬했다. 게다가 그녀의 아름답게 빛나는 온화한 눈
동자는 신뢰감을 주었다. 바로 그 눈이 예브게니를 사로잡았다.
리자를 떠올릴 때면 맑고 따뜻하게 빛나면서 신뢰감을 주는 눈
동자가 눈에 선했다. 리자의 내면이나 정신적인 깊이에 대해선
아는 것이 전혀 없다 보니 오직 그녀의 두 눈을 통해 볼 뿐이었
다. 그녀의 눈동자는 마치 그가 알고 싶어 하는 모든 것을 대신

말하는 것처럼 여겨졌다. 눈매를 통해 짐작할 수 있는 생각은 이러했다.

아직 대학생이었던 열다섯 살 때였던가? 리자는 자신을 매혹시키는 모든 남성들과 끊임없이 사랑에 빠졌고, 사랑에 빠졌을 때만 오로지 행복을 느꼈다. 대학 졸업반 시절, 그녀는 마주치는 젊고 매력적인 많은 남자들에게 사랑을 느꼈는데, 예브게니를 만나면서 오직 그만을 마음에 두고 사랑을 키워 갔다. 바로 그녀의 이런 사랑이 눈동자에 특별한 표정으로 담겨 예브게니의 마음을 사로잡았던 것이다.

그해 겨울, 한번은 거의 비슷한 시기에 다른 두 명의 젊은 남자들과 사랑에 빠져서 그들이 집에 방문할 때뿐만 아니라 그들의 이름만 들어도 흥분해서 볼이 발그레하게 상기되곤 할 정도였다. 그러나 얼마 지나지 않아 어머니가 그녀에게 이르체네프 씨가 진지하게 관심을 보이는 것 같다는 말을 하자 다른 두 사람에게는 무관심해지면서 오로지 이르체네프에 대한 감정에 몰두하기 시작했다. 이윽고 예브게니 이르체네프가 무도회나 파티 장에서 다른 아가씨들보다 자신과 더 자주 춤을 추자 그에 대한 사랑이 불타오르면서 병적인 관심과 집착을 보이게 되었다. 그녀는 꿈속에서도 그를 만났고, 어두운 방에 홀로 앉아 있을 때도 그를 그리워하게 되었다. 이제 다른 사람들은 모두 그녀의 관심 밖으로 밀려났다. 마침내 예브게니가 청혼하자 그에게 승낙의 키스를 하고 서로 결혼 약속을 한 뒤로는 그와 함께 있고 그를 사랑하고 그의 사랑을 받는 것 말고는 더 이상 다른 잡념이나 소원이 없을 지경에까지 이르렀다. 그녀는 예브게니를 자랑스럽게 여겼으며 서로에 대한 지극한 사랑과 그에 대한 자신의 깊은 사랑에 도취되어 모든 것이 황홀하다 못해 어리둥절할 정도였다. 그는 그녀를 알면 알수록 더욱 깊이 사랑하게 되었다. 그는 한 번도 이런 사랑을 기대해 본 적이 없었던 까닭에 사랑의 감정은 자신의 느낌을 더욱 증폭시켰다.

6

봄을 앞두고 그는 세묘노프스코예에 있는 비옥한 땅을 둘러보고 농장 경영에 필요한 지시를 내리기 위해 자주 들렀는데, 특히 신혼살림을 차릴 집의 치장을 살펴보는 것도 주된 이유였다.

마리아 파블로브나 부인은 아들의 선택을 못마땅해했다. 이유는 오로지 며느릿감의 집안이 화려한 상류층이 아닐 뿐더러 장차 아들의 장모가 될 바르바라 알렉세예브나 부인 역시 그녀의 마음에 들지 않았기 때문이다. 리자의 됨됨이가 착한지 못됐는지는 관심이 없고 알려고 들지도 않았다. 오직 그녀가 상당한 가문의 규수가 아니라는 점 그리고 처음 인사를 왔을 때 리자가 평소 그녀의 표현에 의하면, 상류층 귀족 아가씨처럼 보이지 않았다는 점이 반대 이유였다. 마리아 파블로브나 부인은 혼자 끙끙 앓았다. 그녀는 예절을 중요시하는데 이미 익숙해 있었고, 아들 역시 이 부분에 매우 민감하다는 것을 알고 있었기 때문에 장차 아들이 겪을 고뇌가 안타까웠다. 그러다 마침내 아가씨가 그녀의 마음에 들게 되었다. 아들이 마음에 들어 하니 어쩔 수 없었다. 이제부터는 리자를 좋아하고 아껴 줄 필요가 있었다. 마리아 파블로브나 부인은 겸허하게 며느리를 맞이할 마음의 준비를 했다.

예브게니는 드디어 어머니도 리자를 좋아하고 만족해한다고 생각했다. 그러나 마리아 파블로브나는 아들이 젊은 아내를 맞아들이는 즉시 떠날 채비를 하며 집안일을 하나씩 정리하기 시작했다. 아들은 어머니께 제발 남아 줄 것을 간청하였다. 어쨌거나 이 문제는 해결되지 않은 채 남아 있었다. 저녁때 평소처럼 차를 마시고 난 후 어머니는 혼자 카드놀이를 하고, 아들은 곁에 앉아서 훈수를 두고 있었다. 이 시간이야말로 그들 모자가 정담을 나누는 시간이었다. 게임이 끝나고 다시 새로운 게임을 시작하기 전에 마리아 파블로브나 부인은 아들을 물끄러미 바라보며 잠깐 머뭇거리더니 말문을 열었다.

"제냐[3], 네게 하고 싶은 말이 있는데 말이다. 나야 잘 모르지만 일반적으로 몇 마디 충고하자면 결혼을 앞두고 총각 시절에 있었던 일들은 분명하게 매듭을 지어 두는 것이 좋을 게야. 그렇게 해야 너는 물론 은혜를 베푸시는 주님과 네 아내에게도 아무 걱정이 없지 싶다. 내 말 무슨 뜻인지 알겠지?"

그제야 예브게니는 마리아 파블로브나가 스체파니다와의 관계를 염두에 두고 하는 말임을 깨달았다. 이미 지난 가을에 끝난 관계지만 혼자 사는 어머니로서는 충분히 걱정할 수 있는 문

---

3) 예브게니의 애칭.

제라고 생각했다. 그러나 어머니가 그들의 관계에 대해 지나치게 의미를 확대해석하고 있다는 느낌이 들었다. 그는 자신도 모르게 얼굴이 벌겋게 달아올랐다. 수치심보다는 착하기만 한 어머니가 정확히 모르면서 공연히 안달을 부린다는 생각이 들었기 때문이다. 사실 아들에 대한 사랑 때문이지만 —어쨌거나 어머니가 이해할 필요도 없을 뿐 아니라 이해하려 해도 이해가 안 가는 부분이기도 했다. 그는 자신에게는 감출 것도 없고 결혼에 방해될 만한 어떤 것도 남아 있지 않으니 걱정하지 말라고 안심을 시켰다.

"그것 참 잘됐구나. 제냐, 내가 모욕감을 느끼지 않게 해 다오."

마리아 파블로브나는 한시름 놓았다는 듯 말했다.

그러나 예브게니는 어머니가 뭔가 하고 싶은 말이 있긴 한데 아직 꺼내지 못하고 있다는 것을 알아차렸다. 그리고 얼마 기다리지 않아 어머니는 아들이 외출하고 없는 동안 페치니코프 집에서 대모가 되어 달라는 부탁을 해 왔다는 말을 꺼냈다.

그제야 예브게니의 얼굴이 붉어졌다. 유감의 뜻도 아니고 수치심 때문도 물론 아니었다. 다만 어머니의 말에 담긴 중요성을 깨달으면서 뭔가 설명할 수 없는 이상한 기분에 사로잡혔는데, 그것은 평소 자신의 판단이나 의견에 위배되는 것으로 본능적인 의혹에 가까웠다. 이를테면 올 것이 왔다는 느낌이었다. 마리아 파블로브나는 대화 가운데 별 뜻 없이 한 말인 양, 올해 태어난 아이들이 모두 사내아이라는 말을 비쳤다. 그것은 다시 말하면 곧 전쟁이 일어날 조짐이라는 뜻이었다. 바신 씨네와 페치니코프 씨네 며느리가 첫 애를 낳았는데 그 애들도 다 사내 녀석이었다. 마리아 파블로브나는 별 의미 없이 사소한 일인 것처럼 말했는데, 아들의 얼굴이 벌게지면서 코안경을 올려 쓰고 담뱃불을 붙이는 등 예민한 반응을 보이자 수치심을 느꼈다. 그녀는 입을 다물었다. 그 역시 굳게 입을 다물었고 이 침묵을 깨기 위해 어떻게 하면 좋을지 알지 못했다. 피차 서로의 심중을 이해하고 알아차렸기 때문이다.

"중요한 것은 우리 마을에도 정의와 정직이 필요하다는 게야. 네 할아버지 생전에 따로 사랑하는 사람을 두지 않았던 것처럼 말이다."

"어머니!"

문득 예브게니가 나서며 말했다.

"지금 어머니께서 무슨 말씀을 하고 싶은지 알겠어요. 조금도 걱정하지 마세요. 제게 있어서 장차 가정생활이 얼마나 귀중한지 알기 때문에 어떤 경우에도 질서를 문란케 하지 않을 겁니다. 총각 시절에 있었던 일은 전부 깨끗이 끝났습니다. 그리고 이제 결코 어떤 관계도 갖지 않을 것이고, 누구도 제게 어떤 감정을 갖고 있지 않을 겁니다."

"그렇다니 기쁘구나. 나도 물론 너의 고결한 품성을 익히 알고 있단다."

어머니의 말을 당연하게 받아들인 예브게니는 잠자코 있었다. 다음 날 아침, 그는 스체파니다를 제외한 세상의 모든 것들과 약혼녀에 대해 생각하면서 읍내에 나갔다. 그리고 마치 일부러 자신의 다짐을 마음에 새겨 두기라도 할 듯 교회로 향했다. 거리에는 오가는 사람들이 많았다. 그는 길에서 마트베이 노인과 세묜을 만났고 어린 아들과 소녀들을 보았으며 두 명의 아낙네도 보았다. 한 여자는 나이가 좀 들어 보였고 다른 여자는 화려한 차림에 주황색 머릿수건을 쓴, 어딘가 낯익은 모습이었다. 여자는 팔에 아기를 안은 채 가볍고 활기찬 걸음걸이로 걸어왔다. 예브게니가 그들에게로 다가가자 나이 든 여자는 멈춰 서서 전통 예절대로 허리를 깊이 숙여 인사했지만 아기를 안은 젊은 여자는 그저 고개만 약간 숙일 뿐이었다. 머릿수건 아래로 눈에 익은 눈동자가 반짝반짝 웃고 있는 듯했다.

'그래, 그 여자야. 하지만 모두 끝났잖아. 더 이상 쳐다볼 필요도 없어. 그런데 아기는…… 어쩌면 내 아이일지도 몰라. 아니 이게 무슨 엉터리 같은 생각이람! 그녀에겐 남편이 있잖아.'

의혹이 섬광처럼 머리를 스쳤다. 하지만 그는 더 이상 그 문제를 생각하지 않기로 했다. 오직 혈기왕성한 젊은 나이에 건강을 위해서 여자가 필요했고 대가로 돈을 치렀을 뿐, 그 이상은 아니었다. 그들 사이에 어떤 다른 관계는 있을 수 없었고, 있을 건더기도 없었다. 그는 양심의 소리를 묵살할 필요도 없고 사실 따지고 보면 양심에 거리낄 아무것도 없었다. 지난번에 어머니와 대화를 나누고 난 이후로 단 한 번도 그녀를 기억하거나 떠올린 적이 없었는데 마주친 것이었다. 그리고 우연한 만남 이후로도 다시 마주친 적은 없었다.

부활제 직후 첫 봄 축제 기간에 현청 소재지에서 결혼식을 올린 예브게니는 젊은 아내와 함께 곧장 영지로 떠났다. 젊은 신혼부부를 위해 특별히 새로 지은 신혼집은 이미 말끔히 단장이 끝난 상태였다. 마리아 파블로브나 부인은 아들의 결혼식을 본 후 떠나기를 희망했지만 예브게니가 간곡히 붙잡고 만류했다. 특히 새 며느리 리자가 자신들과 함께 살기를 희망했다. 결국 부인은 작고 아담한 별채로 옮겼다.

드디어 예브게니의 새로운 삶이 시작된 것이다.

7

신혼 첫해는 예브게니에게는 매우 힘든 한 해였다. 혼담이 오가는 동안 미뤄 두었던 일들이 결혼식을 치르고 나자 한꺼번에 쏟아졌기 때문이다.

부채를 해결하는 것은 사실상 불가능했다. 별장을 팔아 급한 빚부터 갚으면서 발등의 불은 껐지만 아직도 남은 빚은 태산이고 돈 될 만한 것은 남아 있지 않았다. 영지에서 나오는 소작물의 수입은 그런 대로 괜찮았지만 매월 정기적으로 형에게 돈을 보내야 하고 이미 결혼식 비용으로 적잖은 돈을 썼기 때문에 손에 쥔 현금이 없었다. 사탕수수 공장은 가동하지 못해 기계들을 세워 둘 수밖에 없었다. 난관을 극복하는 방법은 이제 아내의 돈을 쓰는 길 뿐이었다. 리자는 남편의 어려운 상황을 알고 자기 쪽에서 먼저 제안했다. 예브게니는 영지의 절반을 아내의 명의로 변경한다는 조건으로 제안을 받아들였다. 그리고 실제로 그렇게 했다. 아내를 위해서가 아니라 다분히 모욕감을 주는 장모에 대한 조치였다.

이런 일들은 성공이든 실패든 여러 가지 변화를 동반하면서 신혼 첫해 내내 예브게니의 삶을 어렵고 고통스럽게 했다. 한편 아내의 건강이 갑자기 나빠진 것도 예브게니를 곤혹스럽게 했다. 결혼식을 올린 지 7개월이 지난 가을 무렵, 리자에게 불행한 일이 일어났다. 읍내에서 일 보고 돌아오는 남편을 마중하기 위해 이륜마차를 타고 나왔다가 온순하던 말이 느닷없이 날뛰는 바람에 놀라 마차에서 떨어진 것이다. 그나마 마차에서 떨어지기만 한 것이 불행 중 다행이었다. 하마터면 마차 바퀴에 깔릴 뻔했기 때문이다. 그러나 임신 중이던 리자는 한밤중부터 증세가 악화되더니 기어이 유산하고 말았다. 유산 후에도 그녀는 오랫동안 후유증에 시달리면서 회복하지 못했다. 뜻하지 않게 어린아이를 잃고 아내의 병세가 깊어지면서 갑자기 삶이 혼란스러워진데다 설상가상으로 리자가 아프면서 곧바로 달려온 장모의 존재가 한데 뒤엉켜 예브게니를 더욱 어렵고 고통스럽게 만들었다.

그러나 이토록 힘든 상황에도 불구하고, 그해가 끝나 갈 무렵 예브게니는 자신의 상태가 한결 나아진 것을 느꼈다. 첫 번째 이유는 쇠퇴했던 집안의 경제 형편을 복구하고 비록 힘들고 더디기는 했지만 새로운 방식으로 할아버지 시절의 영화를 재건하겠다는 결심이 꾸준한 노력 덕분에 점차 완수 단계에 와 있다는 자긍심 때문이었다. 이제는 부채를 청산하기 위해 영지를 팔지 않아도 되었다. 물론 영지의 명의가 비록 아내의 이름으로 바뀌었지만 어쨌거나 재산을 지켜 냈으며, 만일 사탕수수가 풍년이 들어 값이 오르기라도 하면 이듬해는 궁핍과 긴축 상태에서 벗어나 완전히 만족할 만한 수준으로 상황이 뒤바뀔 터였다. 이런 계획과 희망이 그로 하여금 어려움을 딛고 일어서는 첫 번째 원동력이 돼 주었다.

두 번째 이유는 아내에게 많은 것을 기대하면서도 실상 그녀에게서 원하는 것을 찾을 것이라 여기지 않았는데 기대 이상의 것을 발견한 것이었다. 얻을 수 있으리라 기대한 것을 훨씬 뛰어넘었다. 감동, 사랑의 환희가 바로 그것이었다. 그것은 비록 스스로 사랑의 환희를 추구하느라 노력했지만 이룰 수 없었거나 혹은 매우 불충분했던 것들이다.

어쨌든 현실은 완전히 다른 결과를 낳아 하루하루가 즐겁고 유쾌할 뿐만 아니라 삶 자체가 경쾌해졌다. 어떻게 이런 일이 일어났는지 잘 모르겠지만 어쨌거나 현실은 그랬다. 그것은 리자가 예브게니와 결혼을 결심한 직후, 세상 모든 사람들 중에서 예브게니 이르체네프가 가장 똑똑하고 순진무구하고 고상하기 때문에 사람들이 기꺼이 그를 위해 봉사하고 기쁜 마음으로 일할 의무가 있다고 생각한 데서 비롯되었다. 그러나 많은 사람들에게 강요할 수는 없어 리자 자신만이라도 최선을 다하리라 생각했고 그렇게 했다. 그래서 리자는 언제나 남편이 좋아하고 즐거워할 일이 무엇인지 알아내기 위해 노력하고 살폈으며 아무리 어려운 일일지라도 남편이 원하는 대로 행동했다.

그녀는 사랑하는 사람과의 관계에서 독특한 매력을 갖고 있었으며, 남편에 대한 숭고한 사랑으로 그의 영혼을 꿰뚫어 보는 통찰력까지 있었다. 아내는 남편의 기분을 속속들이 잘 감지했기 때문에 —그는 종종 자신보다 아내가 더 자신을 잘 파악하고 있다고 여겼다— 남편 머릿속의 모든 상태와 그늘진 감정까지도 알아차리고 남편의 감정이 모욕당했다는 느낌이 들지 않도록 적절하게 행동했다. 그리고 항상 힘든 감정을 억누르고 기쁨을 배가시키도록 노력했다. 그녀는 남편의 기분뿐만 아니라 생각까지도 이해했다. 리자는 자신에게 정말 낯설기만 했던 농장 경영이나 사탕수수 공장 일, 사람들에 대한 평가 등등을 재빨리 이해하고 알아차려 예브게니의 말 상대가 되어 줄 뿐만 아니라 예브게니의 표현에 의하면 시시때때로 매우 유익하고 한결같은 조언자가 되었다. 리자는 일과 사람, 세상 돌아가는 이치를 오직 남편의 시각을 통해 받아들였다. 그녀는 물론 자신의 어머니를 사랑했지만 남편이 자신들의 삶에 장모가 일일이 간섭하고 참견하는 것을 못마땅하게 여기자 즉시 남편의 입장에 서서 단호한 태도를 취했다. 남편이 장모를 자신의 생각대로 길들이도록 돕는 의미에서 그리 처신했다.

그 모든 것을 바탕으로 리자 자신의 미적 취미는 사라졌지만 중요한 것은 그녀의 정숙함이었다. 그녀는 모든 일을 남들이 알아차리지 못하는 사이에 해치워서 사람들은 오직 결과만을 보고 판단할 수 있었다. 즉, 언제나 모든 일을 깨끗하고 질서정연

하면서도 우아하게 처리했다는 뜻이다. 리자는 남편의 이상적인 삶을 구성하는 것이 무엇인지 곧바로 깨닫고 그런 삶을 달성할 수 있도록 돕는 데 노력했으며 스스로는 남편이 바라는 대로 가정의 질서를 유지하는 데 힘썼다. 그때까지 그들 부부 사이에는 아이가 없었지만 희망을 잃지 않았다. 겨울에 부부는 페테르부르크까지 가서 산부인과 전문의에게 진찰을 받았는데 의사는 리자가 매우 건강하므로 곧 아기를 가질 수 있다고 말해 주었다.

그리고 희망은 곧 현실로 드러났다. 그해 말에 실제로 리자가 다시 임신을 한 것이다. 단 한 가지, 그다지 심각하진 않지만 그들 가정의 행복을 위협하는 것이 있다면 리자의 질투심이었다. ―그녀 자신도 억누르고 겉으로 표현하지 않았지만 질투심 때문에 자주 괴로워했다. 예브게니가 다른 여자를 사랑한다는 것은 있을 수 없었고, 세상 여자들 중에서 그에게 어울릴 만한 가치 있는 여자 또한 없었다. (그녀는 자신이 남편에게 어울리는가 아닌가 하는 문제에 대해 결코 의문을 가져 본 적이 없었다.) 그러므로 단 한 명의 여자일지라도 감히 남편을 사랑할 수 없다고 생각했다.

8

그들은 이렇게 살았다. 예브게니는 여느 때처럼 아침 일찍 일어나 농장을 둘러보고 공장을 순시한 다음 손볼 일이 산더미처럼 쌓여 있는 일터로 가거나 이따금 들판에 나갔다. 그리고 오전 10시경이면 커피를 마시기 위해 집으로 돌아왔다. 테라스에 앉아 어머니 마리아 파블로브나 부인과 그들과 같이 사는 삼촌 그리고 리자와 함께 커피를 마셨다. 커피를 마시는 동안 종종 열띤 토론이 벌어지기도 했고 대화가 끝나면 그들은 점심시간까지 각자 제 볼일을 보기 위해 흩어지곤 했다. 그들은 오후 2시에 점심 식사를 했다. 그리고 식사 후에는 산책을 하거나 마차를 타고 볼일을 보러 나갔다. 저녁때, 그가 일을 마치고 늦게 돌아오면 차를 마셨고, 간혹 예브게니는 소리 내어 책을 읽고 리자는 집안일을 했다. 그도 아니면 부부가 함께 음악을 듣거나 어쩌다 손님이 방문하면 담소를 나누었다.

업무차 집을 멀리 떠나면 예브게니는 꼬박꼬박 리자에게 사랑의 편지를 썼고 그 역시 매일 아내에게서 온 편지를 받았다. 간혹 그녀가 남편을 따라 여행길에 나서면 그들은 각별히 즐거운 시간을 만끽했다.

예브게니의 명명 축일[4]이나 리자가 자신의 손님들을 초대하고 나서 조금도 당황하거나 소홀함 없이 모든 일을 알아서 척척 해내는 것을 보는 게 남편에겐 큰 즐거움이었다. 손님들이 사랑스러운 젊은 마님이라고 칭송하는 소리를 들으면서 아내를 사랑하는 마음은 더욱 깊어졌다. 모든 것이 순탄하고 기분 좋게 흘러갔다.

아내는 임신한 동안 가볍게 지내면서 한편으로는 아이를 어

---

4) 자기의 세례명과 같은 이름의 성자를 기리는 날. 가족과 친구들을 초대해 식사를 함께 하며 이름을 축하하는 파티를 연다. 러시아에서는 생일 못지않게 명명일을 중요시한다.

떻게 교육시킬 것인가에 대해 부부가 계획을 세웠다. 아이의 교육과 방법에 대해 예브게니가 결정을 내렸고, 리자는 모든 것이 남편의 의지대로 실행에 옮겨지기를 바랐다. 예브게니는 의학과 관련된 서적들을 읽으면서 내심 아이를 과학적 원칙에 따라 키우겠다고 생각했다. 리자는 전적으로 남편의 의견에 동의하면서 자신은 신생아용 포대기를 따뜻한 것과 시원한 것을 종류대로 만들어 준비해 두었고 요람도 마련해 두었다. 이렇게 신혼 이듬해, 결혼 생활에 있어서 두 번째 봄이 찾아왔다.

9

성령강림절 첫날인 일요일을 앞둔 무렵이었다. 리자는 임신 5개월째로 접어들면서 매사 조심하는 한편 항상 명랑하고 활동적이었다. 양쪽 어머니들은 혹시나 그들 부부가 서로 비꼬면서 언쟁을 해서 리자의 건강을 해칠까 봐 지켜보는 의미에서 한집에 머물렀다. 예브게니는 그 무렵 더욱 열정적으로 농장 일에 매달렸다. 사탕무의 품종 개량을 위해 새로운 경작법을 연구하고 있었다.

성령강림절 첫날인 일요일 직전에 리자는 부활절 이후로 미뤄 두었던 대청소를 하기로 결정했다. 마루와 유리창을 닦고 가구와 양탄자의 먼지를 털고 덮개를 씌우는 등 하인들의 일을 도와줄 두 명의 마을 아낙네를 불렀다. 이른 아침 찾아온 여자들이 큰 솥을 걸어 물을 데우고 본격적으로 일을 시작했다. 그런데 두 여자 중 한 사람이 스체파니다였다. 그녀는 갓난아이의 젖을 막 떼고 그 무렵 새로 만나 정을 통하고 있던 남자를 통해 이 댁의 허드렛일을 소개해 달라고 졸랐다. 그녀는 이 댁에 새로 시집왔다는 젊은 마님이 보고 싶었던 것이다. 스체파니다는 여전히 남편 없이 제멋대로 불성실하게 살고 있었다. 맨 처음 상대는 늙은 다니라였다. 산지기 다니라가 땔감을 지고 가는 그녀를 붙잡으면서 관계가 시작됐고, 다음은 알다시피 젊은 귀족 지주 예브게니, 지금은 젊은 서기가 그녀가 숨겨 놓은 애인이다. 스체파니다는 귀족 지주인 예브게니에 대해 전혀 미련을 두지 않았다.

'그분에게는 이제 아내가 있는걸 뭐. 정리정돈 잘하고 살림 솜씨 깔끔하다고 모두 칭찬이 자자한 젊은 마님이 궁금했을 뿐이야.'

스체파니다는 그렇게 생각했다.

예브게니는 교회 앞에서 아이를 안고 가던 스체파니다와 마주친 이후로 한 번도 본 적이 없었다. 그녀가 아이를 키우느라 통 나다니지 않았고 그 또한 마을에는 아주 가끔씩 나갔기 때문이다.

강림절 전날, 새벽 다섯 시에 일어난 예브게니는 휴경지에 비료를 뿌리기 위해 아침 일찍 집을 나섰다. 마을에서 불려 온 여자들은 물을 데우기 위해 솥을 걸고 장작불을 지피느라 아직 집 안을 돌아다니지 않을 때여서 그와 마주치지 않았다.

예브게니는 유쾌하고 만족스러운 기분으로 아침 식사를 하기 위해 집으로 돌아왔다. 쪽문 앞에서 말을 세운 그는 정원사에게 말고삐를 넘겨준 후 채찍으로 길게 자란 풀을 쳐내면서 이따금 혼잣말하듯 중얼거리면서 집으로 들어갔다.

"비료 뿌리길 잘했어. 암, 잘했고말고."

그는 반복해서 중얼거리면서도 무슨 말을 누구에게 하는 것인지 몰랐고, 생각하지 않았다.

여자들은 풀밭에서 양탄자를 털고 있었다. 가구들은 이미 밖으로 옮겨 놓은 상태였다.

"리자가 대청소를 시작했군. 비료를 줄 필요가 있다니까! 아내는 훌륭한 가정주부야. 부지런하고 야무진 가정주부라니까!"

혼자 중얼거리면서 아내를 떠올리자 하얀 부인용 실내복에 환한 미소를 띤 아내의 얼굴이 손에 잡힐 듯 생생했다. 아내를 바라볼 때면 항상 그 모습이었다.

'장화를 바꿔 신어야겠군. 비료를 주느라 거름 냄새가 장화에 뱄어. 휴경지에 비료를 줄 필요가 있다니까. 현명한 가정주부란 이런 거야. 한데 어째서 이런 상황이 됐지? 맞아. 아내의 뱃속에 어린 이르체네프가 자라고 있지. 그건 그렇고 어쨌든 휴경지에 비료를 뿌릴 필요가 있어.'

그는 이런저런 생각을 하며 미소를 띤 채 손을 뻗어 자신의 방문 손잡이를 잡았다.

그러나 미처 열기도 전에 방문이 저절로 열리면서 양 소매를 걷어붙이고 양동이를 들고 맨발로 걸어 나오는 키 큰 여자와 얼굴이 맞닿을 정도로 가까이서 마주쳤다. 그는 여자가 먼저 나오도록 옆으로 비켜섰고, 동시에 그녀 역시 젖은 손을 수건에 닦으며 옆으로 물러섰다.

"나오게. 나오라고. 들어가지 않을 테니……."

말하다 말고 예브게니는 문득 비켜서 있는 그녀가 누군지 알아차렸다.

그녀는 예의 그 눈웃음을 치면서 즐거운 표정으로 그를 바라보았다. 그리고 말려 올라간 줄무늬 치마를 끌어 내리며 방에서 나왔다.

"대체 이게 무슨 일이람? 이게 뭐야? 아니, 안 돼!"

미간을 찌푸린 채 파리를 쫓듯 팔을 휘서으며 예브게니는 혼잣말로 중얼거렸다. 그녀를 알아본 것이 영 불만스러웠다. 그녀를 첫눈에 알아본 것이며 싱싱한 육체를 눈으로 훑어보고 활달한 걸음걸이에 순간 마음이 끌렸다는 사실이 영 마땅찮았다. 더구나 그녀의 맨발과 팔과 어깨, 주름진 블라우스와 높이 걷어 올린 빨간 치마 밑으로 드러난 하얀 허벅지를 보고 아찔했다는 사실이 그를 찜찜하게 했다.

"내가 뭘 쳐다보는 거야?"

황급히 눈을 내리깔고 그녀를 외면하면서 중얼거렸다.

'그래, 어쨌거나 방에 들어가서 다른 장화를 가져와야지!'

그는 방에 들어갔지만 다섯 걸음도 채 못 가서 자신도 모르게 무엇에 조종당한 듯 그녀를 보기 위해 고개를 돌렸다. 그녀도 모퉁이를 돌다 말고 거의 동시에 뒤돌아보았다.

'아, 지금 내가 무슨 짓을 하는 거지?'

그는 자신의 영혼에게 고함쳤다.

'저 여자도 내 생각을 하는지 모르지. 아마 모르긴 몰라도 저 여자도 날 생각했을 거야.'

그는 바닥이 질펀하게 젖은 자신의 방으로 들어갔다. 방에는 나이 먹고 마른 체구의 다른 여자가 아직도 걸레질을 하고 있었다. 그가 더러운 물로 젖은 바닥을 까치발로 걸어 장화를 세워 둔 바람벽으로 다가가 장화를 들고 다시 방을 나가려는데 늙은 여자가 앞서 나갔다.

'여자가 나갔겠다, 어쩌면 스체파니다 혼자 들어올지 모르겠군.'

불현듯 그의 내부에서 누군가가 그런 소리를 지껄였다.

'이런, 내가 지금 무슨 생각을 하는 거지? 대체 무슨 짓을 하자는 거야?'

장화를 움켜쥔 채 도망치듯 복도로 나와 장화를 갈아 신은 다음 양쪽 어머니들이 커피를 마시고 있는 테라스로 나갔다. 리자도 남편을 기다렸다는 듯 동시에 테라스의 다른 쪽 문으로 나왔다.

'오, 하나님! 이토록 나를 정직하고 순결하고 순진하다고 믿는 아내가 만일 이 사실을 눈치챈다면……'

그는 골똘히 생각에 잠겼다.

리자는 여느 때처럼 빛나는 얼굴로 남편과 마주 앉아 있었다. 그러나 예브게니에게는 오늘따라 그녀가 왠지 안색이 창백하고 누렇게 뜬데다 마르고 기운 없어 보였다.

10

커피 타임에 갖는 여자들 특유의 대화가 수시로 그렇듯 어떤 논리적인 귀결점이 없으면서도 필경 결부된 무언가가 있는 까닭에 대화는 끊임없이 이어졌다.

사돈지간인 두 부인은 교묘하게 서로 비꼬고 있었고, 중간에서 리자가 재치 있게 분위기를 조절하고 있었다.

"당신이 도착할 때까지 방 청소를 끝내지 못해 미안해요. 당신 방을 깨끗하게 새로 정돈해 드리고 싶었거든요."

아내가 남편에게 말했다.

"무슨 그런 말을, 그보다 나 나간 뒤에도 계속 잘 잤소?"

"그럼요. 잘 자서 컨디션이 좋답니다."

"창가에 해가 못 견디게 뜨거운데, 저 애 몸으로 어떻게 잠을 잘 잤겠나?"

리자의 어머니인 바르바라 알렉세예브나 부인이 참견하고 나섰다.

"햇빛 가리는 발이 있길 하나, 차양이 있길 하나. 난 이날 이때껏 차양은 치고 살았는데."

"우리 집은 응달이라 오전 10시까지는 햇빛이 들지 않는답니다."

그에 질세라 마리아 파블로브나 부인이 응수했다.

"그럼 열병에 걸릴지도 몰라요. 열병은 습기가 가장 무섭다잖아요?"

_47

바르바라 알렉세예브나 부인은 방금 안사돈이 한 말이 자신의 말에 대한 반박인 줄도 모르고 계속 떠들었다.

"우리 주치의가 항상 하는 말이 환자의 특징을 모르면서 함부로 병을 진단하지 말라는 거예요. 의사 선생은 환자들이 뭘 조심해야 하는지 이미 다 알고 있는 거죠. 그분은 아주 훌륭한 의사랍니다. 우리는 한 번 진찰받을 때마다 100루블씩 지불했답니다. 돌아가신 우리 남편은 의사라는 직업을 믿진 않았지만 나를 위해서라면 결코 뭘 아까워하지 않았답니다."

"아이, 그거야 당연하죠. 어떻게 남편이 부인한테 아까운 게 있겠어요? 아내며 자식의 인생이 자신에게 달려 있는데, 안 그래요?"

"맞아요. 경제력이 있다면 아내라고 해서 반드시 남편에게 종속될 필요는 없어요. 그러나 훌륭한 아내란 모름지기 남편에게 순종하는 여자예요."

바르바라 알렉세예브나가 말했다.

"그런데 우리 리자가 병을 앓고 난 다음부터 지나치게 기력이 쇠했어요."

"아녜요, 어머니. 기분이 아주 상쾌한걸요. 그런데 왜 어머니께 끓인 크림을 안 가져다 드린담?"

"필요 없단다. 생크림이면 족해."

"여쭤 봤더니 사부인께서 거절하시더구나."

마치 변명하듯 마리아 파블로브나 부인이 말했다.

"그래, 아니다. 오늘은 끓인 크림이 안 당기는구나."

바르바라 알렉세예브나 부인은 넓은 아량으로 한 발 물러서면서 유쾌하지 못한 대화를 그만 끝내고 싶은 듯 예브게니를 돌아보며 화제를 돌렸다.

"그래, 휴경지에 비료 뿌리는 일은 다 했나?"

리자가 크림을 가지러 나갔다.

"애야, 리자. 난 싫어. 생각 없다니까!"

"리자, 리자! 가만가만 걸으렴. 그렇게 몸을 빨리 움직이면 건강에 해로워."

마리아 파블로브나가 주의를 주었다.

"마음이 편하면 해로울 것도 없어요."

바르바라 알렉세예브나 부인이 마치 무언가 암시하려는 듯 한마디 거들고 나섰다. 비록 그 말이 시사하는 바가 별 소용없을 줄 알면서도 참지 못하고 한마디 보탠 것이다.

리자가 끓인 크림을 갖고 돌아왔다. 예브게니는 커피를 마시면서 무뚝뚝한 기색으로 그들의 대화를 듣고 있었다. 이런 식의 대화에 이미 익숙해져 있었지만 오늘은 특히 짜증스럽고 무의미하게 여겨졌다. 그는 조금 전 자신에게 벌어졌던 일에 대해 생각할 시간을 갖고 싶은데 그들의 시시한 수다 때문에 방해가 됐다. 커피를 마신 바르바라 알렉세예브나는 기분이 상해서 나가 버렸다. 리자와 예브게니, 마리아 파블로브나만 남았다. 그들은 가볍고 유쾌한 대화를 계속했다. 그러나 매우 민감하고 눈치가 빠른 리자는 예브게니가 무언가 고통스러워하고 있다는 것을 즉각 알아차리고 무엇 때문에 괴로운지 물었다. 그러나 아내의 질문에 미처 대답할 준비가 되어 있지 못했던 예브게니는 잠깐 머뭇거리다가 아무 일도 없다고 얼버무렸다. 그러나 이런 태도가 리자에게 더욱 석연찮고 의혹에 사로잡히게 했다. 뭔가, 무언가 괴로운 일이 있는데, 남편을 곤혹스럽게 만드는 그것은 마치 파리가 우유에 빠진 것만큼이나 분명한데 그는 일절 말을 하지 않았다. 도대체 무슨 일이 생긴 것일까?

11

아침 식사가 끝나면 가족들은 제각기 흩어졌다. 예브게니는 평소대로 자신의 서재에 들어갔다. 그러나 책을 읽거나 편지를 쓰기는커녕 계속 줄담배를 피우며 생각에 잠겼다. 결혼 이후로 비루한 감정에서 놓여났다고 생각했는데 뜻하지 않게 추잡한 생각이 마음속에서 되살아난 것이 놀랍고 끔찍하고 고통스러웠다. 결혼한 후로 단 한 번도 이런 감정을 느껴 본 적이 없었다. 설령 그 여자, 그가 알고 지냈던 스체파니다나 심지어 그냥 알고 지내던 여자라도 아내를 제외한 어느 여자에게도 이런 느낌을 가져 본 적이 없었다. 그런 까닭에 마음속으로 해방감에 수없이 기쁨을 느끼곤 했는데, 이제 와서 갑자기 이런 일이 생기다니. 아무래도 그가 여태 그 일에서 자유롭지 못했다는 것을 보여 주는 단적인 예라고 느껴졌다. 그가 지금 괴로운 것은 그런 감정이 다시 고개를 들었다는 것, 비록 그가 그녀를 원했든 아니든 간에 ―그는 생각조차 하고 싶지 않았지만― 마음속에 생생하게 되살아나면서 반대편에 서서 조심하고 경계할 필요가 있었다. 물론 그런 감정을 억누르고 있다는 것은 의심할 나위 없었다.

그에게는 편지를 받고도 여태 답장을 하지 못한 편지가 한 통 있었다. 속히 답장을 써야 할 형편이었다. 마음을 가다듬고 책상에 앉아 편지를 쓰기 시작했다. 편지 쓰기를 마치고 나니 괴로운 감정에서 비로소 놓여날 수 있었다. 조금 홀가분해진 마음으로 마구간에 가기 위해 방에서 나왔다. 그러나 불행인지 우연인지 몰라도 다시금 불운과 맞닥뜨렸다. 현관을 막 나서려는 찰나 모퉁이에서 빨간 줄무늬 치마에 선홍색 머릿수건을 쓴 여자가 두 팔과 몸을 흔들면서 예브게니 바로 곁을 지나쳐 갔다. 그저 스쳐 간 것이 아니라 마치 장난이라도 치듯 함께 일하던 하인을 뒤쫓아 뛰어갔다.

다시금 벌건 대낮, 쐐기풀, 산지기 다니라의 집 뒷마당과 단풍나무 그늘에서 잎사귀를 씹으며 환하게 웃고 있던 그녀의 얼굴이 예브게니의 머릿속에 떠올랐다.

"안 돼. 이런 가당찮은 상상은 그만둬야 돼."

중얼거리며 여자가 눈앞에서 사라지기를 기다려 사무실로 갔다. 점심시간이라 집사가 자리에 있기를 내심 바랐다. 바라던 대로였다. 집사는 막 낮잠에서 깬 것 같았다. 사무실에 서서 기지개를 켜고 하품을 하면서 축사지기와 뭔가 이야기를 나누고 있었다.

"바실리 니콜라예비치!"

"무슨 일이십니까?"

"자네와 할 얘기가 좀 있네."

"무슨 지시하실 일이라도 있으십니까?"

"아니, 뭐…… 자네 하던 얘기 마저 끝내게."

"그럼 아직 농장으로 데려오지 않았단 게야?"

바실리 니콜라예비치가 고개를 돌려 축사지기에게 물었다.

"워낙 무거워서요, 바실리 니콜라예비치!"

"뭘 말인가?"

예브게니가 물었다.

"암소가 들판에서 송아지를 낳았는뎁쇼. 어쨌든 알았네. 지금 즉시 말을 매라고 지시하지. 니콜라이 리수흐에게 짐마차를 준비하라고 함세."

축사지기가 방을 나갔다.

"저기, 내 말 좀 들어 보게."

예브게니는 막상 말을 꺼내려니 수치심에 뺨이 발그레해지는 것을 느꼈다.

"저기, 바실리 니콜라예비치, 내가 총각 시절에 말하기 창피하고 부끄러운 일이 있었는데 말이야…… 자네도 들어서 알고 있을 테지……."

바실리 니콜라예비치가 눈웃음을 짓는 것이 필경 주인에게 쑥스러운 듯, 이윽고 말문을 열었다.

"스체파니다에 관한 얘기 말씀입니까?"

"그렇지. 바로 그걸세. 그러니 그 여자가 우리 집 일을 돕는다고 드나드는 짓일랑 못하도록 자네가 조치를 좀 취해 주게. 제발 부탁이야. 내 말뜻을 이해할지 모르겠네만, 나로서는 몹시 불쾌한 일이거든."

"그러문요. 알아들었습지요. 틀림없이 서기로 일하는 바냐가 다리를 놨을 겁니다."

"부탁하네…… 그건 그렇고 나머지 비료는 뿌렸나?"

예브게니는 혼란스러운 속내를 감추면서 말문을 돌렸다.

"예, 지금 마저 뿌리러 나가려던 참이었습니다."

이렇게 그 문제는 일단락 지었다. 예브게니는 안심하면서 그녀를 까맣게 잊고 일 년을 살았듯이 앞으로도 지금처럼 그녀를 보지 않기를 바랐다.

"바실리가 서기 이반에게 말하고, 또 이반이 스체파니다에게 말하면 그녀도 내 뜻을 알아차릴 테지."

혼자 중얼거리면서 바실리에게 말하길 잘했다는 생각에 마음이 홀가분해졌다. 사실 입을 열기가 좀 힘들었던가.

'그래, 모든 게 다 잘 될 거야. 의혹과 수치심을 갖고 혼자 끙끙 앓는 것보다야 훨씬 낫지.'

그는 자신이 지었던 죄를 떠올리기만 해도 몸서리가 쳐졌다.

12

수치심에도 불구하고 바실리 니콜라예비치에게 말하는 등 도의적인 노력을 기울인 탓에 예브게니는 마음의 안정을 되찾았다. 그는 이제 모든 것이 끝났다고 생각했다. 리자도 남편이 완전히 마음의 평안을 찾고 평소보다 더 활기찬 생활을 하고 있다는 것을 즉시 알아차렸다.

'아마도 어머니들이 말끝마다 서로 비꼬고 피곤하게 신경전을 벌이니까 중간에서 힘들었던 거야. 그이는 예민하고 순진한 사람인데 날마다 불협화음으로 삐걱대는 노인들의 대화를 들어 넘기는 게 좀 어렵고 불편했겠어?'

리자는 그렇게 이해하고 넘겼다.

이튿날은 성령강림절 축제 기간 첫날이었다. 날씨는 그야말로 청명하기 이를 데 없어서 마을 아녀자들은 들꽃으로 꽃다발을 만들기 위해 숲으로 가는 길에 어느 때처럼 먼저 토지 주인인 귀족의 저택에 들러 노래를 부르고 춤을 추었다. 마리아 파블로브나와 바르바라 알렉세예브나는 한껏 성장을 하고 양산을 쓴 채 현관 앞에 서 있다가 윤무를 추고 있는 아녀자들에게 다가갔다. 예브게니의 집에 살고 있는, 놀고먹으면서 늘 술에 취해 있는 삼촌도 중국산 비단으로 지은 옷을 입고 노마님들과 함께 집에서 나와 구경을 했다.

알록달록하고 환한 빛깔의 옷을 입은 젊은 아낙네들이 손에 손을 잡고 빙빙 돌며 춤을 추고 그들에게서 떨어져 나온 소녀들이 사방에서 위성처럼 작은 원을 그리며 춤을 추었다. 손에 손을 맞잡고 소녀들이 빙빙 돌아갈 때마다 축제일에 맞춰 새로 해 입은, 사라사 무늬로 염색한 사라판[5]이 서로 부딪히면서 사락사

---

[5] 소매가 없고 띠가 달린 긴 부인복으로, 러시아의 농사짓는 여인들이 입는 옷.

락 소리를 냈다. 꼬마들은 깔깔거리며 이리저리 뛰어다니고 젊은이들은 파란색 혹은 검은색 옷과 모자에 빨간색 루바슈카[6]를 차려입은 채 해바라기씨 껍질을 뱉고 있었다. 하인들과 마을 사람들은 조금 떨어진 곳에 서서 원무를 지켜보고 있었다. 두 노부인은 원을 그리며 빙글빙글 돌아가는 아녀자들 근처로 다가섰고, 노부인들과 조금 떨어진 곳에 길고 하얀 팔과 팔꿈치가 드러난 넓은 소매의 하늘색 드레스 차림에 푸른색 리본을 머리에 단 리자가 서 있었다.

예브게니는 밖에 나가고 싶지 않았지만 숨어 있는 것도 우스웠다. 그는 문을 열고 나와 담배를 문 채 현관에 서서 젊은이들과 농부들에게 인사를 하고 그들 중 하나와 담소를 나누었다. 마을 아낙네들은 목청껏 노래를 부르며 흥겹게 춤을 추고 손뼉을 쳤다.

"사람들이 마님을 원하고 있어요."

한 소년이 자신을 부르는 소리를 듣지 못한 리자에게 다가와서 말했다. 리자는 마을 여자들의 춤을 보고 있는 남편에게 다가가 춤추고 있는 아낙네들 중에서 특히 그녀의 마음을 끄는 한 여자를 가리켰다. 스체파니다였다. 그녀는 황금색 사라판에 비로드 천으로 만든 소매 없는 웃도리를 입고 목에는 비단 목도리를 두르고 있었다. 활달하고 기운이 넘쳐 보이는 그녀는 얼굴에 홍조를 띤 것이 몹시 즐거워 보였다. 그녀의 춤 솜씨는 두말할 나위가 없었다. 그러나 예브게니의 눈에는 아무것도 보이지 않

---

6) 러시아식 남성셔츠.

왔다.

"그래요, 그래."

코안경을 썼다 벗었다 하며 건성으로 대답했다.

"그래, 그렇군."

'어쩌면 저 여자로부터 영영 벗어날 수 없을지도 몰라.'

문득 그런 생각이 들었다.

그는 그녀가 지닌 독특한 매력이 두려워서 아예 쳐다보려 하지 않았다. 그런 까닭인지 잠깐 그녀를 봤을 뿐인데도 매우 특별하고 매혹적으로 느껴졌다. 그럼에도 불구하고 여자의 반짝이는 시선을 통해 그녀가 자신을 의식하고 있으며 자신 또한 원하고 있음을 깨달았다.

그는 영지의 주인 입장에서 얼마 동안 더 그 자리에 서 있었다. 그러나 장모 바르바라 알렉세예브나 부인이 스체파니다를 불러 꼴사납게 겉치레로 허물없는 사이인 양 대화하는 것을 보자 돌아서서 자리를 떠났다. 그는 서성거리다가 집 안으로 들어왔다. 그녀를 보지 않으려고 피했지만 위층으로 올라가자 자신도 모르게 창가로 다가갔다. 도대체 무슨 영문인지 알 수 없었다. 마을 아녀자들이 집 앞 현관에 머무는 내내 그는 창가에 서서 스체파니다를 넋이 나간 듯 보고 또 봤다.

아무도 자신을 눈여겨보는 사람이 없자 뛰다시피 아래층으로 내려와 살금살금 발코니로 나가서 담배에 불을 붙인 다음 정원에서 마치 산책이라도 하는 양 그녀가 사라진 방향으로 걷기 시작했다. 오솔길을 따라 두어 걸음 옮겼을까. 나뭇가지 새로 소매 없는 비로드 윗옷과 황금빛 사라판 그리고 빨간 머릿수건이 보였다. 그녀는 마을 여자와 함께 어디론가 걷고 있었다.

'어디로 가는 걸까?'

갑자기 손으로 심장을 움켜쥔 듯 절제할 수 없는 욕망이 끓어올랐다. 예브게니는 낯선 사람이 된 듯 사방을 둘러본 후 그녀에게로 다가가기 시작했다. 그때였다.

"예브게니 이바노비치, 예브게니 이바노비치! 접니다요."

부르는 소리가 들려 돌아보니 우물을 파고 있는 사모킨 노인이 보였다. 정신을 차린 예브게니는 재빨리 발길을 돌려 사모킨에게로 다가갔다. 사모킨과 건성으로 대화를 나누면서 연신 곁눈질로 그녀를 보았다. 마을 여자와 함께 언덕을 내려가고 있는데 아마 우물에 가거나 우물가에 간다는 핑계로 잠깐 머물렀다가 춤추는 일행에게 달려가려는 것 같았다.

13

사모킨과 대화를 나눈 후 예브게니는 죄책감에 사로잡혀 집으로 돌아왔다. 무엇보다도 그녀가 자신의 속마음을 알아차렸을지 모른다는 점이 마음에 걸렸다. 그녀를 만나고 싶어 하는 마음도 그렇고 그녀도 예브게니를 원하는 게 분명했다. 두 번째는 함께 있던 다른 여자, 즉 안나 프라하로바, 그녀도 이 사실을 눈치챈 것이 분명했다.

중요한 것은 그가 스체파니다에게 사로잡혀 자신의 의지대로 행동할 수 없고 종잡을 수 없는 어떤 힘에 의해 움직여지는데 다, 오늘은 다행히 벗어날 수 있었지만 오늘이 아닌 내일 또 모레, 언제 파멸에 빠질지 알 수 없는 노릇이었다.

'그래, 파멸이야. —그는 이 상황을 달리 인식할 수가 없었다— 마을의 하찮은 농군 여자와 젊고 사랑스런 아내를 바꿀 것인가? 누가 봐도 이것이 파멸 아니고 무엇인가? 생각만 해도 끔찍한 파국이야. 더 이상 이렇게 살 수는 없어. 안 돼! 뭔가 방법을 찾아야 돼.'

'아니, 이런! 내가 지금 무슨 짓을 저지르려는 걸까? 정말 이렇게 파멸할 수밖에 없는 건가? 과연 아무 방법도 없는가? 아니, 무슨 수를 찾아야 해. 다시는 그 여자를 생각하지 마. 절대 떠올려서도 안 돼!'

자신에게 엄격하게 명령했다.

하지만 필사적인 노력에도 불구하고 생각은 어느새 그녀에게로 옮겨가고, 눈앞에 그녀의 모습이 아른거렸으며, 단풍나무 그림자가 어룽거렸다.

그는 언젠가 읽었던 고행하는 수도사에 관한 이야기를 기억해 냈다. 병든 여인을 치료하기 위해 몸에 손을 올려놓아야 했는데 누워 있는 여인에게 유혹을 느끼자 뜨겁게 불타오르는 불 속에 손을 밀어 넣어 손가락을 모두 태워 버린 일화였다. 그는 이 사실을 상기했다.

'그래, 파멸하는 것보다 손가락을 태울 각오를 하는 편이 낫지.'

그는 방 안을 둘러보고 아무도 없다는 것을 확인한 후 성냥을 긋고 불꽃에 손가락을 갖다 댔다. 그리고 스스로 비꼬듯 중얼거렸다.

"자, 이제 어디 그 여자를 생각해 봐!"

성냥불은 뜨거웠다. 그는 그을린 손가락을 움츠리면서 성냥을 내던진 후 한심해했다.

"이 무슨 시시하고 엉터리 같은 짓거리람? 이런 짓은 할 가치도 없어. 그 여자를 보지 않기 위해 보다 확실한 방법을 찾아야 해! 내가 멀리 떠나든가 그녀를 마을에서 쫓아내는 수밖에 없어. 그래, 멀리 보내는 거야. 그 여자 남편에게 돈을 쥐어 주고 도회지나 다른 마을로 떠나라고 해야지. 하지만 사람들이 알면 두고두고 어쩌니 저쩌니 말이 많을 텐데. 그래도 가까이 두고 위험 부담을 안는 것보다 훨씬 낫지. 이 방법밖에 없어."

혼잣말을 하다가 눈을 드니 스체파니다가 보였다.

'어디로 가는 걸까?'

불현듯 궁금해졌다. 예브게니의 생각에는 그 여자도 창가에 서 있는 그를 본 듯싶었다. 그에게 시선을 보낸 후 곁에 서 있던 누군지 알 수 없는 아낙네의 손을 잡고 흔들면서 정원 쪽으로 걸어가는 것이었다. 무슨 까닭인지 알 수 없지만 어쨌거나 예브게니는 방금 결론 내린 대로 실행에 옮기기 위해 사무실로 갔다.

축제 옷을 차려입고 머릿기름을 바른 바실리 니콜라예비치가 아내와 무명 목도리를 두른 손님들과 앉아서 차를 마시고 있었다.

"바실리 니콜라예비치, 자네와 할 말이 좀 있네."

"들어오십시오. 저희도 차를 다 마셨거든요."

"아니, 나랑 같이 나가는 게 좋겠네."

"그럼, 그렇게 하시죠. 잠깐 모자만 가지굽쇼. 타냐, 사모바르[7]를 치워요."

바실리 니콜라예비치는 아내에게 이르고 기꺼이 따라 나섰다.

예브게니가 보기에 그는 술을 꽤 마신 듯 보였지만 어쩔 도리가 없었다. 어쩌면 더 나을 성싶은 게 바실리가 술에 얼근히 취했다면 예브게니의 상황을 더욱 불행하게 여겨 줄 것 같았다.

"바실리 니콜라예비치, 또다시 그 애길 하러 왔네. 전에 말했던 그 여자 말일세."

"무슨 일 있습니까요? 다신 집 안에 불러들이지 말라고 지시해 두었는데요."

"응, 아니, 그게 저…… 내가 상식적으로 생각해 보고 내린 결론인데, 자네 생각은 어떤가 해서 말이네. 그 여자네 식구를 멀리 보내면 안 될까? 그 집 식솔들을 마을에서 내보낼 순 없을까 해서 말이야?"

"어디로 보낸단 말씀입니까?"

예브게니가 짐작컨대, 못마땅하고 비웃는 듯한 말투로 바실리가 되물었다.

---

7) 러시아의 전통 주전자. 구리, 은, 주석 따위로 만드는데, 중앙에 상하로 통하는 관이 있어 그 속에 숯불을 넣어 물을 끓인다.

"그래, 그래서 생각한 건데, 그 사람들한테 돈을 좀 주거나 칼토부스크에 있는 토시를 떼어 준다면 그 여자가 여기 있을 이유가 없잖은가?"

"하지만 어떻게 쫓아 보낼까요? 그 집 남자가 고향을 버리고 어디로 간답니까? 주인어른께선 왜 그런 일을 하시려고요? 그 여자가 주인어른께 무슨 방해가 되기라도 합니까요?"

"여보게, 바실리 니콜라예비치, 만일 아내가 이 사실을 알게 되면 얼마나 끔찍할지 생각 좀 해 보게."

"에이, 대체 누가 주인마님께 그런 얘기를 한다고 걱정이세요?"

"그럼 이런 고통을 안고 나는 어떻게 산단 말인가? 아무렴, 너무 힘든 일이야."

"도무지 주인님이 무엇 때문에 불안해하시는지 모르겠어요. 누구든지 옛날 일을 들추어내는 놈이 있으면 제가 두 눈을 뽑아 버리겠습니다. 하느님 앞에서 죄인 아닌 사람이 누가 있으며, 황제 폐하 앞에서 결백한 사람이 누가 있겠습니까요?"

"어쨌거나 그들을 멀리 보내는 것이 낫겠어. 자네가 나서서 그 남편하고 얘기해 보지 않겠나?"

"에이, 얘기하고 말 것도 없어요. 주인어른, 대체 뭐가 문제라고 그러세요? 모든 게 다 지난 일이고 말짱 잊혀졌는데요. 지금은 그런 일 없는 줄 아세요? 아, 어느 누가 지금 와서 주인어른의 흥을 잡겠습니까? 세상 사람들이 다 주인어른이 어떤 분이시라는 걸 아는 판국에."

"하여튼 자네가 가서 얘기를 좀 해 보게."
"아이구, 알았습니다. 말해 보지요."
비록 이런 행동이 눈에 보이는 어떤 결과를 가져오지 못한다 해도 바실리와 얘기를 나누고 나니까 어느 정도 마음이 안정되었다. 중요한 것은 흥분 때문에 위험을 과장되게 받아들인다는 것을 스스로 느꼈다는 점이다.
과연 그가 그녀와 밀회를 하기 위해 갔던 것일까? 그것은 아무래도 억지스럽다. 그는 그저 정원을 걸으며 산책하고 있었고, 여자는 우연히 그 앞을 지나갔을 뿐이다.

14

이윽고 성령강림절 당일, 점심 식사를 마치고 리자는 산책 삼아 정원을 지나 인근 목초지를 돌아다녔다. 남편이 목초지에 돋아난 클로버를 보여 주고 싶어 해서 함께 나선 길이었다. 그런데 작은 시냇물을 건너다 발을 헛디뎌 넘어졌다. 옆으로 살짝 넘어졌지만 괴로운 한숨을 내쉬는 것이 남편이 보기엔 아내의 얼굴은 놀랐을 뿐 아니라 아파서 고통스러워하는 기색이 역력했다. 그는 아내를 안아 올리려고 했지만 남편의 팔을 치우며 말했다.
"아니 잠깐만 기다려요, 예브게니."
그녀는 힘없이 미소 지으며 고개를 수그렸는데, 그 모습이 남편 눈에는 마치 아내가 죄책감을 느끼는 듯 보였다.

"그저 발을 좀 접질렸을 뿐예요."

"그러게 내가 누누이 말했지? 그렇게 약한 몸으로 시냇물을 건너뛸 수 있다고 생각했니?"

바르바라 알렉세예브나는 그럴 줄 알았다는 듯 말을 줄줄이 쏟아 냈다.

"아이, 그게 아니에요, 어머니. 괜찮다니까요. 금방 일어날 수 있어요."

리자는 남편의 부축을 받으며 일어섰지만 금세 창백해지면서 얼굴에 경악하는 표정이 역력했다.

"어디가 안 좋긴 안 좋은가 봐요."

어머니에게 속삭였다.

"하느님 맙소사, 우리가 무슨 짓을 저질렀담! 그러게 절대 나다니지 말라고 했지?"

바르바라 알렉세예브나가 날카롭게 소리쳤다.

"잠깐만 기다리렴. 내가 가서 사람들을 불러오마. 무리해서 걸으면 안 돼. 조심스레 옮겨야지."

"리자, 두려워 말아요. 내가 직접 당신을 안아서 옮기겠어. 내 목을 감아요. 옳지 그렇게!"

왼팔로 리자의 목을 받치며 예브게니가 말했다.

그는 무릎을 굽히고 오른팔로 다리를 받친 다음 안아 올렸다. 예브게니는 그 후로 리자의 얼굴에 떠올랐던 고통스러우면서도 행복해하던 표정을 결코 잊지 못했다.

"여보, 무겁죠? 어머니가 너무 급히 뛰어가는데 말씀 좀 하세요!"

　리자가 미소를 머금은 채 말했다.
　그리고 남편의 얼굴에 입을 맞추었다. 그녀는 남편이 자신을 어떻게 옮기는지 어머니에게 보여 주고 싶었던 것이다.
　예브게니는 바르바라 알렉세예브나에게 자신이 안아 옮기는 것에 대해 걱정하지 말라고 소리쳤다. 장모는 뛰다 말고 멈춰서서 더 큰 소리로 타박을 했다.
　"자넨 그 애를 떨어뜨리고 말걸세. 틀림없이 떨어뜨릴 게야. 내 딸을 망치고 싶은 게로군. 양심이라곤 도무지 없는 사람 같으니라고."
　"난 아주 잘 옮기고 있는걸요."
　"자네가 내 딸을 어떻게 망치는지 보고 싶지 않네. 그냥 두고 볼 수가 없어."
　장모는 오솔길 모퉁이로 뛰어가 버렸다.
　"괜찮아요. 별일 없을 거예요."
　리자는 여전히 미소를 띤 채 말했다.
　"지난번 같은 결과만 아니면 좋겠는데."
　"아이, 제 말은 그게 아니고, 난 괜찮은데 어머니 말예요. 당신 힘들지요? 잠깐이라도 쉬어요."
　비록 힘들긴 했지만 예브게니는 자랑스럽고 기쁜 마음으로 아내를 안고 집까지 갔고 바르바라 알렉세예브나의 극성 때문에 그들을 마중 나온 하녀와 요리사에게 아내를 넘겨주지 않았다. 내친김에 그는 아내를 침실까지 안고 가서 침대에 눕혔다.

"이제 나가서 일 보세요."

리자는 남편의 손을 끌어당겨 입 맞추고 말했다.

"안누슈카와 함께 있으면 곧 나아질 거예요."

마리아 파블로브나도 소식을 듣고 별채에서 달려 나왔다. 부인들은 리자의 옷을 벗기고 침대에 편안히 눕혔다. 예브게니는 응접실에서 책을 들고 앉은 채 소식을 기다렸다. 바르바라 알렉세예브나가 마치 사위를 비난하는 듯 침울한 표정으로 곁에 오자 그는 놀라서 어쩔 줄 몰라 했다.

"무슨 일입니까?"

"무슨 일? 지금 무슨 일이냐고 물었는가? 솔직히 말해서 임신한 리자에게 개울을 건너뛰도록 강요한 자네 의도가 뭔가?"

"오, 장모님!"

놀라움을 금치 못하고 예브게니가 소리쳤다.

"정말 참을 수 없군요. 정말로 장모님께서 그토록 사람들을 괴롭히고 인생을 망치고 싶으면…… —그는 다른 장소 아무 데나 가서 그러라고 말하고 싶었지만 꾹 참았다— 장모님은 두렵지 않으십니까?"

"이젠 늦었네."

그러나 그녀는 깔보는 듯한 기세로 모자를 흔들면서 방문을 열고 나가 버렸다.

낙상은 리자의 건강에 치명적인 영향을 끼쳤다. 발이 심하게 접질리면서 또다시 유산할지도 모르는 위험한 상황에 놓인 것이다. 꼼짝 않고 침대에 누워 안정을 취해야 할 형편이었다. 이쨌거나 의사에게 왕진을 청하기로 했다. 예브게니는 편지를 쓰기 시작했다.

대단히 존경하는 니콜라이 세묘노비치 씨! 한결같이 저희 가족들을 친절하게 돌봐 주신 데 대해 감사드립니다. 바라건대 왕림하셔서 제 아내를 살펴 주시기를 청하니 거절하지 마시기 바랍니다. 지금 아내는…….

편지를 쓰고 난 그는 말과 마차를 준비하기 위해 마구간으로 갔다. 의사를 태우고 올 말과 데려다 줄 말을 준비해 둬야 했다. 농장 살림이 큰 규모는 아니지만 모든 것을 신속히 생각하고 결정하지 않으면 안 되었다. 직접 나서서 이것저것 챙겨 마부를 떠나보내고 집에 들어오니 밤 열 시가 가까웠다. 침대에 누워 있던 리자는 기분이 매우 좋고 아픈 데도 없다고 말했다. 바르바라 알렉세예브나는 리자가 들고 있는 악보 때문에 그늘이 진 램프 밑에 앉아서 빨강색 털실로 커다란 담요를 뜨고 있었는데, 그 모습은 마치 그 일이 있고 난 후 가정의 평화가 어려워졌어도 어쩔 수 없다고 분명히 말하는 것 같았다.

'누가 무슨 짓을 한다손 쳐도 최소한 내게 주어진 의무를 다 하겠어.'

예브게니 역시 그 모습을 보자 장모의 의도가 무엇인지 알아차렸지만 마음에 담아 두지 않고 침착한 태도를 유지하려고 노력했다. 그는 아내에게 다가가서 어떤 말들을 골랐고 왜 암말인

카부슈카를 가장 힘이 필요한 마차의 왼쪽에 매었는지 따위의 이야기를 늘어놓았다.

"그래, 정작 말들의 도움을 필요로 하는 순간에 말들을 조련시키는군. 그러다간 의사 선생조차 도랑에 처박히겠어."

바르바라 알렉세예브나가 뜨개질하던 담요를 램프 불빛 아래로 끌고 가 코안경 너머로 들여다보면서 한마디 했다.

"의사를 청하려면 누군가를 보낼 필요가 있어서요. 생각 끝에 좀 더 나은 방법을 취한 겁니다."

"대문을 나설 때 자네 말들이 내게 어떻게 했는지 난 아직도 선명하게 기억하고 있네."

그것은 오래된 기억으로 장모가 잊어 먹지도 않고 지겹게 되풀이하는 얘기였다. 드디어 화가 치민 예브게니는 신중함을 잃고 그런 일은 없었다고 잘라 말했다.

"다 까닭이 있어서 그렇게 말하는 것이네. 공작도 수없이 말하지 않던가? 겸손하지 못하고 정직하지도 않은 사람들과 함께 산다는 것이 얼마나 힘든 일인가를 말이야. 그것만 아니라면 난 얼마든지 참을 수 있다네."

"만일 사람들 중에서 가장 아프고 고통스러운 이가 있다면 그건 아마 날 거야."

예브게니가 중얼거렸다.

"그거야 불을 보듯 뻔한 일이지."

"뭐라고요?"

"아니, 아무것도 아닐세. 난 그저 코 수를 세는 중이야."

예브게니는 리자의 침대 머리맡에 서 있었다. 아내는 남편을 쳐다보며 땀에 젖은 손을 담요 위로 뻗어 남편의 손을 꼭 쥐고 눈으로 말했다.

"저를 위해 참으세요. 어머니는 우리의 사랑을 방해하지 못하세요."

"내가 참으리다."

아내의 속뜻을 알아차린 그가 소곤거리고 땀으로 축축해진 아내의 긴 팔과 사랑스런 두 눈에 차례로 입을 맞추었다. 남편이 정성스레 입을 맞추는 동안 아내는 살며시 눈을 감았다.

"설마하니 또 그런 일이 생기겠소? 당신 느낌은 어때요?"

"잘못되지 않기 위해선 말조심해야지요. 하지만 내 예감은 지금 아기가 살아 있고, 앞으로도 내내 건강하게 잘 자랄 거라는 거예요."

자신의 부른 배를 내려다보며 리자가 말했다.

"아, 두려워요. 생각만 해도 끔찍한걸요."

리자가 제발 그만 방에서 나가라는 간청에도 불구하고 예브게니는 아내 곁에 꼬박 지키고 앉아 밤을 보냈다. 잠이 올 것 같지도 않았고, 간호할 만반의 준비가 되어 있었기 때문이다. 하룻밤이 지나는 동안 그녀의 상태는 더욱 호전되어 만일 의사의 왕진을 청하러 사람을 보내지 않았더라면 아마 자리를 털고 일어났을 것이다.

점심나절에 도착한 의사는 환자의 상태를 진찰하고 나서 말했다. 비록 반복된 낙상으로 유산의 우려가 있긴 하지만 현재로

선 솔직히 말해서 특별히 위험한 징후가 보이지 않기 때문에 별 다른 조치가 필요 없다고 했다. 그러나 혹시 예상치 못한 상황이 벌어질 경우를 대비해 누워서 휴식을 취하고 안정하는 편이 좋겠다고 처방했다. 어쨌거나 리자는 의사의 조언을 받아들여야 할 형편이었다. 의사는 그 밖에도 곁에 있던 바르바라 알렉세예브나에게 여성의 신체 구조에 대해 상세히 설명해 주었고 바르바라 부인은 머리를 끄덕여 가며 열심히 들었다. 평소처럼 왕진료를 받은 의사가 떠났고, 남은 환자는 꼬박 일주일을 침대에 누워 지냈다.

15

예브게니는 거의 모든 시간을 침대 머리맡에 앉아 아내의 시중을 들며 이야기를 나누고 책을 읽어 주며 지냈다. 그동안 무엇보다 그를 힘들게 한 것은 장모 바르바라 알렉세예브나의 볼멘소리를 불평 한마디 없이 감수하는 것이었으며, 한술 더 떠 쏟아지는 비난을 농담으로 받아들이고 툭툭 털어 내야 했던 고충이다.

그러나 계속 집에 앉아 있을 수만은 없었다. 무엇보다 리자가 자신의 곁을 계속 지키고 앉아 있다간 남편마저 병에 걸리겠다며 한사코 밖으로 내보내려 했기 때문이다. 두 번째는 농장 경영에 있어서 진척되는 단계마다 하나같이 그의 관리와 지시를 필요로 했다. 더 이상 집에만 머물러 있을 수는 없었다. 들과 숲과 정원도 둘러봐야 했고 곡식 창고도 살펴봐야 했다. 그런데 어찌된 일인지 바쁜 와중에도 어디를 가나 온통 살아 움직이듯 생생한 스체파니다의 모습이 떠올라 그를 괴롭혔다. 어쩌다 잠깐 그녀의 존재를 잊기는 했다. 그러나 그것은 아무것도 아니었다. 괴로운 감정은 충분히 극복할 수 있었지만 그보다 심각한 것은, 전에는 몇 달씩 그녀를 보지 않고도 잘 지냈는데 요즘 들어 부쩍 그녀와 끊임없이 맞닥뜨린다는 것이었다. 스체파니다는 필경 예브게니가 예전처럼 관계를 회복하고 싶어 하는 것으로 오해하고 그와 마주치기 위해 수시로 기회를 엿보는 것 같았다. 그들은 서로 어떤 얘기도 나눈 적이 없었기 때문에 남자나 여자 모두 밀회를 위해 숲 속으로 곧장 달려가는 대신 오로지 옛정을 되살릴 계기를 만들려고 애쓸 뿐이었다.

그들이 자연스럽게 마주칠 수 있는 장소는 농부의 아낙네들이 소에게 먹일 풀을 베기 위해 자루를 메고 자주 들어가는 숲이었다. 예브게니는 그 사실을 알고 있었기 때문에 매일 숲 근처를 배회했다. 날마다 그는 숲에 가지 않겠다고 자신에게 다짐했지만 그것은 마음뿐이고 결국 또 숲을 향해 걸어갔다. 사람들 목소리가 들리기라도 하면 관목 뒤에 숨어 조마조마한 마음으로 그녀가 있나 살펴보곤 했다.

어째서 그는 그녀의 모습을 확인하고 싶었을까? 자신도 알지 못했다. 만일 스체파니다가 혼자 있었다고 해도 그는 다가서는 대신 도망쳤을 것이다. ―그런 생각을 하자 그녀를 한 번 볼 필요가 있었다. 사실 한 번 그녀와 마주친 적이 있었다. 그가 숲에

갔을 때 스체파니다는 다른 두 아낙네와 함께 풀이 잔뜩 든 무거운 자루를 등에 메고 숲에서 나오는 길이었다. 불과 얼마 전이었다. 뜻밖에 숲에서 그녀와 맞닥뜨린 것이었다. 그녀는 다른 여자들의 눈길을 의식해 숲으로 되돌아올 수 없었을 것이다. 그러나 이렇게 현실적으로 불가능하다는 걸 빤히 알고 있으면서도 마을 여자들이 혹여 자신을 볼세라 위험을 무릅쓰면서 개암나무 뒤에 서서 오랫동안 기다렸다. 물론 그녀는 오지 않았지만 혹시나 하는 마음에 오랫동안 그 자리에 서 있었다. '오, 하느님!' 그는 머릿속으로 그녀의 매혹적인 모습을 그려 보곤 했다. 한 번도 아니고 대여섯 번은 그랬다. 욕망은 지속적이고 더욱 간절해졌다. 그에게 그녀가 그토록 매혹적으로 비친 적은 결코 없었다. 그녀가 그렇게 넘치는 매력으로 그의 마음을 송두리째 사로잡은 적도 결코 없었다.

그는 자신이 의지력을 잃고 극도로 혼란스러워한다는 사실을 깨달았다. 자신에 대한 엄격함은 털끝만큼도 제 얼굴에 똥칠을 하게 놔두지 않았지만 반면에 여전히 희망을 버리지 못하고 숲 속을 배회하는 자신의 행동 때문에 스스로 혐오스러웠다. 그는 어디서든지 어둠 속에서 그녀와 가까이 마주치거나 한 걸음 더 나아가 여자의 몸을 만지고 신체적 접촉이라도 하게 된다면 여지없이 무너져 송두리째 자신을 빼앗기고 말 것이라는 사실을 확연히 알았다. 그리고 결국 그런 행동은 많은 사람들과 그 여자, 아니 누구보다 절제하고 있는 자신에게 매우 수치스러운 짓이란 걸 깨달았다. 게다가 그는 자신이 동물적 본능을 억제하는 수치심 앞에서 어둠 혹은 신체적 접촉 따위가 주는 부끄러움을 마음에 두지 않기 위한 조건을 찾아냈다는 것도 알고 있었다. 때문에 그는 자신이 매우 추악한 죄인이며, 머릿속이 온통 잡념으로 꽉 차 있는 자신을 미워하고 경멸한다는 사실도 알고 있었다.

그는 끝까지 체념하지 못하는 자신을 증오했다. 그는 매일 하느님께 힘을 주고 파멸로부터 구원해 달라고 기도했으며, 매일 아침 이제부터는 그녀를 보려고 단 한 발짝도 떼지 않을 것이며 깨끗이 잊겠다고 맹세했다. 그는 날마다 자신을 괴롭히는 유혹과 환영에서 벗어나기 위한 방법을 찾아 생각에 골몰했고 마침내 발견한 방법을 실행에 옮겼다.

그러나 모든 것이 소용없었다.

여러 가지 방법 중 하나가 미친 듯이 일에 매달리는 것이고, 두 번째는 잡념이 파고들지 못하게 육체노동에 매달리거나 단식하는 것이었다. 세 번째는 모든 사실을 자신의 아내와 장모 그리고 많은 사람들이 알았을 때 그가 감당해야 할 수치심을 떠올려 보는 것이었다. 예브게니는 모든 수단과 방법을 동원하면서 이겨 낼 수 있다고 자신했지만 시간이 흘러 정오 무렵, 이전에 그녀가 풀을 베고 오다 마주쳤던 그 시각이 가까워지면 어느새 숲을 향해 발길을 옮겼다.

이렇게 고통스런 닷새가 흘렀다. 그는 오로지 멀찌감치 서서 그녀를 바라볼 뿐 한 번도 그녀와 마주 서지 않았다.

16

리자는 점차 원기를 회복하면서 조금씩 나다니게 됐지만 남편에게 일어난 변화를 감지하면서 심기가 편치 않았다. 그녀로서는 도무지 이해할 수 없는 변화였다.

바르바라 알렉세예브나는 마침 출타 중이었고 군식구라곤 오로지 삼촌뿐이었다. 마리아 파블로브나 부인은 평소대로 자신의 거처인 별채에 머물고 있었다.

6월의 천둥 번개를 동반한 소나기가 내리고 나면 자주 그렇듯이 초여름 장대비가 이틀을 내리퍼부을 즈음 예브게니는 넋이 반쯤 나가 있었다. 무섭게 내리는 비로 농장의 모든 일은 중단되었다. 하다못해 거름을 내다 버리는 일조차도 습기와 진창 때문에 여의치 않았다. 농부들은 일손을 놓고 집 안에 들어앉았다. 가축을 몰고 나갔던 목동들은 비에 흠뻑 젖은 채 허둥지둥 집으로 돌아왔다. 내몰린 암소 떼와 양 떼는 목초지를 따라 뿔뿔이 흩어져 내달렸다. 농부의 아내들은 맨발에 숄만 두른 채 더러운 진흙탕을 철벅거리며 흩어져 달아난 암소들을 찾아 나섰다. 길을 따라 새로 생긴 개울이 줄줄 흐르고, 나무의 이파리며 잡초들은 온통 물을 뒤집어썼고, 빗물받이 홈통에서 쉴 새 없이 떨어지는 낙수로 웅덩이에는 물거품이 끓어올랐다.

예브게니는 그날따라 유별나게 무료해하는 아내와 함께 집 안에 들어앉아 있었다. 리자는 몇 번이나 남편에게 요즘 불만스러운 이유가 무엇인가 물어보았지만 그는 노여운 기색으로 그런 것 없다고 잘라 말했다. 그녀는 질문을 체념한 대신 슬픔에 휩싸였다.

그들 부부는 아침 식사 후 응접실에 앉아 있었다. 삼촌은 그동안 수없이 늘어놓았던, 상류사회에서 자신과 친분이 있었던 사람들에 대한 이야기를 되풀이하고 있었다. 부인용 재킷을 뜨개질하던 리자는 한숨과 함께 날씨에 대한 불평을 늘어놓으며 허리가 아프다고 했다. 삼촌은 누워서 쉬라고 충고하고 자신이 직접 포도주를 따라 마셨다. 꼼짝없이 집에 들어앉은 예브게니는 엄청 무료해했다. 모든 것이 무기력하고 지루하게 흘러갔다. 그는 담배를 피우고 책을 읽었지만 내용이 들어오기는커녕 무엇을 읽고 있는지조차 이해하지 못했다.

"아 참, 어젯밤에 들여 온 분쇄기를 살펴보고 와야겠군."

예브게니가 생각난 듯 중얼거리며 일어서서 나갔다.

"당신, 우산 가져가세요."

"아니, 가죽 코트가 있어서 괜찮소. 잠깐 난방실까지만 다녀올 테니."

그는 장화를 신고 가죽 코트를 걸친 다음 공장을 향해 걸어갔다. 스무 걸음이나 갔을까, 농부용 줄무늬 스커트를 잔뜩 걷어올려 허연 장딴지를 다 드러낸 채 자신을 향해 다가오는 여자와 마주쳤다. 그녀는 머리와 어깨에 뒤집어쓴 숄을 손으로 꼭 움켜쥐고 걸어왔다.

"대체 뭘 하고 있지?"

그가 물었다. 처음에는 그녀를 알아보지 못했던 것이다. 그가 그녀를 알아보았을 때는 이미 늦었다. 그녀는 멈춰 선 채 미소 띤 얼굴로 오랫동안 그를 바라보았다.

"송아지를 찾고 있어요. 주인님은 이 빗속에 어디 가시는 길이세요?"

그녀는 마치 매일 그를 봐 왔던 것처럼 스스럼없이 말했다.

"초막에 가는 길이네."

문득 자신이 지금 무슨 말을 어떻게 했는지 몰랐다. 마치 자기 내부의 또 다른 누군가가 그렇게 말해 버린 듯했다.

그녀는 머릿수건 한끝을 잘근잘근 씹더니 눈을 끔벅이고는 정원에서 초막으로 이어진 길 쪽으로 달아나듯 뛰어갔다. 그는 가던 방향을 향해 계속 걷다가 짐짓 라일락나무 뒤에서 방향을 바꿔 그쪽으로 가려고 했다.

"주인님!"

그때 바로 뒤에서 그를 부르는 목소리가 들려왔다.

"주인마님께서 주인님을 찾으십니다. 한시바삐 와 주십사 하는 전갈인데요."

하인 미샤의 목소리였다.

'아, 하느님, 당신께서 저를 두 번째 구해 주셨군요.'

불현듯 그런 생각이 든 예브게니는 지체하지 않고 집으로 돌아왔다. 아내는 이웃에 사는 병든 부인에게 점심때 약을 가져다 주기로 약속했던 일이 생각나 그를 찾은 것이었다. 리자는 남편에게 그 일을 부탁했다.

약을 챙기느라 5분 정도 흘렀다. 약을 받아 들고 나온 그는 집에서 눈에 띄지 않는 초막으로 갈 것인가 말 것인가 마음의 결정을 내리지 못했다. 그러나 막상 집에서 멀어지자 그는 즉시 방향을 바꿔 초막을 향해 다가갔다. 그는 이미 상상 속에서 반가운 미소를 지으며 초막 한가운데 서 있는 그녀를 보았던 것이다. 그러나 그녀는 초막에 없었다. 모습은커녕 그녀가 다녀간 자취조차 없었던 것이다. 그는 비로소 그녀가 초막에 오지 않았으며, 그의 말을 귀담아듣지도 않았고, 말뜻을 알아차리지도 못했다는 생각이 들었다. 그는 행여 그녀가 들을세라 나지막한 콧소리로 자신을 향해 웅얼거렸다.

"어쩌면 여기 오기 싫었던 걸까? 대체 무엇 때문에 그녀가 내게 몸을 던지려 했다고 생각했을까? 그 여잔 남편이 있잖아. 착하고 현명한 아내까지 있으면서 딴 여자에게 한눈을 팔다니 난 정말 파렴치한 인간이야."

그가 초막에 앉아 이런 생각을 하고 있으려니 비가 새는지 지붕 한구석에서 이엉 새로 물방울이 떨어졌다.

'아, 그녀가 만일 여기 왔더라면 얼마나 행복할까! 이 빗속에 나 혼자 이러고 있다니. 나중 일이야 어찌 됐든 간에 꼭 한 번만 다시 그녀를 안아 볼 수 있다면 얼마나 좋을까. 아아, 그래 맞아. 만일 그녀가 여기 왔다면 흔적을 찾을 수 있을 거야.'

그는 초막 쪽으로 향한 지면과 온통 풀로 덮인 오솔길을 유심히 살펴보았다. 미끄러진 맨발 자국이 아직 확실하게 남아 있었다. 그녀가 왔다 간 흔적이 분명했다.

'맞아, 그녀가 왔다 간 거야. 지금은 비록 가고 없지만, 이젠

어디서 보든 간에 곧장 그 여자한테로 가겠어. 이따 밤에 가야지.'

그는 오랫동안 괴롭고 착잡한 마음으로 앉아 있다가 초막을 나왔다. 약을 건네주고 집으로 돌아온 예브게니는 자신의 방에 누워서 점심 식사 때가 되기를 기다렸다.

17

점심 식사를 들기 전 리자는 자신이 생각하고 있는 것을 허심탄회하게 얘기하기 위해 그를 찾아왔다. 요즘 남편이 불만스러워하는 이유가 무엇인지 조심스레 물었고 그녀가 아기를 출산하기 위해 모스크바로 떠나는 것을 남편이 마땅찮게 생각할 것 같아 그냥 집에 머물기로 결심했다고 말했다. 모스크바에 가지 않겠다는 뜻이었다. 그는 아내가 출산과 더불어 혹시나 잘못된 아기를 낳으면 어쩌나 두려워하고 있다는 사실을 알고 있었다. 때문에 아내가 자신에 대한 사랑으로 모든 것을 희생할 각오가 되어 있다는 것에 감동하지 않을 수 없었다. 집안의 모든 것이 이토록 순조롭고 기쁘고 순결한데 비해 자신의 영혼은 더럽고 추악하며 혐오스럽고 끔찍하기만 했다. 그날 밤 내내 예브게니는 자신의 의지박약에 대한 진심 어린 혐오감에도 불구하고 스체파니다에 대한 생각을 털어 내겠다는 단호한 의지도 소용없이 내일이면 모든 게 헛수고요 여전할 것이라는 사실에 무척 괴로워했다.

"아니, 이건 도무지 불가능한 일이야."

방 안을 미친 듯이 서성이며 중얼댔다.

"어떤 방법을 써서라도 이 상황을 이겨 내야 해. 하느님! 어쩌면 좋겠습니까?"

그때 누군가 이국풍으로 방문을 노크했다. 예브게니는 그가 삼촌이라는 걸 알고 있었다.

"들어오세요."

삼촌은 리자의 부탁으로 방문한 것이다.

"예브게니, 너도 알고 있는지 모르겠다만 이미 난 너의 변화를 눈치채고 있었단다. 리자도 물론이고. 리자의 심정이 얼마나 괴로운지 난 십분 이해한단다. 네가 큰 뜻을 품고 시작했던 일들을 죄다 중단하고 방치하면서 겪는 마음의 고생도 이해하지. 네가 진정 원하는 것이 무엇이냐? 뭘 원하는 게야? 인생을 더 산 사람으로서 충고하자면 어디든지 여행을 떠나렴. 리자와 함께 여행길에 오르면 두 사람 다 바로 마음의 안정을 되찾을 게다. 너도 알 테지만 크림 반도는 어떠냐? 거긴 기후가 좋고 훌륭한 산부인과 의사도 있고, 지금 떠난다면 그야말로 포도가 익는 좋은 계절을 크림 지방에서 보낼 수 있을 텐데."

"삼촌!"

느닷없이 예브게니가 외쳤다.

"제 비밀을 지켜 줄 수 있습니까? 나한테는 너무 끔찍하고 수치스러운 비밀인데요."

"넌 내 사랑스런 조카야. 설마 나를 의심하는 건 아닐 테지?"

"삼촌! 저 좀 도와주세요. 제발 저를 악의 구렁텅이에서 끌어내 주세요."

평소에 전혀 존경하지 않던 삼촌에게 자신의 비밀을 털어놓는다 싶으니까, 또 망나니 난봉꾼 같은 자신의 실체를 있는 그대로 드러내려니, 더구나 삼촌 앞에서 자신을 비하하려니 오히려 마음이 가벼워졌다. 그는 한없이 파렴치하고 비열한 자신의 행동을 스스로 벌주고 싶었던 것이다.

"어서 말해 봐, 친구. 내가 너를 얼마나 끔찍이 생각하는지 너도 잘 알잖아?"

궁금해서 못 견디겠다는 듯 재촉하는 삼촌은 내심 예브게니에게 비밀이 있고 더구나 자신에게 털어놓으려고 하는 수치스러운 비밀이라는 것이 어쩌면 자신에게 유용할지도 모른다는 생각에 매우 흡족한 기색이었다.

"무엇보다도 난 내가 얼마나 파렴치한이고, 난봉꾼이며, 비열하고 또 비열한 사람인지 먼저 말하지 않으면 안 돼요."

"뭐라고? 너 지금 무슨 말을 하는 게야?"

삼촌은 거드름 피우는 목소리로 말했다.

"리자의 남편이 됐을 때만 해도 난 파렴치한 사람이 아니었어요. 리자와 결혼했을 때 나는 그녀와 더불어 새로운 사람으로 거듭나길 바랐지요."

아내의 순결함과 사랑을 알 필요가 있었다.

"이를테면 넌 무엇 때문에 거듭나길 바랐던 거냐? 그녀와 결혼해서 변한 게 없단 말이냐?"

"변한 것 같았지만 내 의지와 상관없이 모든 게 헛수고가 됐어요. 난 성실한 남편이 될 준비가 되어 있었어요. 하지만 지금은 모든 게 혼란스러워요. 지금은…… 정말 내가 뭘 어떻게 해야 좋을지 모르겠어요."

"잠깐, 그럴 게 아니라 차분히 설명을 해 보렴."

"물론 그래야겠죠. 총각 시절에 전 우리 마을에 사는 여자와 어리석은 관계를 가졌어요. 그녀와 숲과 들판을 쏘다니며 수없이 만났습니다."

"예뻤냐?"

삼촌이 물었다.

엉뚱하다 못해 황당한 질문에 예브게니는 이맛살을 찌푸렸지만 어쨌거나 누군가의 도움이 필요했기 때문에 삼촌의 말에 귀 기울이지 않고 계속 이어 나갔다.

"난 언제든지 맘만 먹으면 관계를 끊고 안 만날 수 있다고 생각했어요. 실제로 결혼 전에 관계를 끊었고, 일 년 가까이 그 여자를 보기는커녕 생각한 적도 없거든요."

예브게니는 자신의 상황을 묘사한 것을 듣고 있으려니 스스로도 참 이상하다는 생각이 들었다.

"그러다 문득 왠지 모르겠지만 —종종 마법에 걸렸다고 생각될 때가 있잖아요— 우연히 그 여자를 본 순간 한 마리 벌레가 가슴 속으로 기어든 것 같았어요. 그리고 나를 갉아먹기 시작했죠. 그간의 소름 끼치도록 비열했던 행동을 깨닫고 자신에게 화도 냈고 별별 짓을 다하는 순간에도, 가령 제 발로 그 여자에게 간다거나 할 때마다 하느님께서 저를 구해 주셨습니다. 어제 리자가 저를 부르던 그 순간에도 나는 그 여자에게로 가고 있었어요."

"아니, 그 빗속에?"

"네. 전 지쳤어요, 삼촌. 그래서 다 털어놓고 삼촌의 도움을 청하기로 결심했습니다."

"그랬구나. 솔직히 네 영지에서 이런 일이 생긴 건 별로 좋지 못한 일이야. 사람들이 알게 될지도 모르지. 그건 그렇고 리자가 통 기운이 없어 보이던데 네 처를 가엾게 여기렴. 한데 왜 하필 네 영지에 사는 여자였냐?"

다시금 예브게니는 삼촌의 말을 귓등으로 흘리면서 문제의 본질에 접근하기 위해 애썼다.

"제발 저를 자신으로부터 구해 주세요. 이렇게 삼촌께 부탁할게요. 오늘은 우연히 피해 갈 수 있었지만 내일은 또 다음번에는 뒤죽박죽 엉망이 될 거예요. 이젠 그 여자도 알아요. 부디 저를 혼자 내버려 두지 마세요."

"그래. 한데 네가 과연 그렇게 지독한 사랑에 빠진 거냐?"

"아, 절대 그렇지 않습니다. 그게 아니라 설명할 수 없는 강한 힘이 저를 꽉 잡고 놓지 않는 겁니다. 뭘 어떻게 해야 할지 저도 모르겠어요. 만약 제가 더 강건해지면 그땐 몰라도……."

"바로 그거야. 거기서 헤어나려면 내 생각엔 크림 반도로 떠나는 게 좋겠어."

"좋아요. 가겠어요. 하지만 떠날 때까지 삼촌과 함께 있으면서 얘기를 나누고 싶어요."

18

 삼촌에게 자신의 비밀을 고백한 사실과 비 내리던 날 이후 그를 괴롭혀 온 양심의 가책과 수치심은 예브게니를 미망에서 깨어나게 했다. 그들은 한 주일 후에 얄타로 여행을 떠나기로 예정되었다. 이번 주에 예브게니는 여행에 필요한 경비를 마련하기 위해 현청 소재지에 다녀왔으며, 저택 관리와 농장 경영에 필요한 여러 조치를 취하는 동안 다시 삶이 즐거워졌고, 아내와도 가까워지면서 정신적으로 안정과 활기를 되찾있다.
 비 오던 날 이후로 단 한 번도 스체파니다를 보지 않은 채 그는 아내와 함께 크림 지방으로 떠났다. 크림 지방에서 그들은 유쾌하게 두 달을 보냈다. 예브게니는 새로운 감동을 마음껏 느끼면서 이전의 기억들은 완전히 잊은 듯했다. 크림 지방에서 옛 친구들을 다시 만나면서 그들과 특별히 더 친해진 것 같았다. 그 밖에도 새로운 사람들과 교분을 갖게 되었다. 크림에서의 삶은 예브게니에겐 하루하루가 축제일과도 같았으며, 새로운 것을 배우고 익히면서 그에게는 매우 유익한 시간이 되었다. 그들 부부는 그곳에서 자신들과 같은 현 출신인 현청 소재지의 상류층 지도급 인사와 가까이 지내게 되었다. 매우 현명하고 자유방임적인 사고방식을 지닌 인사는 예브게니가 마음에 든 듯 자신이 조직하고 관리하는 정당에 그를 끌어들였다.

8월 말경 리자는 예쁘고 건강한 딸을 낳았는데 예상외로 순산이었다. 9월에 예브게니 이르체네프는 아기와 유모까지 합쳐 네 명이 함께 집으로 돌아왔다. 리자는 아기의 젖을 먹일 형편이 못 되었다. 예전의 두려움으로부터 완전히 벗어난 예브게니는 이제 전혀 새로운, 행복한 사람이 되어 있었다. 그는 모든 것이 변화된 삶을 추구하게 되었는데 특히 아내의 출산을 지켜본 남편으로서 여느 때보다 더욱 아내를 아끼고 사랑하게 되었다. 딸아이를 팔에 안고 있을 때의 느낌은 저절로 입이 벌어질 정도로 경이롭고 매우 유쾌한 것이어서 그야말로 전신이 간질간질했다. 그의 삶에 있어서 새로운 관심사는 농장 경영과 관리 외에도 현청 지도급 인사(그는 고위층 지도자였다)와의 두터워진 교분을 계기로 현의 지방자치회에 대해 관심을 갖게 된 점이었다. 어느 정도는 불타는 공명심에서 비롯됐고, 또 어느 정도는 자신이 지고 있는 의무를 자각한 데서 비롯되었다. 10월에 그를 선출하기 위한 임시 특별 의회가 열릴 예정이었다. 집에 돌아온 뒤에도 그는 현청 소재지에 다녀오는 한편 그를 이끌어 준 지도급 인사를 만나고 왔다.

그는 유혹에 따른 고통이나 그에 따른 심적인 고통과 갈등을 잊고 어렵사리 마음을 추슬러서 스스로 딛고 일어섰다. 그러자 마치 전에 처했던 고통은 한때 정신착란에서 비롯된 발작처럼 여겨졌다.

이런 과정을 거치면서 그는 이제 이전의 기억들로부터 완전히 자유로워졌다고 느꼈고, 한 발 더 나아가 집사와 단둘이 남왔을 때 아무 근심 없이 물어볼 수 있었다. 전에 이미 집사 바실리와 그 여자에 대해 의논한 적이 있었으므로 예브게니는 부끄러운 감정 없이 넌지시 물었다.

"그래, 페치니코프 시도르는 아직도 집에 오지 않았나?"

"여전히 모스크바에 살고 있습죠."

"그럼 그 안식구는?"

"그 엉터리 같은 여자 말씀이세요? 지금은 또 지노비와 배가 맞아 놀아난답니다. 정말 한심해요."

'그것 참 잘됐군. 아무려나 나와 상관없는 걸 보면 놀라워. 이제 정말 나도 변할 거야.'

예브게니는 내심 기뻤다.

19

모든 것이 예브게니의 희망대로 이루어졌다. 영지는 온전히 그의 수중에 남았고, 사탕수수 공장은 아무 문제없이 가동되었으며, 사탕무는 풍작이라 수입이 점점 늘어났다. 더구나 아내도 순산한데다 장모는 떠났고, 그도 지방자치회에서 만장일치로 선출되었다.

예브게니는 현청 소재지에서 선거가 끝난 후 영지로 돌아왔다. 쏟아지는 축하 인사에 당선사례를 해야만 했다. 그는 점심 대접을 하면서 샴페인을 다섯 잔이나 마셨다. 그의 삶은 이제 새로운 계획으로 가득 찼다. 집으로 돌아온 그는 앞으로 전개될 자신의 인생에 대해 골똘히 생각했다. 바야흐로 바비에 레토[8]였다. 마을을 관통하는 도로는 아름답게 뻗어 있었고 햇빛도 찬란했다. 저택에 다다를 때까지 예브게니는 선거 결과 자치회 의원으로 선출된 이상 민중들 속에서 의원 신분으로 자신이 항상 꿈꿔 왔던, 즉 대중들에게 생산 작업뿐 아니라 일거리를 제공하는 데 도움이 되도록 직접적인 영향을 미칠 수 있어야 한다는 생각을 했다. 그는 소작인들이 3년 뒤에 자신에 대해 어떤 판단을 내릴지, 또 다른 농부들의 판단은 어떨 것인지 떠올려 보았다.

'그래, 바로 이거야.'

그런 생각을 하면서 마을 한가운데를 지날 즈음에 눈앞에 물이 가득 든 나무통을 지고 길 옆을 지나가는 농부와 마을 여자가 보였다. 그들은 멈춰 서서 예브게니가 탄 유개 마차가 지나갈 수 있게 비켜섰다. 농부는 페치니코프 노인이었고, 여자는 스체파니다였다. 예브게니는 여자를 보는 순간 금세 알아봤지만 전혀 감정의 동요 없이 마음이 편안한 것에 기뻤다. 그녀는 여전히 아름다웠지만 조금도 그를 감동시키지 못했다. 그는 집에 도착했다. 아내와 현관에서 마주쳤다. 아름다운 저녁이었다.

"그래, 축하 인사를 해도 되겠나?"

삼촌이 물었다.

"그럼요. 당선됐어요."

"그거 참 잘됐구나. 그럼 다 같이 축배를 들어야지."

---

[8] 농부들의 여름이란 뜻으로, 9월 초순 초가을의 밝고 따뜻한 날이 일주일 내지 열흘간 지속되는 기간.

다음 날 아침, 예브게니는 그동안 선거를 치르느라 등한시했던 농장을 둘러보러 나갔다. 인근 마을에서는 새로 들여온 탈곡기가 한창 돌아가고 있었다. 털털대며 돌아가는 모양을 지켜보던 예브게니는 일손을 돕고 있는 아녀자들이 눈치채지 못하게 조심하면서 그들 속으로 섞여 들어갔다. 조심한다고 했지만 그는 짚단을 나르고 있는 검은 눈동자에 빨간 머릿수건을 두른 스체파니다의 존재를 한두 번 눈길에 금방 알아차렸다. 힐끗힐끗 그녀를 곁눈질하면서 예브게니는 다시금 뭔가 분명하게 설명할 수 없는 기분에 휩싸이는 것을 느꼈다.

다음 날, 그는 다시 탈곡장으로 향했다. 특별한 용무도 없이 두 시간가량 머물면서 그는 이미 너무나도 익숙한, 젊고 아름다운 여자의 육체를 눈으로 마음껏 탐닉했다. 한편으로 그는 파멸을 떠올렸다. 완전히 돌이킬 수 없는 파국이었다. 다시 시작된 이 고통, 두려움과 공포가 또다시 덮친 것이다. 구원은 없었다.

드디어 예상했던 일이 그에게 벌어졌다. 다음 날 저녁, 그는 자신도 모르는 사이에 그녀의 집 뒤뜰에 서 있었다. 정신을 차려 보니 전에 가을날 한 번 만나 관계를 가졌던 건초를 쌓아 놓는 헛간 맞은편이었다. 그는 마치 산책이라도 하는 양 잠시 멈춰 서서 담배에 불을 붙였다. 이웃집 여자가 그를 발견했다. 돌아서는 그의 등 뒤로 여자가 누군가에게 하는 말소리가 들렸다.

"가 봐, 기다리시잖아. 지쳐서 곧 쓰러지실 거 같아. 어서 가 보라니까, 이 맹추야!"

그는 스체파니다가 헛간으로 달려가는 것을 보았지만 발길을 돌리지 않으면 안 되었다. 하필이면 평소에 잘 알고 지내는 농부와 마주쳤기 때문에 별수 없이 집으로 돌아왔다.

20

예브게니가 응접실에 들어섰을 때는 모든 것이 낯설고 부자연스럽게 여겨졌다. 아침에 일어났을 때 활기를 찾은 그는 다 털어 버리고 다신 생각조차 하지 않겠다고 결심했다. 그러나 왠지 모르게 아침 내내 일에 흥미를 느낄 수 없었다. 그런 어수선함에서도 자유로워지기 위해 무던히 노력했다. 그동안 무엇보다도 중요하게 여겼고 자신을 기쁘게 했던 것들이 지금은 모두 사소하고 하찮게 생각되었다. 그는 무의식적으로 일에서 자유로워지려 애썼다. 보다 깊이 고찰하고 생각을 정리하는 차원에서 자신을 둘러싸고 있는 골치 아픈 일거리에서 놓여날 필요가 있다고 생각했다. 그래서 다 제쳐 두고 홀로 방 안에 들어앉았다. 그러나 막상 혼자가 되자 숲과 정원으로 생각이 옮겨 갔다. 모든 장소들이 그를 붙잡고 놓아 주지 않는 기억, 기억들로 얼룩졌다. 그는 마치 자신이 정원을 거닐면서 무언가 심각하게 생각하고 있는 것 같은데, 또 한편으로 아무 생각 없이 멍청히 무의식적으로 그녀를 기다리고 있다고 여겨졌다. 만나고 싶어 하는 간절한 소망을 그녀가 기적적으로 알고 이리로 오거나 인적이 드문 저기 어딘가로 온다면, 앞이 잘 보이지 않는 이런 밤에 스체파니다가 온다면 여자의 육체를 어루만질 텐데…… 중얼거렸다.

'그래, 내가 진심으로 원할 때 끝내는 거야. 건강을 위해 깨끗하고 건강한 여자를 만나려는 거잖아. 아니지. 이런 식으로 그 여자와 어울려서는 안 돼. 그동안 내가 그 여자를 붙잡고 있다고 생각했는데 어쩌면 그 여자가 나를 붙잡고 있었는지 몰라. 붙잡는 정도가 아니라 잡고 늘어졌던 거야. 그동안 자유롭다고 생각했는데 진정 자유로웠던 게 아니었어. 결혼할 때 자신을 속였던 거야. 모든 게 어리석었고 속임수였어. 그 여자와 관계를 가진 이후로 남편으로서의 참된 감정을 맛보는 새로운 경험을 했지. 그래. 그때 그 여자와 결혼했어야 했어. 맞아. 내 인생에게는 두 개의 가능성이 있어. 하나는 리자와 시작했던 결혼 생활이야. 벌여 놓은 여러 사업과 농장 경영 그리고 딸 아이, 나에 대한 사람들의 존경, 만일 이것이 내 인생이라면 스체파니다는 없어져야 해. 그러려면 전에 말했던 것처럼 멀리 보내든가 없애 버리는 수밖에 없어. 그러나 처음부터 없었던 것처럼 또 다른 삶은 그녀 남편에게 돈을 주고 그녀와 헤어지게 한 다음 함께 사는 거야. 대신 치욕이나 불명예는 감수해야 되겠지. 그렇게 되려면 리자와 미미9가 사라져 줘야 하는데. 아냐, 아이는 방해될 게 없어. 오직 리자만 없어지면 되니까 리자가 떠나야 해. 나를 저주하면서 멀리 떠날 테지. 내가 한 여자 때문에 자신을 배신했고 위선자이고 비열한 놈이란 걸 알게 된다면 그건 너무 잔인해! 이 방법은 안 돼.'

---

9) 예브게니와 리자의 딸 이름.

그는 꼬리에 꼬리를 물고 공상을 계속했다.

'만일, 만약에 말이지. 리자가 병에 걸려 죽는다고 치자. 리자만 죽으면 만사형통일 텐데.

만사형통이라! 아, 부질없는 짓이야. 안 돼. 만일 죽어야 한다면 스체파니다가 죽어야지. 그래야 모든 게 무난히 해결되지.

그래, 마치 남자들이 아내나 애인을 독살하거나 살인하는 것처럼 말이지. 만나자고 유인한 다음 포옹하는 척하면서 리볼버 권총으로 가슴을 쏴 버리는 거야. 그럼 끝이야.

그 여자는 악마야. 진짜 악마라고. 그 여자는 내 의지와 반대로 온통 나를 사로잡고 뒤흔들고 있어. 죽여 버려? 그래. 오로지 두 가지 선택밖에 없어. 아내를 죽이든가 그 여자를 죽이는 방법. 이렇게 살 순 없잖아. 더 이상 못 살겠어. 좀 더 심사숙고하고 앞을 내다볼 필요가 있어. 만일 그냥 이런 상태로 지속된다면 앞으로 어떤 일이 벌어질 것인가?'

또다시 혼잣말로,

'내가 원하는 바가 아냐. 기필코 떨쳐 버릴 거야. 말뿐인 채 저녁 어스름이면 그녀의 집 뒤뜰로 달려갈 테고 그 사실을 안 그녀가 내게로 올 것이다. 아니면 드디어 마을 사람들이 알고 아내에게 일러바치거나, 어쩌면 거짓말을 할 줄 모르는 내 성격에 스스로 아내에게 털어놓을지도 모르지. 이렇게 살 순 없어. 정말 그럴 순 없지. 알게 될 거야. 파라샤, 대장장이, 사람들 전부 알게 되겠지. 과연 이렇게 살 수밖에 없는 걸까?

안 돼. 오로지 두 가지 탈출구밖에 없어. 아내를 죽이든가 그녀를 죽이든가. 그리고 또……아, 그래, 세 번째 방법이 있지. 나 자신, —나지막이 소곤대다 불현듯 등골이 오싹해짐을 느꼈다.— 자살하는 거야. 그러면 두 사람을 죽일 필요도 없잖아.'

오직 그 방법밖에 없다고 생각되자 공포가 밀려왔다.

'리볼버 권총이 있지. 하지만 과연 스스로 총을 쏠 수 있을까? 한 번도 생각해 본 적이 없는데. 왠지 이상한 생각이 드는군.'

그는 자신의 방으로 돌아와 곧바로 권총 상자를 넣어둔 장롱을 열었다. 그러나 아내가 들어왔기 때문에 권총이 든 상자를 열지 못했다.

21

그는 권총 상자를 신문으로 덮었다.

"또 재발했군요."

아내는 놀란 표정으로 그를 바라보며 말했다.

"뭐가 또란 말이오?"

"당신이 예전에 내게 전혀 말하고 싶어 하지 않던 때의 그 끔찍한 표정 말예요. 제냐, 사랑스런 나의 비둘기, 말해 보세요. 제가 보기에 당신은 무척 괴로워하고 있어요. 제발 털어놓으세요. 그럼 훨씬 마음이 편해질 거예요. 무슨 일이든 얘기하고 나면 지금 당신이 겪고 있는 고통이 훨씬 덜할 거예요. 틀림없이 뭔가 불길한 일이 있다는 거 알고 있어요."

"당신이 알고 있다고? 천만에!"

"말해 봐요. 털어놓으세요. 말해 줘요. 안 그러면 당신을 놔주지 않겠어요."

그는 슬픔에 찬 미소를 지어 보였다.

'말해 버릴까? 아냐, 그럴 수 없어. 어떤 말도 해선 안 돼.'

그가 아내에게 털어놓으려던 바로 그 순간 유모가 방에 들어와 아기를 산책시켜도 되겠냐고 물었고, 리자는 아기의 옷을 입히기 위해 나가야 했다.

"당신, 제게 털어놓으실 거죠? 금방 올게요."

"글쎄, 어쩌면……."

리자는 남편의 고난에 찬 미소를 결코 잊을 수가 없었다. 그녀는 방에서 나갔다.

예브게니는 발소리를 죽이며 마치 강도처럼 서둘러 권총 상자에서 리볼버를 꺼내 움켜쥐었다.

'총은 장탄되어 있군. 그래. 오래 전에 장전해 뒀었지. 총알이 하나 모자라는군. 자, 이제 어떤 일이 일어날 것인가.'

그는 총을 관자놀이에 댄 채 주저했다. 그러나 스체파니다를 떠올리자 그녀를 다시 보지 않겠다던 결심, 갈등, 유혹, 전락, 반복되는 몸부림, 두려움으로 몸서리를 쳤다.

'아니, 이 방법이 훨씬 나아.'

그는 방아쇠를 당겼다.

발코니에 있던 리자가 총소리를 듣고 놀라 방으로 뛰어 들어왔을 때 그는 마룻바닥에 엎드려 있었다. 상처에서 흘러나온 거무죽죽하고 따뜻한 피가 흥건한 채 시신은 아직 가늘게 떨고 있었다.

사건의 귀결은 이러했다. 아무도 그가 자살한 이유를 설명할 수도 이해할 수도 없었다. 삼촌조차도 그의 자살 원인이 2개월여 전에 예브게니가 털어놓았던 그 일과 상관있으리라곤 생각조차 못했다.

바르바라 알렉세예브나 부인만이 이런 일이 벌어질 줄 예측했다고 말했다. 필시 그가 언쟁할 때 알았을 것이다. 그러나 리자와 마리아 파블로브나 부인은 도무지 이해할 수 없었다. 어째서 이런 일이 일어났는지, 어쨌거나 예브게니가 정신병을 앓고 있었다는 의사의 소견은 믿을 수 없었다. 아내와 어머니는 그네들이 알고 있는 다른 수천 명의 사람들보다 예브게니가 더 분별 있고 상식 있는 사람이었기 때문에 더더욱 의사의 소견에 동의할 수 없었다.

실제로 만일 예브게니 이르체네프가 정신 병력을 가진 자였다면 다른 모든 사람들 역시 정신병자인 셈이다. 진짜로 정신병을 앓고 있는 사람들은 ―의심할 여지 없이 다른 사람들에게서 발견하는 광기의 징후를 자신에게서는 보지 못한다는 사실이다.

1889년 11월 19일 야스나야 폴랴나

22

또 다른 결말

……. 혼자 중얼거린 후 책상으로 다가간 예브게니는 리볼버 권총을 꺼낸 후 총을 내려다봤다. 총알이 하나 모자랐다. 바지 주머니에 총을 넣었다.
"아니, 이런, 지금 내가 뭘 하는 거지?"
갑자기 그는 소리치며 두 손 모아 기도하기 시작했다.
"하느님, 저를 도와주시고 구원해 주십시오. 당신께서 아시다시피 저는 어리석고 나쁜 길로 빠지길 원치 않지만 혼자 힘으로는 불가능합니다. 부디 저를 도와주십시오."
기도를 마친 그는 성호를 그었다.
'스스로 극복할 수 있어. 나가서 산책하면서 차근차근 생각해 봐야지.'
그는 문간방에서 반코트를 입고 덧신을 신은 후 현관을 나섰다. 발걸음은 자신도 모르게 정원을 지나 자기 소유의 이웃 마을로 통하는 길로 접어들었다. 이웃 마을 공터에는 탈곡기가 돌아가면서 내는 낮고 둔탁한 소리와 소몰이꾼 소년들의 고함 소리로 왁자지껄했다. 예브게니는 곡물 창고로 들어섰다. 스체파니다가 거기 있었다. 그는 곧바로 그녀를 보았다. 그녀는 이삭을 그러모으고 있다가 그를 보고 눈웃음을 치더니 즐거운 표정으로 민첩하게 뛰어다니면서 흩어진 이삭을 주워 모았다. 재빠르고 빈틈없었다. 예브게니는 원치 않았지만 그녀를 바라보지 않을 수 없었다. 그는 그녀를 보지 않던 시절을 떠올렸다. 그때 집사가 다가와서 지금 타작이 거의 끝나가고 있는데 이삭을 오래 방치해 둔 까닭에 낟알이 건조해져서 수확량이 줄었다고 보고했다. 예브게니는 이따금 곡물을 묶은 단이 평평하고 고르지 않게 통과하는 바람에 삐거덕 소리를 내는 탈곡기의 원통 가까이 다가가서 살펴보면서 이런 곡식 묶음이 많은가 집사에게 물었다.

"다섯 수레쯤 될 겁니다."

"여기 이걸 좀……"

말문을 연 예브게니는 미처 말을 마치지 못했다. 탈곡기의 원통 가까이 다가온 그녀가 이삭을 긁어모으면서 미소가 담뿍 담긴 시선으로 쳐다보는 통에 그의 가슴이 턱 막혀 왔기 때문이다. 그녀의 눈매는 둘 사이에 있었던 환희에 차고 근심 없었던 사랑에 대해 말하고, 그가 자신을 원하고 있다는 사실과 그가 그녀 집 뒤뜰의 헛간까지 왔던 사실을 이미 다 알고 있다고 말하는 듯했다. 게다가 그녀는 옛날처럼 어떤 악조건이나 그들의 무분별한 행동의 결과로 빚어질 사태도 개의치 않고 그와 더불어 행복하게 살 준비가 되어 있다고 속삭이는 것 같았다. 예브게니는 그녀의 유혹에 말려든 기분이었지만 항복하고 싶지 않았다.

그는 자신의 기도를 떠올리고 또 기도했다. 여러 번 되풀이 기도했지만 아무 소용이 없다는 것을 곧바로 깨달았다.

오직 한 가지 생각에만 몰두했다. 어떻게 하면 다른 사람들이 눈치채지 못하게 그녀와 만날 약속을 정할 수 있을까?
"만약 지금 끝내면 새 낟가리를 시작하거나 아님 내일 시작하라고 지시를 하셔야죠?"
집사가 물었다.
"그래, 그러지."
대답을 하면서도 예브게니는 다른 아낙네들과 함께 곡식 더미 곁에서 흩어진 이삭을 주워 모으고 있는 그녀를 하릴없이 눈으로 쫓았다.
'과연 난 정말 내 자신을 지킬 수 없는 걸까? 진짜 나는 파멸할 것인가? 하느님 맙소사! 어떤 신도 없어. 오직 악마만 있을 뿐이야. 바로 그 여자지. 악마가 나를 통째로 차지하고 있다고! 하지만 난 싫어. 싫다니까. 악마, 그래 악마야!'
그는 그녀 곁으로 다가간 다음 호주머니에서 리볼버 권총을 꺼낸 뒤 한 번, 두 번, 세 번 그녀의 등에 대고 방아쇠를 당겼다. 그녀는 달아나다가 곡식 더미에 쓰러졌다.
"아니 어떻게 저런 일이! 이게 대체 무슨 일이야?"
아낙네들이 비명을 질렀다.
"아니, 얼떨결에 한 짓이 아냐. 고의로 저 여자를 죽인 거라고! 자, 어서 경찰서장을 데려오시오."
예브게니가 외쳤다.
그는 집으로 돌아온 후 아내에겐 일절 말없이 자신의 방으로 들어가서 두문불출했다.

"나 좀 혼자 내버려 둬요. 곧 전말을 알게 될 테니."

예브게니는 방문을 사이에 두고 아내에게 소리쳤다.

한 시간 후 그는 벨을 눌러 하인을 부른 다음 명령했다.

"스체파니다가 살아 있는지 가서 알아보고 오게."

이미 모든 것을 알고 있던 하인은 한 시간 전에 이미 여자가 죽었노라고 말했다.

"그거 잘됐군. 이제 나를 내버려 둬. 경찰서장이나 예심판사가 오면 알려 주게."

다음 날 아침, 경찰서장과 예심판사가 집으로 왔고, 예브게니는 아내와 딸과 작별한 후 감옥에 갇혔다.

재판이 진행되었다. 처음에는 배심 재판을 받았다. 그리고 일시적인 정신착란으로 인정되어 교회에서 참회하도록 판결이 내려졌다.

그는 감옥에서 9개월간 수형 생활을 했고, 수도원에서 한 달 머물렀다.

감옥에 갇혀 있는 동안 그는 술을 마시기 시작했고, 수도원에서 지내는 동안에도 계속 마셔서 집으로 돌아왔을 때는 몹시 쇠약해져 있었으며 자각하지 못하는 새 알코올 중독자가 되었다.

바르바라 알렉세예브나 부인은 이런 일이 있을 줄 예상했다고 말했다. 필시 그가 언쟁할 때 알았을 것이다. 그러나 리자와 마리아 파블로브나 부인은 도무지 이해할 수 없었다. 어째서 이런 일이 일어났는지, 어쨌거나 예브게니가 정신병 증세를 보인 정신병자였다는 의사의 소견을 믿을 수 없었다. 아내와 어머니는 그네들이 알고 있는 다른 수천 명의 사람들보다 예브게니가 더 분별 있고 상식 있는 사람이었기 때문에 더더욱 의사의 소견에 동의할 수 없었다.

　실제로 만일 예브게니 이르체네프가 죄를 범했을 당시 정신병 증세를 보였다면 다른 모든 사람들 역시 정신병자인 셈이다. 진짜 이 정신병을 앓고 있는 사람들은 —의심할 여지 없이 다른 사람들에게서 발견하는 광기의 징후를 자신에게서는 보지 못한다는 사실이다.

범죄 안에 깃든 행복
Le bonheur dans le crime

Barbey d'Aurevilly

바르베 도르비이 지음 | 정숙현 옮김

바르베 도르비이 Barbey d'Aurevilly | 19세기 프랑스의 소설가·평론가(1808
~1889). 캉대학에서 법률을 공부하였으며, 단조로운 현실 묘사에 만족하지 않고 평범한 사람보
다는 비정상적인 인간들을 주인공으로 삼아 작품을 집필하였다. 그는 인간의 심연과 악마성, 그
로테스크의 세계를 선보였으며, 평론가로서도 매우 신랄한 글을 집필하였다. 1841년 소설 〈이
루지 못할 사랑〉으로 데뷔한 후 〈늙은 정부(情婦)〉, 〈반했던 여인〉, 〈결혼한 신부(神父)〉, 〈악녀
들〉 등을 발표하였다.

✝

　작년 가을 어느 날 아침, 나는 식물원을 산책하고 있었다. 옆에는 오랜 친구로 꼽을 만한 토르티 선생이 함께 했다. 토르티 선생은 어린 나이에 이미 V⋯⋯ 시에서 병원을 개원하였다. 선생은 대략 삼십여 년간 탈 없이 제 직분을 마친 뒤, 그러나 환자들이 죽기도 해서 더 이상 환자를 받지 않았다. 환자란 모두 '소작인'이라는 선생 자신의 말마따나 노르망디 지방에서 가장 비옥한 땅을 가진 지주도 선생만큼 소작료를 많이 받은 이가 없을 정도였는데도 말이다. 나이가 나이인지라 제 직분에서 벗어나는 게 소원이었던 선생은 마치 평생을 굴레에 매여 끌려 다니다가 결국 그 굴레를 벗어난 짐승처럼 어느 날 갑자기 파리로 증발해 버렸다. 필경 파리에서 선생은 식물원 근처 퀴비에 거리에 정착한 것 같았고, 내킬 때만 진찰 일을 하고 있었던 모양이다. 기왕에 꺼냈으니 하는 말이지만, 선생은 정말 환자를 잘 파악하는 매우 탁월한 의사였다. 그는 뼛속 깊이 의사라는 직업적 천성을 지니고 태어난 사람이었던 것이다. 뿐만 아니라 생리학이나 병리학에만 국한되지 않고 다방면에 걸쳐 대단히 날카로운 관찰가의 면모를 과시하기도 했다.
　당신도 혹시 토르티 선생 같은 의사를 만나 본 적이 있는가? 대담하고 기운이 넘치는 사람이라 웬만해서는 장갑을 끼지 않

_101

고 겨울을 났다. 선생은 '장갑 낀 고양이는 쥐를 잡지 못한다'는, 자기가 지어낸 대단히 그럴 듯한 격언을 그 이유로 들곤 했다. 섬세하면서도 강인한 유형의 사람인 선생은 이제까지 수없이 많은 쥐를 잡아 왔으며 앞으로도 계속 잡고 싶다고 말하기도 했다. 사실을 말하자면 나는 이런 타입의 인물을 굉장히 좋아하는데, 특히 다른 사람들이 싫어하는 면들이 내겐 더 좋게 느껴지는 것이다(이렇게 보면, 나는 나 자신을 잘 아는 것 같다). 아닌 게 아니라 평상시 건강할 때 사람들은 토르티 선생같이 퉁명스러운 괴짜 의사를 싫어하는 경향이 있다. 하지만 아무리 그를 싫어하는 사람이라도 일단 선생의 손에 의해 병이 낫게 되면 로빈슨 크루소의 총구 앞에서 벌벌 떠는 야만인이나 다름없이 선생 앞에서 지극히 공손해지기 마련이었다. 총은 야만인들을 죽이는 무기지만 의사야 환자를 구하는 사람이니, 굽실거려야 하는 이유가 완전히 상반되기는 하지만 말이다. 많은 사람들이 그를 이런 식으로 존경하지 않았더라면, 귀족적이고 신앙심 깊으며 잰 체하기 좋아하는 그 작은 도시의 사람들 틈바구니 속에서 2만 리브르[1]라는 고수입을 올리는 것은 도저히 불가능했을 것이다. 만약 자기들의 편견이나 의사에 대한 반감에만 솔깃했다면, 마을 사람들은 진작 선생 같은 사람 하나쯤 가뿐히 마을 밖으로 쫓아 버렸을 위인들이었으니까. 엄청나게 냉철한 이성의 소유자였던 선생 자신이 그런 걸 모를 리 없었고, 한편 선생은 자주 이런 상황을 농담거리로 삼곤 했다. 삼십 년 동안 V…… 시에서

---

1) 프랑스의 옛 화폐 단위.

진료라는 강제 노동에 시달린 그는 자주 이렇게 빈정대곤 했던 것이다.

"이 사람들은 나와 병자성사[2], 이렇게 둘 중 하나를 선택해야만 했소. 하지만 아무리 독실한 신자도 결국 성유(聖油)보다는 나를 더 좋아하던걸."

이렇게 지금 여러분도 보다시피 선생에게는 도무지 거리낌이 없었다. 더구나 선생의 농담에는 더러 불경스러운 면도 있었다. 의사로서 갖추어야 할 철학적 덕목에 있어서만큼은 카바니스[3]의 진징한 제자였던 그는, 시긋지긋한 의과학교의 오래된 친구 쇼시에와 더불어 완벽한 유물론자인데다가 뒤부아 가문[4]의 장손을 능가할 만큼 지독한 독설가이기도 했던 것이다. 선생은 무엇이든 아래로 끌어내려야만 직성이 풀리는 사람이라 공작 부인에게든 여왕의 시녀에게든 허물없이 말을 걸 수 있을 정도였고, 더구나 그들을 무조건 생선 장수 아주머니와 똑같이 '마담'이라고 불렀다. 토르티 의사의 시니컬한 독설이 어느 정도였는지 잠시 예를 들어 볼까 한다.

어느 날 저녁, 가나슈 클럽에서 선생은 마치 자신이 주인이라도 되는 양 이백이십여 명이 둘러앉아 있는 화려한 사각 식탁을 흐뭇한 표정으로 구석구석을 둘러보면서 이렇게 말하기도 했다.

"바로 내가 이 사람들을 죄다 창조해 냈지!"

---

[2] 사고나 중병, 고령으로 죽음에 임박한 가톨릭 신자가 받는 성사.
[3] 피에르 장 조지 카바니스(1757~1808). 프랑스의 의학자·철학자. 미라보의 친구로 프랑스 혁명에도 중요한 역할을 했다. 프랑스의 의학 교육에 공헌하였으며, 유물론적 생리학을 창시하였다.
[4] 당시 독설과 비판, 신랄한 언사로 유명했던 프랑스의 가문.

그때 선생의 자랑스러워하던 표정은 지팡이 하나로 바위를 샘으로 만들었다는 모세조차 따라가지 못할 지경에 이르는 것이었다. 그런들 달리 어쩌겠는가? 선생에게 존중 같은 재능은 아예 태어날 때부터 주어져 있지 않았던 것을. 한술 더 떠서 선생은 다른 사람들이 머리 꼭대기에 차고 넘치도록 갖고 있는 그런 재능이 자신에게는 아예 없다고 강조해서 말하곤 했다. 이미 칠십이 넘은 나이에도 선생은 토르티[5]란 이름에 썩 잘 어울리게 뼈마디가 불거져 나온 골격과 꼿꼿하고 건장한 몸에 냉소적인 인상의 소유자였고, 자르르 윤기가 흐르는 짧은 머리칼의 밤색 가발 아래 두 눈은 여전히 시력이 좋아 안경을 써 본 적이 없는 데다가 늘 타인을 꿰뚫는 듯했다. 언제나 회색 아니면 오랫동안 '모스크바의 안개 색'이라 불리던 밤색 양복 차림이라 그런지, 환자의 가운처럼 옷차림이나 행동거지에서 하얀색으로 칭칭 감은 단정한 파리의 의사들과는 완전히 딴판이었다. 아닌 게 아니라 선생은 별종 가운데에서도 가장 별종에 속했다. 사슴가죽 장갑을 끼고 있었으며, 밑창이 딱딱하고 굽이 넓은 장화를 신고 한 걸음 한 걸음 소리 내며 걸음을 옮길 때면 그 걸음이 마치 경계경보 소리 같기도 하였고, 기사들이 내던 발걸음 소리 같기도 했다. 아니, 기사의 발소리라고 말하는 편이 옳을 것 같다. 삼십 년 동안 몇 년 간이더라? 하여튼 아주 오랜 기간 동안 선생은 다리에 단추를 채운 '소음'의 대명사로 통했고, 길을 나설 때면 전

---

5) 토르티(Torty)는 프랑스어로 '보수당원'을 뜻하는 tory와 '과오, 과실'을 뜻하는 tort의 합성어이며, 따라서 실수나 과오를 절대 용납하지 않는다는 뜻을 내포하고 있다.

설 속의 괴물인 반인반마(半人半馬) 켄타우로스라도 완전히 박살내 버릴 것같이 요란하게 말을 몰곤 했다. 그뿐만이 아니었다. 조금의 흔들림도 없이 허리를 떡하니 버티고서 넓은 가슴을 구부리는 그 방식에 있어서나, 옛 마부들처럼 좀 휘긴 했지만 류머티즘 기가 전혀 없는 튼튼한 두 다리에 균형을 잡고 서 있는 품만 보아도 이 모든 것을 짐작하고도 남음이 있었다. 아메리카 숲을 누비던 기사 페니모어 쿠퍼[6]처럼 토르티 선생은, 말하자면, 울퉁불퉁한 코탕탱[7] 길을 향하는 기사였다. 영웅 쿠퍼가 그랬듯이 선생도 사회의 동념이나 규칙을 조롱하는 자연주의자였지만, 그걸 페니모어 쿠퍼식으로 신(神)이란 개념으로 바꿔 놓지 않아서 결국 가치 없는 관찰자나 인간 혐오주의자가 될 수밖에 없는 사람이었던 것이다. 결국 선생의 행로는 피할 수 없는 운명을 맞이한다. 물론 선생 역시 그런 제 운명의 길을 말없이 따랐다. 다만 여느 사람과 다른 게 있었다면 가죽 끈으로 동여맨 말의 양 옆구리로 바람 나게 진흙을 튀기며 달리는 와중에도 인생의 흙탕물에 대해서 신물을 느낄 정도의 여유가 있었다는 점이었다고나 할까. 아무튼 그는 인간을 혐오하는 일반적인 사람들과 비교해 보아도 아주 딴판이었다. 인간성에 분노하는 고상한 사람은 아니었던 것이다. 선생은 어지간해서 노여워하는 법도 없었다. 그는 담배를 피워 무는 것 이상으로 조용히 인간을 경멸할 뿐이었고, 담배를 꺼내 집는 행동이나 인간을 경

---

[6] 미국의 작가 제임스 페니모어 쿠퍼(1789~1851).《모히칸족의 최후》로 유명하다.
[7] 프랑스 북서부 노르망디 지방에서 영국 해협에 돌출된 반도.

멸하는 행동을 똑같은 방식으로 즐겼다고까지 말 할 수 있었다.
 아마 이 정도면 토르티 선생에 대해 비교적 정확한 설명이 되었을 것이다.
 우리가 산책하고 있던 그날은 떠나려는 제비도 잡아 붙들 것 같이 맑고도 화창한 전형적인 가을 날씨였다. 노트르담 성당에서 정오를 알리는 종소리가 울렸다. 진동하는 공기가 어쩌면 그렇게 투명할 수 있는지! 묵직한 종소리는 출렁이는 초록빛 강물을 넘어 우리 머리 위까지 길고도 윤기 흐르는 파동을 쏟아붓는 듯했다. 붉게 변한 공원의 나뭇잎들이 하나둘씩 안개 낀 시월 아침에 잠겨 푸른 물방울에 몸을 씻고 있었고, 늦은 계절 아름다운 태양은 황금빛 솜털로 선생과 나, 이렇게 두 사람의 등을 따스하게 어루만져 주고 있었다.
 어느덧 우리는 동물원에서 가장 유명하다는 흑표범 앞에 다다르게 되었다. 이듬해 겨울, 여자아이처럼 가슴앓이를 하다가 죽게 될 그 표범이었다. 우리 주위에는 식물원을 들러 이곳을 지나가는 평범한 관람객이 여기저기 흩어져 있었다. 이들은 대부분 병사나 아이들을 돌보는 하녀 등 특정 계층으로, 철창 앞을 어슬렁대거나 꼼짝하지 않은 채 잠자는 짐승들에게 호두 부스러기나 밤 껍질 나부랭이를 던지면서 좋아하곤 하는 사람들이다. 우리가 이리저리 돌아다니다 보게 된 그 표범은 자바 섬에만 서식하는 특수한 품종이었다. 세상에서 가장 강렬한 자연을 가진 고장, 인간이 길들일 수 없는 거대한 암호랑이 같은 곳, 다루기 어려우며 환상적인 땅에서 자라난 모든 것이 사람을 물어뜯는 동시에 사람의 마음을 매혹시키는 바로 그런 곳 말이다. 자바는 다른 데서 찾아볼 수 없는 진한 향기와 화려한 색깔의 꽃, 달고 맛있는 과실, 아름답고 억센 동물이 사는 곳이라 황홀하면서도 독기 서린 풍경과 그런 풍경이 주는, 온몸을 찌르는 듯한 짜릿짜릿한 감각을 경험해 보지 못한 사람은 이 섬의 격렬한 생명력을 상상해 볼 수 없을 것이다.

표범은 매끈한 발을 앞으로 내민 채 시름없이 몸을 쭉 뻗대고 있었는데, 특히 꼿꼿이 세운 머리와 한곳에 고정된 에메랄드빛의 두 눈은 자기 고향의 경탄할 만한 산물을 대표할 만큼 훌륭한 견본처럼 보였다. 노란색 반점이 하나도 없는 새까만 비로드 같은 털은 너무나 깊고 광택조차 없어 그 위에 햇빛이 굴러 떨어져도 반사되기는커녕 스펀지를 만난 물처럼 그대로 흡수될 듯하였다. 탄력 있는 아름다움의 극치, 휴식 속에서 뿜어 나오는 괴력, 왕처럼 냉혹한 거만함에서 잠시 눈을 돌려 입을 벌리고 눈을 동그랗게 뜬 채 겁을 내면서 표범을 응시하고 있는 인간 족속을 보면 그 자리의 승자가 인간이라기보다는 표범이라 해야 합당하다는 착각마저 들었다. 게다가 그 짐승의 우월감은 모욕적이기까지 하였다. 그런 생각을 선생에게 작은 소리로 속삭이고 있는데, 갑자기 표범 앞에 모여 있는 사람 사이를 헤집고서 표범 정면에 불쑥 나타난 두 사람이 눈에 들어왔다. 그 순간 선생은 이렇게 말하였다.

"그렇소. 하지만 지금은 좀 달라졌소. 보세요, 짐승과 인간 사이에 일정한 균형이 생기지 않았소!"

그들은 한 쌍의 남녀였는데, 둘 다 키가 컸으며, 한눈에 파리의 고급 사교계 사람들이라는 걸 알 수 있었다. 두 사람 모두 젊은 나이는 아니었지만, 그럼에도 불구하고 완벽한 아름다움을 소유하고 있었다. 남자는 대략 마흔일곱 살이거나 그 이상도 되어 보이는 것 같았고, 여자는 마흔 살쯤 되었을까……. 그러니까 그들은 '남미의 남쪽 군도'에서 돌아온 선원들의 표현을 빌리자면 이미 "선(線)을 넘은" 나이였던 것이다. 한번 넘어가면 다시 인생이라는 항로를 항해할 수 없는 운명의 선인 셈이니, 이 선은 실은 적도보다도 훨씬 무시무시한 선일 것이다. 그러나 두 사람은 그런 것쯤은 별로 대수롭게 여기지 않는 것 같았다. 이마나 얼굴 어디에서도 우수에 찬 어두운 그림자 따위는 볼 수 없었으니까……. 남자는 호리호리한 편이었는데, 말에 올라탄 기병대 장교처럼 단추를 꽉 잠근 검은색 연미복이 귀족적인 분위기를 느끼게 해 주었다. 만약 그가 티치아노[8]의 초상화에 등장하는 차림을 하기만 한다면 약간 구부러진 어깨, 오만하면서 더러는 여성스러운 분위기, 고양이처럼 가느다랗고 끝에서부터 하얗게 세기 시작한 콧수염, 이 모두가 영락없는 앙리 3세 시대의 멋쟁이의 그것이라고 할 만하였다. 더구나 머리까지 짧게 잘라서 양쪽 귓불에 반짝이는 짙푸른 사파이어 귀걸이가 눈에 확 띄는 것까지 기가 막히게 닮은꼴이었다. 사실 이런 표식은 당시의 취미나 고정관념에 대한 경멸을 담고 있는 것이기도 하였지

---

8) 베첼리오 티치아노(1488~1576). 북이탈리아의 피에베 디 카도레에서 출생한 이탈리아의 전성기 르네상스 시대에 활약했던 화가.

만, 하여튼 그런 '우스꽝스러운 귀걸이'(사람들은 분명 이렇게 말할 것이다.)를 한 것만 빼고는 전체적으로 소박하면서도 브럼멜9)식 분위기를 한껏 풍기는 '댄디'라고 할 만했다. 다시 말해 그는 아무 데도 '확연히 눈에 띄는 곳이 없는' 차림, 예컨대 옷을 입은 사람 자체의 매력이 아니면 눈길을 끌지 못하는 것은 물론이고 함께 팔짱을 끼고 있던 그 여자만 아니었어도 보기에 그저 평범한 차림이었던 것이다. 아닌 게 아니라 눈길을 끄는 것은 오히려 남자보다는 함께 있는 여자 쪽이었다. 키도 남자의 머리에 가닿을 정도로 컸다. 더욱이 남자와 똑같이 검은 옷차림에 볼륨 있는 몸매나 신비한 자태, 거기서 풍겨 나오는 기이한 힘이 이집트 박물관에 있는 큰 키의 검은 여신 이시스10)를 연상시켰다. 이상한 일이 아닌가! 이토록 아름다운 커플을 가까이에서 보니 여자가 근육질인 편이었고, 신경질적인 것은 오히려 남자였으니······. 그땐 여자의 옆모습만 볼 수 있었다. 하지만 그 옆모습만으로도 아름다움을 충분히 느낄 수 있었다고나 할까, 그 여자가 형언할 수 없이 빼어난 아름다움의 화신임을 단박에 알 수 있었다. 내 인생을 통틀어 나는 단 한 번도 그토록 순수하고도 오만한 아름다움을 본 적이 없는 것 같았다. 여자의 눈이 표범을 응시하고 있어 그리 잘 볼 수는 없었지만, 아마 놈은 자석이 저를 빨아들이는 듯한 불쾌한 느낌을 감지하기라도 한 모양이었다. 꼼짝 않고 있긴 했지만 저를 구경 온 여자가 빤히 바라

---

9) 조지 브라이언 브럼멜(1778~1840). 차림새가 우아하고 세련된 댄디 룩과 맵시 있는 생활 태도인 댄디즘을 대표하는 상징적 인물.
10) 고대 이집트 및 그리스·로마 등지에서 숭배된 최고의 여신.

보고 있으니 더욱 뻣뻣한 부동자세로 굳어지는 것 같았다. 얼굴에 단 하나의 미동이 없는 것은 물론, 수염 끝 하나하나마다 미세한 떨림도 보이지 않은 채 표범은 마치 갑자기 어두운 곳에서 환한 곳으로 나온 고양이처럼 한동안 두 눈만 깜빡거리더니 더 이상 못 참겠다는 듯 천천히 눈꺼풀을 내려 초록별 같은 두 눈동자를 가려 버렸다. 스스로를 가두어 버린 것이다.

"저것 좀 보시오! 표범 대 표범 아니오! 하지만 어떻소? 비로드보다는 비단이 오히려 더 강하지 않소?"

내 귀에 대고 선생은 이렇게 말했다.

비단이란 바로 그 여자를 가리키는 말이었다. 여자는 광택이 번쩍이는 비단옷을 입고 있었다. 뒷자락이 길게 끌리는 그런 옷이었다. 이번에도 선생의 눈은 매우 정확했다. 검고 탄력이 있으면서도 강인한 골격, 더구나 왕 같은 태도를 지녀, 그녀는 표범과 같은 종자나 다름이 없었던 것이다. 아름다움 자체는 비슷했지만 사람의 마음을 뒤흔드는 매력의 소유자였던 그 낯선 여자는 표범 앞에 우뚝 서서 우리에 갇혀 있는 표범을 끝내 압도하고 마는 인간 표범이었다. 놈이 눈을 감은 걸 보면 놈도 그걸 느낀 것 같았다. 그러나 여자는(그렇게 부를 수 있다면) 고작 요 정도의 승리로는 만족하지 않았다. 자비심이라곤 찾아볼 수 없는 여자였다. 그녀는 자신이 모욕감을 느끼게 해 놓은 바로 그 대상이 눈을 똑바로 뜨고 자신을 바라봐 주기를 원했다. 그녀는 아무 말 없이 열두 개의 단추를 풀어 미끈한 팔에 꼭 달라붙은 보라색 장갑을 벗더니 대담하게도 철책 사이로 손을 집어넣어 표범의 아가리를 철썩 때리는 것이었다. 그때 표범은 단 한 번 움직였다. 그런데 그 단 한 번의 동작이…… 번갯불처럼 재빠르게 무언가를 이빨로 휙 하고 잡아채는 게 아닌가! 주위에 있던 한 무리의 사람들이 악 하는 짤막한 비명을 질렀다. 손목을 낚아챈 줄 알았는데 장갑만 사라지고 없었다. 표범이 집어삼킨 것은 그녀의 장갑이었다. 그 감탄할 만한 사나운 짐승은 마치 화가 치민다는 듯 두 눈을 부릅떴고, 여전히 콧등을 부르르 떨고 있었다.

"당신 미쳤소!"

예리하기 짝이 없는 표범의 이빨을 재빨리 모면한 그녀의 아름다운 손목을 붙들며 남자가 말했다.

당신도 가끔은 "미쳤어!"라고 소리 지를 때가 있을 것이다. 그 남자의 말은 바로 그런 목소리를 하고 있었다. 그러고는 몸을 떨면서 여자의 손목에다가 제 입을 맞추었다.

우리가 있던 쪽에 남자가 있었기 때문에 여자는 4분의 3가량 우리가 있는 방향으로 몸을 돌리고서 장갑을 끼지 않은 자신의 손목에 입을 맞추는 남자를 지긋한 눈길로 쳐다보았다. 덕분에 우리는 여자의 두 눈을 볼 수가 있었다. 호랑이라도 홀릴 그런 두 눈, 그러나 지금은 한 남자에게 홀려 있는 그녀의 두 눈을. 인간이 살아생전 얻을 수 있는 영광만을 위해 가공된 커다랗고 새까만 두 개의 다이아몬드, 한 남자를 쳐다보면서 사랑의 찬사 외에는 일절 다른 것은 담아내거나 표현하고 있지 않은 바로 그런 두 눈을! 그 눈은 한 편의 시(詩)를 노래하고 있었다. 아니,

시 그 자체였다. 남자는 여자의 팔을 놓지 않았다. 남자는 헐떡이는 표범의 입김이 채 가시지 않은 팔을 자기 가슴에 끌어안은 상태에서 여자를 공원의 큰길로 데리고 나갔다. 웅성대거나 입을 딱 벌리고 서 있는 군중들에겐 아무런 관심도 없다는 듯, 여자가 무모하게 감행한 저 모험의 충격에서 미처 깨어나지 못하는 군중을 뒤로하고 두 사람은 유유히 멀어져 갔다.

그들은 선생과 내가 서 있는 옆을 지나가긴 했지만 허리와 허리를 꼭 붙인 채 여자는 남자의 몸속으로, 남자는 여자의 몸속으로 들어가 하나로 합쳐지겠다는 듯 서로의 얼굴만을 애절히 쳐다보고 있었다. 그런 품을 하고서 지나가는 걸 여러분이 보았다면 땅 위를 걸어도 발끝이 닿지 않는 우월한 속속, 호메로스의 주인공처럼 구름을 타고 다니며 죽음도 모르는 족속이라고 했을 텐데!

이런 일이 파리에서 일어난다는 것은 매우 드문 편에 속한다. 그래서인지 우린 그 조각 같은 한 쌍이 멀리 사라질 때까지, 여자가 깃털을 뽐내는 공작새처럼 긴 검정 옷자락을 끌며 뽀얀 공원의 먼지 속으로 완전히 사라질 때까지 멍하니 그들을 바라보고 있었다.

서로 꼬아 만든 듯한 두 사람이 정오의 햇빛을 받으며 멀찍이 사라져 가는 모습은 정말 멋있었다. 그들은 마침내 공원 정문까지 다다랐고, 번쩍이는 구리 장식과 마구를 단, 그들을 기다리고 있던 마차에 올라탔다.

이 광경을 바라보던 나는 선생에게 이렇게 말했다. 선생도 내 말의 뜻을 알아들은 것 같았다.

"저 사람들은 우주의 질서를 모조리 잊어버린 사람들이로군요!"

그러자 선생은 입속의 제 살을 물어뜯는 듯한 말투로 이렇게 대답했다.

"아니! 오히려 우주에만 관심이 있나 보오. 피조물은 아무것도 눈에 들어오지 않는 모양이오. 자기들을 치료해 준 의사 옆을 지나치면서도 눈길 한 번 두질 않다니, 정말 심한 것 같소."

"아니, 선생님께서! 그렇다면 선생님께서는 저 사람들이 누군지 아신다는 말씀이죠? 제발 말씀 좀 해 주세요."

내가 이렇게 소리쳤다. 그러자 선생은 소위 뜸이란 걸 좀 들일 자세를 취했다. 매사에 빈틈없는 노인이니 사람을 안달 나게 하고도 싶었으리라!

한참 뜸을 들이고 나서도 고작 하는 말은 이게 다였다.

"자, 저들이 누구인가 하니, 바로 필레몬과 바우키스[11]요. 이게 내가 말할 수 있는 전부요!"

"쳇! 필레몬과 바우키스가 저렇게 오만할 리가! 옛날 그들의 모습과 저렇게나 딴판이란 말이에요? 그게 진짜 이름은 아닐

---

11) 그리스 신화에 나오는 노부부. 제우스가 헤르메스와 함께 인간들의 심성을 알아보기 위해 누추한 행색의 인간으로 변장하고 한 마을을 방문했을 때 문전 박대하자 화가 난 제우스는 인간들을 벌하기로 마음먹고 마지막으로 작고 초라한 집을 방문했는데, 거기서 바우키스라는 노파와 함께 소박하고 어진 부부로 살아가는 필레몬이 극진히 대접했다. 그러나 인간들에 대한 노여움은 사라지지 않았다. 큰 홍수를 일으켰고, 결국 마을이 물에 잠기게 되었다. 그러나 필레몬의 누추한 집만은 화려한 신전으로 바뀌었고, 신들은 그에게 소원을 물었다. 착하고 소박한 필레몬은 신전을 지키며 살게 해 줄 것, 사랑하는 아내와 한날한시에 죽게 해 달라고 말했고, 실제로 소원이 이루어졌다.

테고…… 도대체 저 두 사람의 진짜 이름이 뭡니까?"

내가 물어보았다.

그러자 선생은 이렇게 대답하였다.

"아니, 그 무슨 말이오! 당신들이 사는 세계에 한 번도 발을 들여놓지 않았던 나지만…… 어떻게 세를롱 드 사비니 백작 부부를 모를 수 있단 말이오? 부부 사이의 금실을 말하자면 전설적인 신화와도 같은 한 쌍인데!"

"맹세코 한 번도 들어 보지 못했습니다, 선생님. 제가 드나드는 사교계에선 부부 금실에 대한 이야기는 하지 않아요."

그랬더니 선생은 이 말에 대답을 한다기보다는 차라리 자기 생각에 대답하는 것 같은 말투로 말했다.

"흠, 흠! 그럴 수도 있겠구먼. 그들이 속해 있는 사교계만 하더라도 그다지 올바르다고 말할 수 없는 일을 그냥 눈감아 주곤 하니까. 하지만 그들이 그런 사교계 출입마저 외면하고 일 년 내내 코탕탱 시골구석 사비니에서 고성(古城)이나 지키고 있는 데엔 그럴 만한 까닭이 있소. 생제르맹에서 그들에 대한 소문이 나돈 적이 한 번 있었소. 하지만 그 동네는 아직도 귀족들 사이에 강한 유대감이 남아 있어서 소문을 떠벌리고 다니기보다는 서로 입을 다물어 주는 편이었지요."

"그게 무슨 소문인데요? 아! 정말 구미가 당기는 이야기로군요. 선생님, 그 소문에 대해 뭔가 알고 계시죠? 사비니 성은 선생님께서 개업하셨던 V…… 시에서 그다지 멀지 않은 곳에 있잖아요."

그러자 선생은 담배 가루를 한 움큼 집어 들며 이렇게 말했다.

"어허, 그러니까, 그 소문이…… 하여튼 모두들 이구동성으로 거짓이라고 말하던 소문이었소. 그리고 이미 다 지나간 일이기도 하오. 어쨌든 눈이 맞아 하는 결혼이나 그런 결혼이 주는 행복감은 낭만적이고 환상적인 이야기를 좋아하는 시골 가정의 안주인이라면 한 번쯤 꿈꿔 봄직한 이상이긴 하오. 그래도 내가 아는 부인네들은 자기 딸들에게만은 그 일을 말하지 않더구먼."

"그런데 선생님께서 방금 전에 필레몬과 바우키스라 하셨던가요?"

그러자 토르티 선생이 검지를 갈고리처럼 구부리고 앵무새 부리 같은 콧잔등을 쓰윽 하고 쓸어내리다가 갑자기 내 말을 가로막았다(이것도 선생이 자주 반복해 온 습관이기도 하다).

"바우키스! 바우키스! 흠! 저…… 이보시오! 좀 전의 그 대담한 여자 말인데, 그 여자가 바우키스보다는 오히려 여장부 맥베스 부인을 더 닮은 것 같지 않소?"

나는 끌어낼 수 있는 아부란 아부는 모조리 동원하여 선생의 말에 대답했다.

"선생님, 제게 둘도 없는, 존경하는 선생님! 사비니 백작 부부에 대해 아시는 걸 제게 말씀해 주지 않으시겠어요?"

그러자 선생은 엄숙한 음성으로 내 약을 올리는 것이었다.

"우리가 살고 있는 시대에 의사란 고해성사를 받아 주는 신부나 마찬가지요. 의사가 사제들의 역할을 대신하고 있단 말이오. 그러니 의사도 고해한 이야기를 함부로 발설하지 않을 의무가 있지 않겠소."

 선생은 장난기 어린 눈으로 내 얼굴을 들여다보았다. 선생 자신은 기독교를 좋게 생각하지 않았지만, 내가 얼마나 기독교를 존중하고 사랑하는지 잘 알고 있었기 때문이다. 그러더니 한쪽 눈을 찡긋해 보였다. 그는 이미 이 이야기가 내 마음을 사로잡았다는 것을 알고 있었던 것이다. 그리고 선생 특유의 시니컬한 웃음을 터뜨리며 이렇게 말하는 것이었다.

 "정말 의사가 기독교의 역할을 떠맡게 될 거요. 사제나 신부처럼 된단 말이오! 아무튼 이리로 좀 오시지. 이야기를 해 봅시다."

 그렇게 운을 뗀 선생은 나를 식물원과 병원 대로변에 길게 늘어선 가로수 길로 데리고 갔다. 그러고는 초록색 등걸이 의자에 앉았고, 이내 말을 꺼내기 시작했다.

 "친구 양반, 벌써 오래 전 일이라 이 이야기를 하려면 기억을 한참 더듬어 올라가야 하오. 살에 박힌 탄환도 새살이 돋아나면 그게 어디에 있는지 찾기 힘들지 않소. 우리가 망각이라고 부르는 것이 바로 이거요. 살아 있는 생물의 새살처럼 사건이 터져도 그 위로 다시 돋아나 무슨 일이 있었는지 알아보지 못하도록 감춰 버린단 말이오. 어디 그뿐인가, 시간이 좀 지나면 그게 어느 자리에 박혔는지조차 기억이 희미해지지 않소.

 아무튼 그때는 왕정이 막 복고되기 시작하던 초입이었소. 근위 연대 하나가 V…… 시를 지나게 되었소. 그런데 무슨 이유에선지 V…… 시에서 이틀을 주둔하지 않으면 안 되게 되었는데,

연대의 장교들은 시에 머물게 된 것을 기념하는 의미에서 주둔하는 그 이틀 동안 무술 대회를 열자고 제안을 했단 말이오. 아닌 게 아니라 그 도시는 근위대 장교들이 기념 잔치를 열어도 될 만한 장점을 지니고 있기도 했소. 그 도시 사람들로 치자면 국왕보다도 더 왕당파에 속한다고 할 만한 사람들이 대부분이었기 때문이오. 헌데 그도 무리가 아닌 것이, 도시의 크기에 비하여(인구라고 해 봐야 기껏 오륙천 명가량 되었소.) 온통 귀족들 천지라 해도 괜찮을 정도로 실로 그곳에는 귀족들로 넘쳐 났기 때문이오. 더구나 당시 이 도시에서 가장 훌륭한 가문 출신의 젊은이 삼십여 명이 궁정 근위대와 귀족 근위대에서 복무하고 있었소. 그래서인지 당시 V…… 시에 들른 연대의 장교들도 이곳 출신 장교들과 거의 다 안면이 있었소. 하지만 무술 시합이라는 형태로 군대의 축제를 열게 된 가장 중요한 이유는 '결투사의 도시'라는 그곳의 화려한 명성 때문이었소. 당시만 해도 그 도시는 프랑스에서 가장 결투가 많은 도시로 유명했소. 1789년 혁명[12]으로 귀족들은 칼을 차고 다니지 못하게 되었지만, V…… 시의 귀족들은 칼이란 반드시 허리춤에 차고 다니지 않아도 얼마든지 사용할 수 있다는 사실을 보여 주었소. 여하튼 무술 시합에서 장교들이 보여 준 경기 내용은 눈부실 정도로 훌륭한 것이었소. 전국에서 내로라하는 검사(劍士)들이 모두 모여든 데다, 다음 세대에 속하는 젊은 아마추어 검사들까지 가세했기 때

---

12) 프랑스 혁명. 1789년부터 1799년까지 프랑스에서 일어난 시민 혁명. 부르봉 왕조를 무너뜨리고 프랑스의 사회·정치·사법·종교적 구조를 크게 바꾸어 놓았다.

문이오. 그러나 한편 검술이란 지극히 정교하고 어려운 예술인데, 대회에 참여했지만 실상 아마추어 세대에 속하는 검사들은 선조의 화려한 능력과는 달리 제대로 훈련조차 받지 못한 형편이었소. 마을 사람들 대부분은 선조들이 길을 닦아 놓은 영광의 예술인 검술의 진수를 맛보며 열광했소. 그들의 성원이 어찌나 뜨거웠던지, 서너 차례 군에 복역한 덕분에 완장을 팔에 두를 수 있었던 연대의 나이 많은 검술 교관 한 명이 V…… 시에서 검도장을 열면 여생을 편안하게 보내기에 안성맞춤일 거라고 생각하기에 이르렀소. 그 교관은 자신의 상관인 대령에게 제 뜻을 전달했고, 대령도 이를 쾌히 승낙하였소. 그리고 그 길로 교관을 제대시켜 준 뒤에 부대는 이내 도시를 떠나갔소. 전쟁 중에 '몸 찌르기의 달인'이라는 별명을 갖게 되었던 그 교관의 이름은 스타생이었는데, 아무튼 그는 검술 시합을 통해서 진짜 천재적인 아이디어를 발견했던 것이오. 왜냐하면 공교롭게도 V…… 시에는 오래 전부터 제대로 된 검술 수련장이 한 곳도 없었기 때문이오. 아들에게 직접 검술을 가르쳐야 했거나, 겨우 입문 수준에 머물거나, 이도 아니면 무얼 가르쳐야 하는지조차 제대로 알지 못하는 퇴역한 동료 장교들에게 귀중한 제 자식의 검술 교육을 맡겨야 했던 귀족들로서는 검술 수련장이 없다는 것 자체가 통탄할 일 가운데 하나였던 게요. V…… 시에 사는 사람들은 자신의 까다로운 성격에 대단한 자부심을 갖고 있던 사람들이라오. 그래서 그런지 그들에겐 신성불가침의 신념이 하나 있었소. 적을 그냥 죽여선 안 되고, 원칙에 입각해서 정교하고 예술적으로 죽여야 한다는 거였소. 또한 그들이 입버릇처럼 말한 바에 의하면, 그들에게 가장 중요한 것은 남자라면 무기를 들고 있을 때가 가장 멋있는 순간이며, 응당 그리되어야 한다는 것이었소. 물론 실제 전쟁터에서는 기술은 좀 떨어져도 힘센 놈이 훨씬 위험한 적일지도 모르지만 그들의 눈에 이런 사람들은 엄격한 의미에서 진정한 '검사'라고 할 수는 없는 자들로, 단지 경멸의 대상일 뿐이었소. 이 '몸 찌르기의 달인' 교관은 젊은 시절 미남으로 명성을 날렸지만 그 당시에도 여전히 미남이었소. 그는 젊은 시절 네널란드 야진 시합장에서 다른 교관들의 코를 모두 납작하게 만들어 버려 은장식을 단 투구 두 개와 칼 두 자루를 상관으로부터 상으로 하사받은 적이 있었소. 그는 자연이 그에게 특별한 신체 조건을 선사하지 않았다면 도저히 학교 교육만으로는 길러 낼 수 없는, 바로 그와 같은 천부적인 소질을 지닌 검사였던 게요. 당연한 이야기겠지만 그는 V⋯⋯ 시에서 열렬한 환영을 받았고, 정착한 후에는 더욱 더 존경의 대상이 되어 갔소. 검술만큼 인간의 평등을 실현하는 것도 없을 게요. 옛날 왕정시대에 국왕에게 검술을 가르치는 사람은 귀족으로 서품되었잖소. 내 기억이 정확하다면 루이 15세도 검술 교과서를 남긴 자신의 스승 쟈네에게 작위를 내리지 않았던가요? 엇갈린 두 자루의 칼날 사이에 백합꽃 네 송이를 얹어 주면서 직접 자기 부대에 배속시키기도 했고 말이오. 시골 귀족들은 아직도 왕정의 취향에 흠뻑 젖어 있는 사람들이라 늙은 교관을 두말없이 자기들의 사회에 편입시켰소. 마치 그가 오래전부터 귀족이었다는 듯 말이오.

그리하여 '몸 찌르기의 달인' 교관 스타생 영감은 재산을 모을 수 있었으며, 나머지 모든 일도 순조롭게 풀렸소. 다만 좀 불행하다고 해야 할 일은, 수업에서는 하얀 가죽으로 만든 누비 가슴받이를 차고 숙달된 솜씨로 시범을 보이곤 했던 그가 그 가슴받이 위의 붉은 색 모로코가죽으로 새겨진 심장만을 가지고 있는 사람은 아니었다는 사실이었소. 다시 말해 검술에만 만족할 사람은 아니었던 것이오. 그는 마침내 그 밑에 또 다른 심장이 있다는 걸 깨닫게 된 거요. 그리고 바로 그 또 하나의 심장이 저 자신에게 남은 생애을 보낼 마지막 항구였던 V…… 시에서 나름대로 새로운 사건을 만들어 내었다는 것이오. 군인의 심장이라는 게 언제나 그렇듯 화약으로 만들어졌나 보오. 화약은 시간이 흘러 건조해질수록 불이 잘 붙게 마련 아니겠소. 게다가 V…… 시의 여자들은 하나같이 아름다웠으니 사실상 우리 늙은 교관님의 바짝 말라붙은 화약에 불을 댕기고도 남을 불똥들이 사방 천지에 널려 있는 셈이었소. 그래서 그에 얽힌 이야기도 다른 대다수의 노병들과 똑같은 결말에 이르게 되었던 게요. 유럽 천지에 안 가 본 데 없을 정도로 두루 돌아다닌 경험이 있는 제1제국의 노병은, 그때마다 악마가 소개해 준 아가씨들을 턱이며 허리며 하나도 놓친 적이 없는데도 불구하고 쉰 살이 넘은 나이에 모든 형식과 절차를 다 갖추어 —시청과 교회를 다 들렀소— V…… 시의 한 바람둥이 아가씨와 결혼함으로써 자신의 철부지 짓에 대미를 장식하기에 이르렀소. 난 그런 처녀들이 어떤 부류의 여자인지 잘 알고 있었소. 또 그럴 정도로 애를 많이 받아 보기도 했고! 하여튼 그 여잔 열 달을 꽉 채우고 나서 어린 애를 하나 낳았소. 딸이었는데, 그 딸이 바로 방금 고상한 태도로 사람이 어디 있냐는 듯 거만하게 치맛바람을 일으키고 지나간 그 여자요!"

"사비니 백작 부인이오?"

내가 소리쳤다.

"그렇소. 바로 그 사비니 백작 부인이오. 아! 출신을 따져서는 안 되는 거라오. 여자도 국적도 그렇게 따져서는 안 되오. 그 누구를 막론하고 배내 자리 따위는 보나마나요. 난 스톡홀름에서 샤를 12세의 요람을 한번 구경한 적이 있는데, 이 요람은 대충 빨간 칠을 한 말의 구유 같은 통에나 네 발의 길이까지 달라 뒤뚱뒤뚱합디다. 그 폭풍 같은 인물이 바로 거기 출신인 거라오. 본질적으로 요람이란 하루에도 몇 번씩 기저귀를 갈아 채워야 하는 오물통에 불과한 것 아닌가 말이오. 아무리 시적인 측면을 찾아보려 해도 애가 없을 때를 제외하고는 전혀 그런 구석이 없던걸요."

이 대목에 이르러 선생은 자신만의 원칙을 강조하느라 그랬는지 가운데 손가락으로 잡아들고 있던 사슴 가죽 장갑 한 짝을 들어 제 넓적다리를 탁 하고 내리쳤다. 음악을 음미할 줄 아는 사람이라면 그 가죽 장갑이 넓적다리에 부딪히는 소리만으로도 선생의 근육이 아직 단단하다는 사실을 알아차릴 수 있었을 것이다.

선생은 잠시 기다렸다. 그러나 난 선생의 철학을 반대할 입장이 못 되었다. 내가 아무 말도 하지 않자 선생은 계속 말을 이어가기 시작했다.

"다른 노병들도 다 마찬가지지만 우리의 '몸 찌르기의 달인' 교관도 아이라면 다른 집 애까지 귀여워서 못 사는 사람이었으니 자기 아이에겐 어땠겠소? 그저 깜박 죽는시늉을 하는 수밖에. 조금도 놀랄 게 없소. 오히려 나이 지긋한 남자가 아이를 낳으면 젊었을 때 낳은 아이보다 훨씬 더 귀여워하는 법이라오. 사람이 우쭐해지면 모든 걸 확대해석하기 마련이고, 부성애도 허영심이 섞이면 몇 갑절로 늘어난다오. 내가 여태껏 살아오면서 느지막이 자식을 본 초로(初老)들을 좀 봤는데, 하나같이 자신의 왕성한 번식력에 도취되어 그게 무슨 빛나는 무훈이나 된다는 듯 잘난 척을 하는 게 또 얼마나 웃기던지. 자연의 조화가 사람을 놀리려고 젊다는 환상을 잠시 불어넣어 준 것도 모른다니까! 그보다 더 사람을 행복에 취하게 하고, 더 해괴망측하고 우쭐하게 만드는 게 있다면 노인네가 아이를 하나도 아니고 둘을 한꺼번에 볼 때뿐이오. '몸 찌르기의 달인' 교관이 쌍둥이 아빠가 되는 영광까지는 맛보지 못했지만 그 아이 하나가 이미 두 몫을 하고도 남았다는 게 결코 틀린 말은 아닐 게요. 방금 당신도 봤으니 그 아이가 과연 어떻게 자랐는지 짐작을 하고도 남음이 있을 텐데? 아무튼 교관의 딸은 어릴 때부터 힘과 미모가 출중했소.

이 늙은 교관의 첫 번째 걱정은 자기 검술장을 드나드는 귀족들 중에서 과연 누구를 이 아이의 대부(代父)로 택하느냐 하는 것이었소. 결국 여러 후보 중에서 검에 대해 좀 아는 귀족이면서 가장 나이가 많은 아비스 백작에게 그 일을 부탁하게 되었소. 백작은 망명 시기에 런던에서 몇 기니[13]씩 받은 대가로 몸소 교관 노릇을 한 적도 있는 사람이었소. 또한 아비스 드 소르토빌 앙 보몽 백작은 루이 왕가의 기사였고, 혁명 전에는 용기병(龍騎兵)[14] 대위로 복무한 적도 있었소. 당시엔 적어도 칠십을 넘긴 나이였지만 아직 젊은이를 '검 끝으로 찌르기'에 성공하거나 검술 용어로 말해 보면 '멋있게 마스크를 벗기는' 실력의 소유자였소. 게다가 그 양반은 격한 행동과 독설을 겸비한 자로서 빈정대기의 달인 격에 속하는 노인이기도 했소. 가령 벼린 칼날을 촛불 위로 왔다 갔다 하게 하곤 했는데, 그렇게 하면 칼도 잘 휘지 않고 더구나 명치뼈나 갈비뼈에 닿기만 해도 뼈를 부러뜨릴 만큼 칼이 단단해지기 때문이오. 그는 이렇게 단단해진 칼에 '성당지기'라는 희한한 이름을 갖다 붙였소. 백작은 '몸 찌르기의 달인' 교관과 말을 트고 지내는 사이면서도 그를 아주 높이 평가하고 있었소. 그런데 하루는 이런 말을 했소.

'자네 같은 친구의 딸이라면 용맹한 군인의 칼에 빗대어 이름을 지어야 하지 않겠나? 그러니 오트클레르(Hauteclaire)[15]라고

---

13) 영국의 옛 화폐 단위. 1기니는 1실링의 21배이다.
14) 16~17세기 이래 유럽에 있었던 기마병. 갑옷을 입고, 용 모양의 개머리판이 있는 총을 들고 있었다.
15) 여자의 이름이지만, 검술 용어로 파동검법을 뜻하기도 한다. 파동검법은 공기의 파동을 조정하여 한곳으로 모은 후 적의 급소를 겨냥하여, 치명적인 공격을 감행하는 검법이다. 작품에서 등장하는 중세의 유명한 검사 올리비에가 사용한 검의 이름과 검법에서 파생되었다.

하는 게 어떨까!'

바로 이 제안은 교관이 자신의 딸에게 준 이름이 되었소. 과연 V…… 시의 신부도 귀에 낯선 이 이름을 듣고서는 고개를 좀 갸우뚱하더구먼. 교회당 세례반에서 이런 이름이 울려 퍼진 건 처음 있는 일이라고 하였소. 하지만 아기의 대부가 다른 사람도 아닌 아비스 백작인데다, 비록 귀족들 중에는 교회를 비방하며 악악거리는 무신론자들이 있긴 해도 귀족과 성직자는 확고한 친분을 계속 유지해야 하는 처지였기 때문이기도 했소. 하지만 또 달리 생각해 보면 로마력에 클레르(Claire)라는 성녀의 이름이 있다는 점도 감안한 것이라서 중세의 뛰어난 기사 올리비에의 칼 이름인 문제의 그 이름은 V…… 시에 별다른 물의를 일으키지 않고 무사히 통과되었소. 허나 그런 이름은 어떤 운명을 예언하나 보오. 딸도 사랑했지만 교관이란 직업 또한 딸 못지않게 아꼈던 노병은 딸에게 검술을 가르쳐서 훗날 그 재능을 결혼의 지참금으로 가져가게 하리라 굳게 결심했소. 생각해 보아도 슬픈 지참금이오! 지금은 얼마나 초라한 결혼 예물이 되어 버렸나 말이오! 가난한 검술의 거장이 그걸 예견이나 할 수 있었겠나! 때문에 아이가 겨우 일어서서 걸음마를 시작할 때부터 검술 연습을 시키기 시작했소. 그런데 교관은 그 조그만 계집애가 단단한 사내아이나 다름없이 발목과 손목은 물론이고 뼈 마디마디가 가는 철근 같다는 걸 알고서는 아주 특이한 교육을 시키기 시작하였소. 덕분에 꼬마는 열 살 때 이미 열다섯 살 정도로 보였고, 아버지나 혹은 V…… 시에서 가장 뛰어난 자들과 검술 시합에서 맞붙어도 기막히게 잘 싸웠다오. 마을 어디를 가나 온통 꼬마 오트클레르 스타생에 대한 이야기뿐이었소. 그 애가 자라서 방금 본 처녀 오트클레르 스타생이 되었소. 당신도 짐작하겠지만 믿기지 않을 만큼 강렬한 호기심, 아니 오히려 충분히 이해가 가는, 누가 보아도 납득할 만한 호기심, 그러면서도 더러 의심과 질투가 뒤섞인 야릇한 호기심을 내비친 것은 특히 마을의 처녀들이었다오. 하긴 스타생의 딸, 다시 말해 '몸 찌르기의 달인' 교관의 딸이 아버지 같은 사람들하고 지낼 때를 제외하고 어디 남들처럼 정상적인 사회생활수 가능하기나 했겠소. 마을 처녀들의 오빠나 아버지라는 사람들이 한결같은 놀라움과 찬탄을 섞어 가며 그녀에 대한 이야기를 해 대니 마을 처녀들이 검술과 미모가 뛰어나다는 이 여자를 한 번이라도 가까이에서 보고자 하는 것은 어찌 보면 당연한 일 아니겠소? 하지만 그녀들은 오트클레르 양을 그저 몇 발짝 멀찌감치 떨어져서 보는 수밖엔 없었소. 내가 V…… 시에 도착한 지 그다지 오래되지 않았을 때의 일인데 얼마나 애들이 안달을 해 대던지, 이거 원 참.

'몸 찌르기의 달인' 교관은 제국시대 때 경기병(輕騎兵)[16]으로 복무한 경험도 있고, 검술장 운영으로 돈도 꽤 벌었고 해서 큰맘 먹고 말 한 필을 사서 딸에게 말 타는 법을 가르치기 시작했소. 그렇지 않아도 그는 검술장을 자주 들락거리는 사람들의 어린 말을 일 년 계약으로 길들여 주고 있던 터라 종종 말을 타고 오트클레르 양과 함께 시내 대로나 외곽 도로를 산책하곤 했

---

16) 민첩하게 활동할 수 있도록 가볍게 무장한 기병.

소. 난 왕진을 다니는 길에서 그들 부녀와 자주 마주쳤고, 그때마다 이 서둘러 자라 버린 듯한 키 큰 처녀가 왜 마을의 다른 처녀들에게 그리도 무지막지한 호기심을 불러일으키는지 이해할 수 있었소. 그 당시에 나는 대로변을 골라 다닌 덕택에 제 부모와 마차를 타고 주변의 성으로 놀러 가곤 하던 다른 처녀들과도 자주 마주칠 기회가 있었소. 허 참, 오트클레르 스타생 양이 아버지와 함께 말을 타고 오는 기척을 알리는 저 또각또각 장화 부딪치는 소리가 들리기만 해도 길 끝에서부터 마을 처녀들이 창문 가까이 몸을 기대거나 마차 문에 바짝 몸을 붙여 어떻게나 기를 쓰고 고개를 내밀어 대던지. 오트클레르 양을 혹시나 볼 수 있을까 해서 말이오. 아마 당신은 좀처럼 상상할 수 없을 게요. 하지만 그래 봤자 소용없는 일이었소. 다음 날 아침, 그 아이들의 어머니들에게 왕진 가서 듣게 되는 이야기는 언제나 한숨 섞인 실망뿐이었소. 아마존에서 살게끔 태어났는지 그 처녀는 그저 어슴푸레한 윤곽밖에는 안 보이더라고 말하는 거요. 당신도 방금 보았으니 그 사람들의 말이 이해가 될 거요. 하긴 그녀의 얼굴은 언제나 두껍고 푸르스름한 숄로 가려진 채였으니 말이오. 오트클레르 스타생 양은 V…… 시의 남자들에게만 얼굴이 알려져 있었던 것이소. 하루 종일 검을 들고 있었기 때문에 그녀의 얼굴은 심지어 남자들조차 벗어 던져 버리고 싶어 하는 이 갑갑한 검도용 마스크 그물로 덮여 있기 일쑤였소. 그녀는 아버지의 검술장을 거의 벗어나지도 않았소. 게다가 그녀의 아버지가 몸이 뻣뻣하게 굳어질 나이가 되어서인지, 그녀는 아버지 대신 자주 검술 수업을 도맡아야 했소. 그래서인지 그녀가 거리에 나오는 일은 더욱 드물어졌소. 품위 있는 집안의 여자들은 오로지 길거리에서나 우연히 그녀를 만날 수 있었던 게요. 아니면 일요일 미사에서 보든지. 하지만 오트클레르는 길거리에서와 마찬가지로 일요일 미사 때에도 검술장이나 다를 것 없이 검은 베일로 제 얼굴을 가리고 있었는데, 그 검은 베일은 오히려 마스크의 그물보다도 더 어둡고 촘촘했소. 사람들의 호기심 어린 상상력을 자아내기에 딱 좋은 행색, 숨는 건지 내보이는 건지 알쏭달쏭한 그녀의 행색은 혹시 일부러 그런 것은 아니었는지? ……. 물론 그럴지도 모를 일이오. 하지만 어떻게 알겠소? 반드시 그렇다고 단정 지을 근거가 어디에 있겠소? 베일을 마스크처럼 사용하던 그 처녀가 실상은 얼굴보다도 마음속이 더 수수께끼 같다는 건 후에 일어난 사건으로 충분히 증명이 되고도 남지 않겠소.

  자세히 말해 주고 싶은 마음은 굴뚝같지만, 당시의 상황에 대한 자세한 설명은 생략하고 이야기를 좀 빨리 진행시켜야겠소. 본격적으로 이야기가 시작되는 부분으로 곧바로 넘어갑시다. 오트클레르 양이 열일곱 살쯤 되었을 때였소. 젊었을 때 미남이었던 '몸 찌르기의 달인' 교관은 아내도 죽고 7월혁명[17]까지 일어난 뒤로는 마음마저 시들어 버린 진짜 영감탱이가 되었소. 혁명으로 슬픔에 잠긴 귀족들은 검술장을 떠나 각자 자기들의 성

---

17) 1830년 7월에 프랑스 파리에서 일어난 시민 혁명. 국왕 샤를 10세의 전제정치에 맞서 일어났는데, 왕은 망명하고 루이 필리프가 왕이 되면서 부유한 시민 계급이 권력을 잡는 계기가 되었다.

으로 돌아가 버렸고, 노인은 아무리 '발을 구르며' 저항해 보아도 까딱하지 않고 시시각각 다가오는 죽음의 그림자를 쫓아내려 무진 애를 썼지만 이 모두가 허사인지라 성큼성큼 무덤을 향해 가고 있었소. 진찰 경험이 많은 의사에게 그 정도는 불 보듯 뻔한 일이오. 척 보면 알 수 있지. 내가 그에게 차마 오래 살 거라는 말을 못 건네고 있던 차였는데, 어느 날 아침 타유부아 자작과 메닐그랑 기사가 젊은이 한 명을 검술장으로 데리고 왔소. 그 젊은이는 머나먼 외국 땅에서 자랐다는데, 최근에 부친이 돌아가시는 바람에 부친의 성에서 살기로 했다고 했소. 그 자가 바로 세를롱 드 사비니 백작이었는데, 델핀 드 캉토르 양과는 '정해진 배우자'(V…… 시에서는 이렇게 촌스런 말을 썼소.) 사이였소. 당시의 젊은이들은 무슨 일을 하든지 혈기가 넘쳐흘렀는데, 그중에서도 특히 사비니 백작이 가장 뛰어나고 팔팔한 기질의 소유자였다고 할 수 있을 것이오. 바로 이렇게 오래된 사회에도 진정한 젊음이 살아 있었소(V…… 시뿐만 아니라 다른 데도 다 그랬겠지만). 지금은 그런 분위기를 찾아볼 수 없지만 말이오. 유명한 오트클레르 스타생에 대해 여러 사람이 이야기를 한 바 있었고, 백작도 마침 그런 신비로운 인물을 한번 보고 싶어 했소. 더구나 백작은 베일에 가린 게 아니라 있는 그대로의 모습을 보았던 게 틀림없소. 경탄할 만한 처녀, 짜릿하고 도발적인 매력을 지닌 아가씨로 말이오. 비단 스타킹은 팔라스 드 벨르트리[18] 같은 몸매를 더욱 도드라지게 했을 뿐만 아니라 검은색 가죽 상의

18) 전쟁의 여신 아테나의 조각상을 일컫는 말로, 현재 루브르 박물관에 소장되어 있다.

는 강인하면서도 유연한 그녀의 허리를 으스러질 정도로 바짝 죄고 있었소. 오트클레르 스타생은 아이 때부터 가죽 띠로 꽁꽁 묶은 후 다 자란 후에야 그 띠를 제거한 듯한 허리를 갖고 있었소. 백작은 그녀가 수업하는 것을 지켜보고 나서 자기와 대결을 해 보자고 청했소. 그러나 사비니 백작은 참혹한 결과를 맛보아야만 했소. 오트클레르 스타생 양이 몇 번이나 제 칼이 낫처럼 휘어지도록 미남 세를롱의 심장을 눌렀던 것에 비해, 세를롱의 칼은 단 한 번도 오트클레르의 몸에 닿지조차 못했다오.

백작은 아주 정중하게 말했소.

'당신에게는 도저히 칼을 맞힐 수가 없군요.'

이 말이 어떤 전조를 알리는 것이었을까? 아니면 그날 저녁, 젊은이의 자존심이 사랑이라는 주술에 완전히 굴복해 버린 것일까? 아무튼 그날 저녁 수업이 있던 이후 사비니 백작은 매일 '몸 찌르기의 달인' 교관의 검술장에 가서 수업을 받았소. 백작의 성은 거기서 얼마 떨어지지 않은 비교적 가깝다고 해야 할 거리에 있었소. 백작은 때로는 말을 타고, 때로는 마차에 몸을 싣고서 번갯불처럼 수련장으로 달려가곤 했소. 아무리 사소한 일이라도 혀끝에 달고 다니지 않으면 직성이 풀리지 않는 수다쟁이들의 천국인 그 작은 도시에서조차 백작의 이와 같은 행동에 대해 아무런 문제를 삼지 않았소. 왜냐하면 검술을 좋아한다면 만사 오케이인 곳이었기 때문이오. 한편 사비니 백작은 그 누구도 신뢰하지 않았소. 심지어 시에 사는 다른 사람들이 방문하는 시간을 일부러 피할 정도로 말이오. 사비니라는 그 청년,

도대체 속을 알 수 없는 젊은이였소. 백작과 오트클레르 양 사이에 무슨 일이 있었다고 해도 그게 어떤 일인지 당시로서는 아는 사람도, 아니 의심해 본 사람조차 없었다고 해야 할 거요. 델핀 드 캉토르 양과의 결혼은 오래 전부터 양가의 부모가 정해 놓은 혼사인지라 마침내 결말을 짓지 않을 수 없는 시점에 도달해 있었소. 사비니 백작이 돌아온 지 3개월이 지나서 결국 결혼식이 거행되었소. 바로 그 기간 동안 한 달 내내 백작은 정기적으로 V…… 시의 약혼녀 곁에서 하루의 절반을 보냈고, 저녁이 되면 어김없이 검술 수업을 받으러 오트클레르 양을 찾아갔소.

V…… 시에 사는 다른 사람들처럼 오트클레르 양도 사비니 백작과 드 캉토르 양의 결혼을 알리는 종소리를 들었을 테지만, 그녀의 태도나 표정을 봐서는 그런 발표 따위엔 전혀 관심이 없는 것 같았소. 사실 그녀 주위에 있는 사람들 중 그 누구도 그녀의 표정 따위를 유심히 지켜볼 생각은 하지 않았던 게요. 사비니와 어여쁜 오트클레르 사이에 모종의 관계가 형성되지는 않을까 하는 의문은 아직 제기되지 않은 상태였고, 이러한 문제를 물고 늘어질 이렇다 할 관찰가도 아직 등장하지 않은 상태였소. 식이 끝나자 백작 부인은 남편의 성으로 들어가 살림을 차렸고, 이내 아주 조용한 신혼 생활이 시작되었소. 그런데도 남편은 매일 시내에 들르더란 말씀이오. 결혼했다고 시내에 나오는 습관까지 버린 건 아니었던 모양이었소. 아무튼 근방에 사는 다른 성주들 중에도 그런 사람들이 꽤 있었으니까. 그렇게 얼마간의 세월이 흘러갔소. 어느덧 늙은 '몸 찌르기의 달인' 교관도 세

상을 떠났소. 잠시 문을 닫았던 검술장은 이후 다시 열게 되었소. 오트클레르 스타생 양은 아버지가 맡아 하던 수업을 자기가 이어받아 꾸려 나간다고 했소. 그녀의 아버지가 돌아가셔서 검술장을 찾는 사람이 줄어들 줄 알았는데 오히려 점점 늘어나더구먼. 남자들은 다 똑같소. 남자들끼리는 유별나게 튀는 사람을 싫어하고 그런 사람을 보고 기분 나빠 하지만, 그런 별종이라도 치마만 둘렀다 하면 어쩔 줄 몰라라 좋아서 사족을 못 쓰니까! 프랑스라는 나라는 남자가 하는 걸 할 줄 아는 여자는 비록 남자보다 훨씬 못한다 하더라도 다른 여자들에 비해 단연 유리한 입장에 서게 되는 그런 나라요. 그런데 오트클레르 스타생 양은 뭐든지 했다 하면 남자들보다 훨씬 나은 여자였던 게요. 그녀는 아버지보다도 훨씬 강해져 있었소. 수업에서 시범을 보일 때는 제 아버지와 비교가 안 될 지경이었고, 시합을 하면 그 기술이 가히 예술의 경지에 이르렀다고 말할 정도였소. 그녀가 한 번 칼을 내뻗어 찌르면 아무도 저항을 못해요. 현악기의 활 놀림이나 바이올린의 최고음 포지션을 소화해 내는 숙달된 거장의 솜씨도 그렇잖소. 가르쳐서 쥐어 줄 수 있는 것도 아니고, 아무나 할 수 있는 것도 아닌 특유의 기술 말이오. 당시 나도 검술을 좀 배우긴 했소. 내 주위에 있는 남자란 남자들은 모두 너나 할 것 없이 배웠으니까. 아마추어 수준인 내 눈은 그녀가 몇 번 공격하는 것을 보는 것만으로도 완전히 넋을 빼앗겼죠. 가령 4번 자세에서 3번 자세로 돌아가는 동작은 정말 마술 같더구먼. 칼끝이 지나간 게 아니라 총알에 맞은 것이라 착각할 정도라니까! 받아 젖히는 기술에서는 제일 빠르다는 남자도 헛바람만 일으키기 일쑤였소. 그녀가 칼 풀기 자세로 넘어가겠다고 미리 알려 줘 봤자 아무런 소용이 없었소. 눈 깜짝할 사이에 찌르기로 들어오니 어깨나 가슴, 그 어디고 칼을 피할 도리가 없었소. 그녀의 모습을 직접 목격하지 않고서는 검술을 봤다고 말할 수가 없지! 그 솜씨를 보면 칼깨나 쓴다는 사람들도 하나같이 변신술을 보았노라 넋을 잃기 십상이었고, 얼마나 기가 질리는지 들고 있던 칼이라도 입에 물고서 꿀꺽 삼켜 버리지 않을까 걱정을 해야 할 정도였다니까! 여자만 아니었다면 솜씨를 시험해 보려고 사방에서 결투 신청이 쇄도했을 게요. 모르긴 해도 한 사람마다 스무 번씩은 싸워 줘야 했을걸.

비단 여자에게는 거의 주어지지도 않으며, 더구나 고상한 생활까지 할 수 있게 해 준 검술에 관한 놀라운 재능뿐 아니라 그 가난뱅이 처녀에겐 남의 이목을 집중시킬 만한 구석이 꽤 많았소. 검술 솜씨 외에는 아무것도 가진 것이 없는데다가 하고 있는 일이 일이었던 만큼 V…… 시에서도 가장 부유한 젊은이들과 어울리지 않을 수 없었고, 그러다 보면 개중에 질이 좋지 않거나 시건방진 인간들도 적지 않았을 텐데 그녀는 한 번도 깨끗한 이름에 흠이 난 일이 없었던 거요. 사비니뿐만 아니라 그 누구의 이름도 오트클레르 스타생 양의 평판에 흠집을 낸 적이 없었으니까…….

'매우 정숙한 여자 같은데…….'라고 지체 높으신 여인들이 그녀에 대해 말했소. 왜, 그러니까 여배우에 대해 말할 때 흔히 하는 그런 말투 있잖소? 그런 투로 말이오. 나에 대한 이야기를 시작했으니 하는 말이지만 나 자신은 어땠냐 하면, 하여튼 나도 관찰이라면 일가견이 있다고 자부하는 터였는데도 오트클레르의 품성에 대해서는 글쎄 도시 전체의 의견과 같았다고 말할 수 밖에 없었소. 몇 번 검술장에 나간 적이 있었는데, 그녀는 변함없이 사비니 백작이 결혼하기 전이나 그후에나 그저 묵묵히 자기 할 일이나 하는 성실한 처녀였소. 반드시 말해 둘 것이 있는데, 그것은 그녀가 굉장히 위엄이 있었다는 것, 그녀 앞에 서면 누구라도 그녀를 존경하지 않을 수 없게 된다는 것, 상대방이 누구든 친한 척하지도 않고 무신경하지도 않은 일관된 태도를 유지했다는 것이오. 지극히 오만한 그 얼굴에는 방금 당신이 보고 놀란 것과 같은 정열적인 표정이 전혀 없었던 것은 물론이고, 슬픔이든 걱정이든 일체의 그 어떤 변화도 존재하지 않았소. 그러니 단조롭고 조용한 소도시의 분위기에 젖어 있는 사람들이 온 도시에 물의를 일으키며 대포 소리 같은 큰 사건이 터지리라고 감히 상상이나 할 수 있었겠소. 어림짐작으로라도 말이오.

 오트클레르 스타생 양이 어느 날 사라져 버린 것이었소! 그녀가 증발해 버린 거요. 그런데 왜 그랬을까? ……. 어떻게 사라졌을까? ……. 어디로 간 것일까? 도무지 알 수가 없었소. 한 가지 확실한 것은 그녀가 정말로 없어졌다는 것이었소. 그러자 마을에서는 짧은 비명처럼 이 소식을 전하는 한마디가 울려 퍼지는 것 같더니 이내 침묵으로 변했소. 그러나 이 침묵은 오래가지 않았소. 이윽고 그놈의 세 치 혀가 바삐 돌아가기 시작한 거요. 막혔던 물이 수문이 열리기 무섭게 콸콸 쏟아져서 격렬하게 물레방아를 돌리듯, 오랫동안 억제되어 있었던 혀들이 꿈에도 예상할 수 없고 도저히 믿기지 않는 이 난데없는 증발 사건을 둘러싸고 거품을 물며 수다를 떨어 대기 시작했소. 그러나 사건이 도대체 어떻게 된 건지 어떤 말을 해도 속 시원히 설명이 되지는 않았소. 이는 오트클레르 양이 누구에게 단 한마디 말도 하지 않고, 쪽지 한 장 남겨 놓지 않은 채 정말이지 말 그대로 온데간데없이 사라져 버렸기 때문이오. 정말로 사라지고 싶은 사람은 바로 이렇게 증발하는 거요. 크든 작든 하여튼 무엇인가를 뒤에 남기는 사람, 그래서 남은 사람들이 그가 왜 없어졌는지를 밝히려고 달려들게 만드는 그런 사람은 진짜 없어졌다고 할 수 없소. 반대로 그녀는 정말 철저하게 사라졌소. 빚은 말할 것도 없고 도대체 남겨 놓은 것이라곤 아무것도 없었으니, 그렇다고 흔히 말하듯 야반도주도 아니었소. 그럴 만한 성격도 아니었기에 오히려 바람 속으로 숨어 버렸다고 하면 어울릴까? 그러나 바람이 불어도 그녀는 나타나지 않았소. 헛돌거나 말거나 혓바닥 물레방아는 쉬지 않고 돌아갔소. 그러더니 잔인하게도 지금까지 단 한 번의 스캔들도 없었던 그녀의 평판을 서서히 갉아먹기 시작했소. 그녀를 자꾸 집어 들어 껍질을 까고, 체에 치고, 솔로 긁고. 도대체 어떻게, 아니 누구와 도망을 갔을까? 그토록 행동거지가 바르고 자존심이 강한 처녀가? 아니면 누가 납치라도 한 건가? 분명 납치된 걸 거야······. 그러나 이 모든 입방아에도 불구하고 해답은 끝내 제시되지 않았소.

  작은 도시를 광포하게 만들어 버릴 만한 일이라면 그렇다고 말할 수도 있을 것이오. 실제로 V…… 시는 이 일로 완전히 미쳐 버렸소. 화를 낼 만도 하지 않소! 사람들은 자기들이 장악하지 못하고 이해하지 못한 무언가를 잃어버린 것과 마찬가지로 여겼소. 더구나 훤히 다 안다고 생각했지만 사실은 전혀 몰랐던 처녀 하나 때문에 도시 사람들이 모조리 제정신을 잃게 된 거요. 설마 그녀가 '그런 식'으로 사라지리라고는 아무도 생각하지 못했기 때문이오. 마을 사람들은 체스 판의 네모 칸 같은 시골 도시에서 마구간의 말처럼 갇혀 지내던 모든 처녀들처럼, 그들 가까이에서 결혼도 하고 늙는 것도 보겠거니 철석같이 믿어 왔던 그녀를 완전히 잃어버렸다고 생각한 거요. 이젠 '일전에 그 스타생'이라 불리게 된 오트클레르 스타생 양을 잃은 것은 인근 지역까지 소문이 자자한 그 도시의 검술장이 없어졌다는 것을 의미하였소. 검술장은 그 시의 특산품이자 장식품과 같은 것으로써 도시 전체의 영광이자 영롱한 귀걸이이자 도시의 종탑 위로 펄럭이는 깃발과 같은 상징적인 존재였소. 아! 이 모든 손실이 얼마나 견디기 힘든 것이었는지! 그러니 깨끗했던 오트클레르에 대한 기억 위에 진흙탕 같은 추측을 콸콸 쏟아붓는 것도 무리가 아니었을 것이오. 그러더니 정말 그렇게 되더구먼. 몸은 비록 초라한 시골 귀족이지만 정신만은 아직 대영주임을 자부하던 몇몇 노인들을 제외하고는 단 한 명도 오트클레르를 변호해 줄 사람이 없었소. 그녀의 대부 아비스 백작처럼 이 노인들은 어릴 적부터 그녀를 지켜봐 온데다 웬만한 일에는 눈 하나 깜짝하지 않는 사람들이었기 때문에 아마 그녀에게 검술 선생의 신발보다 더 좋은 다른 신발이 생겼거니 할 뿐이었소. 그렇게 증발함으로써 그녀는 결국 모든 사람의 자존심에 일순간에 상처를 내 버렸던 것이오. 특히 그녀에게 가장 앙심을 품고 지독한 욕설을 내뱉은 자들은 젊은 남자들이었소. 그들 중 아무도 그녀에게 선택되지 않았기 때문일 것이오.

 한동안 그들의 슬픔과 불안은 좀처럼 식을 줄 몰랐소. 도대체 어떤 놈이랑 도망친 걸까? ……. 그들 중 몇몇은 일 년에 한두 달 정도 파리에서 겨울을 보내곤 했는데, 두세 명이 그녀와 마주쳤다고도 하고 멀리서 그녀를 본 것 같다고도 했소. 큰 행사가 있을 때였다거나, 그도 아니면 샹젤리제에서 말을 타고 있더라는 따위의 말을 하기도 했소. 혼자일 때도 있고 누군가와 동행한 상태였다고 아무렇게나 덧붙이기도 하면서 말이오. 하지만 확실한 건 아니었소. 틀림없이 그녀였다고 말하는 사람은 없었기 때문이오. 그냥 그 여자라고 짐작되지만 어쩌면 그 여자가 아닐지도 모른다, 뭐 그 정도였다오. 하지만 이 정도의 짐작만으로도 사람들의 관심을 붙들어 매기에는 이미 충분한 셈이었소. 모두들 그녀 생각을 하지 않을 수가 없었기 때문이오. 그들이 그토록 경탄해 마지않았던 여자, 그 도시의 자랑스럽고 위대한 예술가이자 최고의 프리마돈나이자 광채를 뿜어 내던 그녀가 어느 날 홀연히 사라지자 온 시는 마치 상을 당한 꼴을 하고 있었던 게요. 광채가 사라지자, 다시 말해 그 유명한 오트클레르가 사라지자 V…… 시는 다른 평범한 다른 소도시와 똑같이 무기력과 쇠약이란 병에 걸리게 되었소. 정열과 고상한 취미를 한곳에 모이게 할 만한 활동의 중심이 붕괴되어 버린 거요. 검술에 대한 열기도 식어 갔소. 예전에는 그토록 군대풍의 젊음이 온 도시에 넘쳐흘렀건만 이제 V…… 시는 슬픔과 탄식에 빠져 버렸소. 근처 성에 살면서 매일 검술 연습을 하러 오곤 했던 젊은이들도 그때부터 아예 칼을 집어치우고 총을 들기 시작했소. 그들은 모두 사냥꾼이 되어 자기 영지나 숲 속에 틀어박혔고, 그건 사비니 백작도 마찬가지였소. 백작이 V…… 시에 나오는 횟수는 점점 줄어들었고, 내가 그를 가끔 만나게 되는 것도 내가 주치의였던 백작 부인의 친정에 들를 때뿐이었소. 그러나 당시만 해도 갑작스럽게 사라진 오트클레르와 백작 사이에 무슨 일이 벌어진 것은 아닐까 하는 의심은 손톱만큼도 없었기 때문에 백작에게 그 사건에 대한 이야기를 꺼낼 어떤 이유도 없었소. 때마침 지친 혓바닥에서 부화한 침묵이 서서히 번지기 시작하기도 했고, 백작 자신도 오트클레르나 검술장에서 우리가 만났던 일에 대해서는 좀처럼 화제에 올리지도 않을 뿐더러, 물론 거기에 대해 조그마한 암시가 될 만한 말도 내게 건넨 적이 없었기 때문이오."

"아, 무슨 말씀을 하시려는지 선생님이 '나막신을 신고 오시는 소리'처럼 뻔한데요. 그 여자를 납치한 게 바로 백작이군요!"

나는 선생 이야기의 배경인 동시에 내 고향이기도 한 바로 그

지방 고유의 표현을 빌려 선생에게 말했다. 그러자 선생이 말했다.

"에이! 천만의 말씀. 그보다는 낫지. 자네는 그게 어떻게 된 영문인지 도통 짐작을 못하는구먼. 특히 시골에서는 비밀이 유지되지 않으므로 납치하긴 굉장히 어렵소. 뿐만 아니라 사비니 백작은 결혼한 이후 사비니 성에서 통 나오질 않았거든.

모든 사람이 다 아는 바이지만, 그는 밀월여행이 끝없이 연장된 듯 달콤한 신혼 재미에 폭 빠져 있었소. 더구나 시골에서는 입에 오르지 않는 게 없잖소. 사비니 하면 남편치고도 어찌나 희귀종에 속하는지 불에 태워 그 재를 다른 남편들한테 뿌려야 한다고까지 했소. 시골식 농담이지만 말이오. 내가 얼마나 오랫동안 그렇게 더 속았을지 그 누가 알았겠소. 어느 날, 그러니까 오트클레르가 사라지고 일 년이 조금 더 지났을 때 사비니 성에서 주인마님이 편찮으시니 들러 주십사 하는 급한 전갈만 안 받았으면 말이오. 난 즉시 출발했고 도착하자마자 백작 부인의 방으로 안내되었는데, 아닌 게 아니라 정말 부인이 복잡하고도 병명이 확실치 않은 병에 걸려 있었소. 그런 병은 증세가 확실한 병보다 훨씬 더 위험해요. 부인은 유서 깊고 우아하며 훌륭하고 오만하지만, 쇠잔한 피를 이어받은 여자였소. 창백하고 여윈 얼굴 깊은 곳에서 이렇게 말하는 것 같았소.

'내 핏줄처럼 난 세월에 굴복하고 말았어요. 난 곧 죽어요. 하지만 당신 같은 사람은 경멸스러울 뿐이에요!'

그런데도 불구하고 악마한테 홀렸는지 무신론자에다 철학적인 머리도 없는 내가 그 모습이 아름답게 느껴지는 건 어쩔 수 없더구먼. 백작 부인은 긴 의자에 누워 있었소. 응접실 같은 방이었는데, 기둥은 검고 벽은 하얀색으로 칠해져 있었소. 아주 널찍했고 게다가 천장까지 높았소. 역대 사비니 백작들이 수집한 귀중품들 중에서도 가장 수준 높은 예술 작품들만 가져다 놓았더군. 그 큰 방에 램프는 고작 하나였는데, 그 위에 초록색 갓까지 씌워 놓아 한층 신비스러운 불빛이 백작 부인의 얼굴을 비추고 있었소. 부인의 뺨에서는 열이 펄펄 끓고 있었소. 앓기 시작한 지 벌써 며칠 됐다고 하더군. 그리고 사비니는 사랑하는 아내를 가까이서 돌보려고 작은 침대를 부인의 침대 옆에 갖다 놓았다고 했소. 날 찾으러 보낸 것은 아무리 간호를 해도 열이 내리지 않고, 오히려 갑자스레 치솟기 시작해서였다고 했소. 백작은 등을 난로 쪽으로 의자에 기댄 채 자리에 그대로 서 있었소. 아내를 열렬히 사랑한다는 것, 그리고 위중한 병일 거라 생각한다는 것을 나한테 직접 보이려는 듯 침울하고 걱정스러운 표정을 짓고 있었소. 하지만 이마에 깊이 패여 주름진 걱정은 자신의 아내에 대한 걱정이 아니라 다른 여자, 나로서는 사비니 성에 있으리라고 꿈에도 생각하지 못한, 그래서 다시 마주친 순간 머리가 아득해지도록 놀랄 수밖에 없었던 어떤 여자 때문이었던 거요. 그게 바로 오트클레르였소!"

그때 내가 말했다.

"굉장하군요! 어떻게 그런 일을!"

선생이 말을 이었다.

"그 여자를 보고 꿈인가 생시인가 하지 않았겠소! 백작 부인은 남편에게 벨을 눌러서 하녀를 불러 달라고 했소. 내가 방금 그녀에게 권한 약을 내가 도착하기 전에 벌써 준비해 두라고 일러 놓았다고 하면서 말이오. 잠시 후 문이 열렸소. '율랄리, 내 약은 어찌 되었니?' 하고 백작 부인이 다급한 목소리로 짧게 끊어서 물었소. 그러자 '여기 가져왔습니다, 부인!' 하고 어디서 들어 본 듯한 목소리가 들려오는 것이었소. 그런데 그 소리가 귓전을 때리자마자 응접실 가장자리 부분을 감싸고 있던 어둠 속에서 침대가에 둥그렇게 비치던 불빛 안쪽으로 오트클레르 스타생이 서서히 모습을 드러내는 거였소. 그렇소. 바로 오트클레르였소! 예쁘장한 두 손엔 은쟁반이 들려 있었고 쟁반 위의 백작 부인이 시킨 약 그릇에서는 김이 모락모락 피어오르고 있었소. 그 모습을 보고 나는 그만 숨이 막히는 줄 알았소! 율랄리가! ……. 다행스럽게도 나는 부인이 율랄리라는 이름을 지극히 자연스럽게 부르는 걸 듣고서 모든 걸 한순간에 알아챌 수 있었소. 그 소리가 얼음 망치로 한 대 맞은 듯 냉정을 되찾게 해 주었소. 그렇지 않았으면 의사이자 관찰자로서 내가 지니고 있던 침착하고 수동적인 태도나 냉철한 이성, 아니 이 모든 것이 한순간에 무너질 뻔했소. 오트클레르가 사비니 백작 부인의 하녀 율랄리가 되었다니! ……. 그 여자가 할 수 있는 완벽한 변장술이었던 셈이오. 그녀는 V…… 시의 바람난 아이들이 곧잘 하던 그런 옷차림을 하고 있었소. 투구같이 생긴 머리쓰개도 그랬고, 돌돌 말린 채 뺨까지 길게 내려오는 곱슬머리도 그랬소. 당시 도덕군자들은 이런 머리를 '뱀의 머리'라고 불렀는데, 그러면 젊은 여자들이 질색하지 않을까 하는 속셈이었겠지만 어림도 없었소.

더구나 고상하게 두 눈을 내리깔고 다소곳한 아름다움 안에 감추고 있는 그녀의 모습은 매우 놀라운 것이었소. 이런 뱀 같은 여자들은 아주 사소한 이익이라도 있으면 그들의 가증스러운 육체로 무슨 일이든 마음먹은 대로 해치울 수 있겠다고 여긴다오. 나는 금방 제정신이 들었고, 이내 놀라움에서 터져 나올 법한 비명 소리가 새 나가지 않도록 혀를 지긋이 깨물며 평상심을 회복했소. 그리고 조금은 마음이 누그러져서 그 대담한 여자에게 다가가 그녀가 누구인지 내가 알아챘다는 걸 알려 주고 싶기까지 했소. 그런 의도로 백작 부인이 고개를 숙이고 탕약을 마시는 동안 난 마치 못 두 개를 박아 넣듯이 그 여자의 눈에 내 눈을 똑바로 맞추었소. 그런데 그날 밤따라 유난히 사슴처럼 양순한 그녀의 눈은 방금 전에 그녀가 내리깔리게 만들었던 표범의 눈보다도 더 동요가 없는 것이었소. 눈 한 번 깜빡이지 않더구먼. 한순간 쟁반을 들고 있던 손이 눈에 보일 듯 말 듯 미세하게 떨린 것뿐……. 백작 부인은 아주 천천히 약을 마셨소. 다 마시고 나서 '잘 달였구나. 내가거라.'라고 말했소.

그러자 오트클레르, 즉 율랄리가 돌아섰는데 그 모습은 아마 아하스에로스 왕[19]의 딸 이만 명 가운데 섞여 있더라도 한눈에

---

19) 구약성서 〈에스더기〉에 나오는, 인도에서 에티오피아에 이르는 127개 지방을 다스린 페르시아제국의 크세르크세스 1세를 말한다.

알아볼 수 있었을 게요. 그녀는 이내 쟁반을 들고 나갔소. 이제 와서 하는 말이지만, 그때 난 잠시 동안 사비니 백작을 쳐다보지 않았소. 그 순간 그가 내 시선을 어떻게 생각할지 짐작이 가고도 남았기 때문이오. 그래도 내가 그에게로 시선을 옮겼을 때 백작은 내게서 눈을 떼지 않고 있다가 극도의 불안 상태에서 이젠 벗어났다는 표정을 짓더군. 그는 내가 '보긴 봤는데' 그럼에도 불구하고 거기서 무슨 일이 일어나고 있는지 '아무것도 보지 않으려 한다'는 사실을 알아차린 것이었소. 그러더니 길게 안도의 한숨을 내쉬더군. 내가 철통같이 입을 다물어 주리라는 확신이 선 거요. 아마 자기 같은 고객을 놓치지 않는 게 낫다는 직업적인 계산 때문일 거라고 그는 생각했겠지만 말이오.(뭐 아무려면 어떻소!). 사실은 관찰하기 좋아하는 내 습성 탓인데. 그렇게 흥미진진한 일이 지구상에서 아무에게도 알려지지 않은 채 진행되고 있는데, 갑자기 나 때문에 일이 종결되어 버려서는 안 된다는 마음뿐이었으니까…….

그래서 나는 정신을 가다듬고 손가락을 입술에 갖다 대며 결심했소. 쉬! 설마 이런 일이 있을까 꿈에도 생각하지 못하는 세상 사람들에게 이 일을 절대 말하지 않으리라. 아! 관찰의 즐거움을 당신은 아시는지! 다른 어떤 즐거움보다 고독한 익명의 기쁨을 최상으로 여기고 있던 내가 시골구석의 낡고 외진 성에서 그걸 실컷 맛보게 된 게요. 의사니까 마음만 내키면 언제든지 찾아갈 수 있지 않겠소!……. 게다가 마침 초조감에서 해방된 사비니가 이렇게 말하는 것이었소.

'선생님, 상태가 호전될 때까지는 매일 와 주십시오.'

그래서 난 계속해서 흥미진진하게 환자를 돌보며 누구를 붙잡고서 이야기해도 믿을 것 같지 않은 이 사건의 추이를 놓치지 않고 계속 쫓아갈 수 있게 되었소. 내가 언뜻 들여다본 그 첫날의 수수께끼는 이후 나의 추리력을 강렬하게 자극하기 시작했소. 추리력은 학자들 사이, 특히 의사들에겐 자신의 연구에 대한 강렬한 호기심을 만족시켜 주는 장님의 지팡이나 마찬가지요. 난 즉시 상황이 어떻게 된 영문인지 추적하기 시작했소. 그녀가 언제부터 여기 와 있었던 걸까? 오트클레르가 사라진 날부터인가? 그렇다면 이런 상태가 계속되었단 말인가? 오트클레르 스타생이 사비니 백작 부인의 하녀로 일한 게 일 년도 넘었다는 말 아닌가? 나야 의사, 즉 오라 하지 않을 수 없는 사람이니 예외로 친다고 해도 어떻게 나 외에 그 누구도 이 사실을 모를 수 있단 말인가? 난 이렇게 대번에 알아봤는데……. 이 모든 물음들이 나를 따라 함께 말에 올랐고, 나와 함께 말 등에 앉아서 V…… 시까지 달려갔소. 오는 길에 떠오른 의문까지도 고스란히 주워 온 것은 두말할 필요도 없소. 사비니 백작 내외는 서로 끔찍이 사랑하는 부부로 알려져 있었고, 어떤 사교 모임도 삼간 채 호젓이 사는 것이 한편으로는 사실이었소. 어쨌든 방문객도 더러 있었을 텐데, 방문객이 남자라면 오트클레르가 나타나지 않았으리라는 점 또한 사실이었소. 그러나 여자라면 V…… 시에 사는 여자일 테고, 거기 여자들 대부분은 그녀를 자세히 본 적이 없으니 얼굴을 알아보지 못했을 테지. 그녀는 여러 해 동안 검술장에서 수업에만 파묻혀 지냈고, 말을 타거나 교회에 있는 모습이 멀리서 보일 때에도 두터운 베일로 얼굴을 가리고 있던 금단의 처녀였던 게요. 오트클레르는(아까 말했듯이) 오만한 사람들이 전형적으로 가지고 있게 마련인 그런 특징을 소유하고 있었소. 다른 사람이 너무 관심을 가져도 싫어하며, 다른 사람의 시선이 모인다 싶을수록 더 숨어드는 그런 특징 말이오. 그녀가 함께 생활하지 않으면 안 되는 사비니 성의 다른 하인들도 설사 그들이 V……시에서 왔다고 해도 그녀를 제대로 알아보았을 리 없소. 어쩌면 V…… 시 출신이 아닌지도 모르고……. 이와 같은 생각들이 터덕터덕 말을 몰고 오면서 머릿속에 떠오른 첫 의문들이었고, 또한 거기에 대한 나 자신의 대답이었소. 이런 질문들은 대개 얼마간 길을 걸으며 곰곰 생각해 보면 답이 다 나오게 마련이오. 말 안장에서 내려오기도 전에 내 머릿속엔 벌써 그 모든 추측들이 잘 맞물려 짜 맞춘 그럴 듯한 한 편의 시나리오가 되어 있었소. 그렇게 해서 나처럼 논리를 따지는 사람에게 납득이 안 되는 그 사태가 이해될 수 있었던 거요.

한 가지 잘 들어맞지 않는 부분이 있었다면, 그것은 사비니 백작 부인의 하녀로 들어오는데 오트클레르의 눈부신 미모가 어찌해서 걸림돌이 되지 않았느냐 하는 점이었소. 그토록 남편을 사랑한 부인이니 분명 질투심이 없을 리 만무한데 말이오. 하지만 V…… 시의 귀부인들은 적어도 샤를마뉴 대제[20]의 휘하에 있

---

20) 프랑크 왕국의 왕·서로마 제국의 황제(?742~814). 게르만 민족을 통합하고, 영토를 확대하였다.

던 귀족 부인들만큼이나 자존심이 강한 여자들이오. 아무리 하녀가 예뻐도 샤를마뉴의 부인들이 이 잘생긴 시종을 거들떠보지도 않았듯이 자신들의 남편도 그래 주리라 생각하는 거요. 물론 대단한 착각이오. 그 여자들은《피가로의 결혼》같은 책을 읽지 않았던가! ……. 그래서 나는 마구간을 나오면서 사비니 백작 부인도 남편이 오로지 자기만 사랑한다고 믿고 있었을 것이고, 부인이 의심의 기미를 보였더라면 사기꾼 같은 사비니가 재빨리 남편에 대한 사랑과 질투에 눈먼 여인의 행동으로 모든 걸 돌리려 했을 것이라고 생각했소."

그때 내가 의심스럽다는 투로 이렇게 말했다.

"흠! 모든 게 다 그럴 듯하군요, 선생님. 하지만 그런 상황에서는 너무 무모한 행동이 아니었을까요?"

순간적으로 나도 모르게 이렇게 선생의 말을 가로막고 말았던 것이다.

그러자 선생이 대답했다.

"그렇진 않소!"

그러고 나서 인간의 본성에 관한 한 대가인 선생은 이렇게 덧붙이는 것이었다.

"그런 상황을 만든 게 바로 그 무모한 성격이라면 어떻소? 무모하기 때문에 오히려 불이 붙는 정열도 있는 법이라오. 그런 정열은 위험 없이는 존재할 수 없는 것이오. 다른 어떤 시대도 흉내 낼 수 없는 정열의 시대였던 16세기에는 사랑을 하는 가장 큰 이유가 바로 사랑이 지니고 있는 그 위험한 성격 때문이었다오. 정부(情婦)의 품을 떠날 때마다 칼에 찔려 죽을지도 몰랐으며, 당신 애인의 남편은 제 아내의 소맷자락에 독을 발라 당신을 독살하기도 했소. 당신이 수없이 입술을 대고 온갖 장난을 치던 바로 그 소매에 말이오. ……. 이런 아슬아슬한 위험이 사랑을 질리게 하기는커녕 오히려 자꾸 부추기고 불붙여 마침내 도저히 저항할 수 없게 만들어 버리는 거요! 아무리 법률이 이런 사랑의 정열을 대신하는 무미건조한 현대라고는 하지만, 남편이 '부부의 거주지에서 간통할 여자'(법전의 표현은 이렇게 상스럽소.)를 끌어들였을 때 처벌할 수 있는 형법 조문이 존재한다는 사실이 이미 흉측한 위험 자체를 예고하는 것이기도 하다오. 마음이 고상한 사람에게는 심지어 흉측하다는 단 한 가지 이유 때문에 더욱 큰 위험을 불러일으키는 원인이 되는 것이기도 하다오. 그러니 사비니 백작도 그런 위험에 처함으로써 얻게 되는 강한 정신력과 이로 인해 찾아드는 불안스러운 쾌락을 갈구했는지 모르겠소."

토르티 선생은 말을 계속 이어 갔다.

"예상했겠지만 난 다음 날 아침 일찍 서둘러서 성에 다시 가보았소. 하지만 그날도 그 다음 날도 매우 정상적이고 평범한 가정의 분위기를 풍길 뿐 아무것도 눈에 띄게 달라 보이지 않았소. 병자도 그렇고 백작도 그렇고, 하다못해 그 가짜 하녀 율랄리까지도 마치 태어나기를 하녀로 태어났나 싶을 정도로 자연스럽게 자기 일을 할 뿐 전날 내가 우연히 목격했던 비밀에 대해서는 어떤 정보나 단서도 찾을 수 없는 것이었소. 다만 사비니 백작과 오트클레르 스타생이 소름 끼치도록 빼어난 연극을 능수능란한 배우 뺨치게 해치우고 있다는 것, 모든 것이 둘이서 이미 짜 놓은 각본이라는 것만은 분명했소. 하지만 내가 확신을 하지 못해 못내 궁금해했던 점은 우선 백작 부인이 정말로 속고 있느냐는 것, 또한 만일 그렇다면 앞으로도 계속 속을 것이냐 하는 점이었소. 그래서 나는 부인을 집중적으로 관찰하기로 했소. 내 환자였으니 그 속을 읽기가 보다 쉬웠소. 병자라는 사실 덕분에 자연스레 내 첫 번째 관찰의 대상이 되었던 거요. 부인은 아까도 말했지만 정말 V…… 시의 여자라고밖에 달리 말할 방법이 없는 그런 여자였소. 자기는 귀족이며 귀족 외의 다른 사람은 관심을 보일 하등의 가치가 없는 사람들이다, 뭐 이런 생각에 젖어 있는 여사였던 것이오. 아시나시피 V…… 시의 상류층 부인들은 오로지 자기들이 귀족이라고 자랑할 때에만 열광하는 사람들이잖소. 나머지 계층의 여자들까지도 보통 때는 시큰둥한 성격이지만 그 말을 늘어놓는 일만은 굉장히 좋아하는 사람들이지. 백작의 부인 델핀 드 캉토르는 베네딕트 수녀원에서 교육을 받았지만 종교적인 열정과 신념이 조금도 없는 데다가 수도원도 따분하기 짝이 없어서 도중에 나와 버렸소. 그 후 집에서 딱히 하는 일 없이 지내다가 사비니 백작과 사랑에 빠졌는지, 아니면 사랑한다고 믿었는지 하여튼 결혼을 했던 것이오. 무위도식에 지친 처녀들이 오히려 처음 보는 남자에게 쉽게 넘어가는 법이니까.

백작 부인은 피부는 하얗고 살결은 부드러운데 비해 뼈가 매우 단단한 여자였소. 우윳빛 피부에 주근깨가 더러 박힌 얼굴이었고, 머리칼은 은은한 붉은 색인데 피부에 점점이 뿌려진 주근깨가 그보다 약간 진한 색이라 그렇게 보였던 거요. 부인이 푸르스름한 자개처럼 정맥이 비치는 창백한 팔을 뻗으면 가늘고 귀부인다운 손목에 맥박이 규칙적이긴 하나 힘없이 뛰곤 했소. 그걸 보면서 나는 부인이 마치 희생양이 되려고 태어난 사람 같다는 생각을 했소. 하녀 노릇도 마다 않고 그녀에게 복종하고 있는 그 오만 방자한 오트클레르의 발밑에 으스러지려고 말이오.

그러나 부인의 마른 얼굴 끝에 두드러져 나온 턱을 보면 또 그런 첫 인상이 반드시 옳지만은 않은 것 같기도 하였소. 그건 바로 로마시대의 동전에 조각된 풀비아[21]의 턱이었소. 피로가 만연한 얼굴 아래에 완전히 동떨어져 있는 듯 불거져 나온 그 턱 말이오. 더구나 윤기 없는 머리칼 밑으로 고집스럽게 튀어나온 나온 이마를 보아도 그랬소. 이 거만함 때문에 결국 그녀는 판단을 내리지 못하고 말았소. 오트클레르의 걸음걸이를 간파하지 못하였소. 판단을 내리지 못한 모든 것이 바로 그 턱의 오만함과 오만한 걸음걸이에서 기인하는지도 모르겠소. 조용한 이 집에서 내가 언뜻 목격한 그 상황은 결국 어떻게든 무서운 결말로 치닫지 않을 수 없을 테니까 말이오. 언제 닥칠지 모를 파국의 날을 기대하며 난 보다 세심하게 그 작은 몸집의 부인을 진찰했소. 자기 의사에게는 오래 입을 다물기 힘들 거라 생

---

21) 세 명의 권력자와 결혼하여 로마 말기의 정치에 관여했던 풀비아 플라카 밤불라(기원전 77~40)를 말한다. 신화 속의 인물을 제외하고 여성으로서는 최초로 로마 화폐에 얼굴이 새겨졌다.

각했소. 몸을 맡기면 마음도 의지하게 되는 게 보통이지 않소? 백작 부인이 앓고 있는 이유가 도덕적이든 그 반대든 간에, 하여튼 의사인 나와 숨바꼭질을 해 봤자 소용없으며 마음이나 말을 감춰 봤자 헛되지 않겠소? 언젠가는 내 앞에 다 펼쳐 놓게 되어 있으리라는 게 내 생각이었소. 하지만 아무리 날카로운 의사의 발톱으로 이리 뒤지고 저리 뒤지고 해 보았으나 모두가 허사였소. 며칠을 노력한 끝에 분명히 알게 된 사실 하나는, 남편과 오트클레르가 범죄의 공모자라는 것도, 자기 집이 은밀하고 조용한 범죄의 무대가 되고 있다는 사실도 부인이 전혀 눈치채지 못하고 있다는 것뿐이었소. 부인이 명석하지 못했기 때문이었을까? 아니면 질투심 때문에 단호히 제 입을 다물어 버린 걸까? 도내체 어떻게 그럴 수 있다는 말인가? ……. 부인은 남편을 제외한 모든 사람들에게 약간 오만했지만 대체로 점잖게 대했소. 시중들고 있는 가짜 율랄리에게도 위엄은 갖추었지만 부드럽게 대했소. 앞뒤가 잘 맞지 않는 이야기처럼 들릴지 모르겠소. 하지만 그렇지 않소. 확실히 부인의 태도는 그랬으니까. 부인은 뭘 시킬 때 짧게 끊어서 말하곤 했지만 한 번도 목소리를 높인 적이 없었소. 시중만 받으며 살았고 또 앞으로도 그러리라 믿는 다른 여자들처럼……. 부인도 물론 다른 여자들과 비슷했지만 그래도 비교적 상냥한 편에 속했던 거요. 그 대단한 율랄리가 어떻게 했는지, 그 집에 교묘히 잠입해 들어온 것도 그렇지만 보다 놀라운 사실은 그녀가 주인마님을 잘 보살피면서도 상대방이 싫증내기 직전에 정확히 멈출 줄도 알고 있었다는 점이오. 시중드는 세세한 동작 하나하나가 마님의 성격을 얼마나 열심히 또 센스 있게 파악하고 있으며, 얼마나 재치 있게 실행에 옮겼는지를 역력히 증명했기 때문에……. 그래서 나는 결국 백작 부인에게 하녀 율랄리에 대한 이야기를 꺼내게 되었소. 내가 백작 부인을 진찰하고 있는 동안 율랄리가 얼마나 자연스럽게 부인 주위를 왔다 갔다 하는지 등골이 오싹해질 지경이었소. 잠들어 있는 여인의 침대를 향해 소리 없이 미끄러져 다가오는 뱀 한 마리를 보았을 때처럼 말이오. 어느 날 저녁, 백작 부인이 지금은 기억이 나지 않는 무언가를 가져오라고 율랄리에게 심부름을 시킨 일이 있었소. 난 율랄리가 행동이 민첩한 여자라 언제 어느새 되돌아올지 모른다 싶어 재빨리 그 짧은 기회를 틈타 결정적인 말을 부인에게 건네기로 결행했소.

나는 하녀 율랄리가 방을 나가는 것을 보고 이렇게 물었소.

'발걸음이 사뿐하기도 하군요! 백작 부인께서는 시중을 참 잘 드는 아이를 구하신 것 같습니다. 실례가 아닐지 모르겠습니다만 어디서 데리고 오셨는지요? 혹시 V…… 시에서 온 아이는 아닌지요?'

이렇게 말하자 백작 부인은 초록색 비로드 테두리에 공작 깃털로 장식된 손거울을 들여다보며 건성으로 대답했소. 다른 사람이 하는 말에 귀 기울일 여유 없이 자기 일에만 정신이 팔려 있을 때의 무성의한 태도로 말이오.

'네, 시중을 참 잘 드는 아이지요. 전 더 바랄 게 없을 만큼 대만족이에요. V…… 시에서 온 아이는 아니에요. 하지만 어디서 데려왔는지는 잘 모르겠네요. 정 알고 싶으시다면 제 남편에게 직접 물어보시지요, 선생님. 결혼한 지 얼마 후에 남편이 이리로 데리고 왔으니까요. 남편 말로는 나이 많은 친척 할머니가 부리던 아이였는데 할머니가 돌아가시는 바람에 지낼 곳이 없어 이리로 데려왔다고 했어요. 애가 참해 보여 마음에 들었는데 데리고 있기를 참 잘한 것 같아요. 하녀로 이만한 애는 어디서도 얻을 수 없을 거예요. 도통 실수란 게 없는 아이인걸요.'

나는 좀 더 심각한 척하며 이렇게 말했소.

'부인께서는 그렇게 생각하실지 몰라도 제가 보기에는 결점이 하나 있던데요.'

'그러세요? 그게 뭔가요?'

부인이 나른한 목소리로 물었소. 여진히 자기가 무슨 말을 하는지 별로 관심이 없다는 투였소. 거울에서 눈을 떼지 않고 핏기 없는 창백한 자기 입술만 보고 있더구먼. 그래 내가 말했소.

'너무 예쁘다는 거죠. 하녀치고는 지나치다고 할 정도로 미인이더군요. 조금 있으면 다른 사람이 빼앗아 갈지도 모르겠어요.'

그러자 부인이 '그럴 것 같으세요?' 하고 말하더군. 여전히 거울만 쳐다본 채 내 말에는 아예 관심조차 두지 않는 거였소.

'부인처럼 귀족 신분에 성품이 점잖은 남자라도 자칫 한눈을 팔지도 모르지 않습니까? 저 아이의 미색은 공작님이라도 홀릴 만한데요.'

물론 이런 말이 무슨 의도를 담고 있는지는 너무나도 뻔한 것이었소. 마음을 떠보려는 속셈이었단 말이오. 하지만 부인이 아무런 반응을 보이지 않으니 난들 달리 더 캐 볼 길이 없었소. 들고 있던 거울만큼이나 주름살 하나 없이 맑은 이마를 가진 백작 부인은 이렇게 말했소.

'V…… 시에는 공작이 살지는 않지요.'

이렇게 말하고는 속눈썹을 손으로 펴면서 이렇게 덧붙이는 것이었소.

'그리고 선생님, 그런 아이들은 자기가 나가려고 마음만 먹으면 아무 때고 나가 버리기 때문에 제 아무리 아끼고 정을 주어도 소용없는 종자들이에요. 율랄리가 아주 마음에 드는 하녀이긴 하지만 다른 애나 똑같이 사람의 정 따위는 아랑곳하지도 않을걸요. 그래서 전 그 아이에게 마음을 주지 않으려고 늘 조심하고 있답니다.'

이런 대화가 오간 후, 나는 율랄리에 대해 더 이상 묻지 않았소. 백작 부인은 완벽하게 속고 있었던 거요. 그리고 또 누가 속았을까? 바로 나였소. 난 오트클레르를 그녀의 아버지가 운영하던 검술장에서 하도 여러 번 봤기 때문에 칼을 얼마나 길게 잡았는지만 봐도 그녀를 한눈에 알아볼 수 있었소. 그런 나조차도 그녀가 진짜 지금의 이 율랄리라는 하녀 아이일까 하고 의심한 적이 한두 번이 아니었소. 그녀에 비해 훨씬 더 태평스럽고 여유가 있으며 거짓말도 그럴 듯하게 잘할 것 같은 사비니 백작은 오히려 그렇지가 않았소. 그 여자가 어땠는지 아시오? 나 원 참! 성에서 돌아다니며 행동하는 폼이 꼭 생선이 제 물을 만난 듯하였소. 성에서 하는 짓이며, 제 삶에서 얻을 수 있는 모든 것을 일시에 버린 것이며, 비록 괴상한 방식이긴 해도 그녀는 분명 백작을 사랑하고 있었던 게 틀림없소. 비록 소도시에 불과했지만 그녀에게는 우주나 다름없는 곳에서 남의 시선을 한몸에 받으며 허영심을 만족시킬 수도 있었고, 그곳 젊은이들이 죄다 그녀의 숭배자이며 팬이었으므로 그중 한 사람과 사랑에 빠져 결혼을 하면 그때까지와는 완전히 다른, 즉 남자들만이 장악하고 있는 더 높은 계층으로 신분 상승을 꾀할 수도 있었소. 그러니 두 삶으로 나뉘진 사랑에서 백작이 내건 위험 부담은 그녀에 비하면 오히려 적은 셈이라 할 수 있소. 더구나 사랑에 대한 진지한 측면에 있어서도 여자만 못했다고 할 수 있을 게요. 사랑하는 애인을 그런 모욕적인 입장에 처하게 만들었으니, 남자로서 자존심 상하는 일 아니냔 말이오. 사비니의 성격이 격정적이라 하지만 모든 정황이 오히려 그의 성격과 잘 맞아떨어지지는 않았소. 아내를 희생시킬 정도로 오트클레르를 사랑했다면 이탈리아 같은 곳으로 함께 도망칠 수도 있었을 텐데 말이오. 당시만 해도 그런 일이 심심찮게 일어나지 않았겠소! 그렇게 한다면 수치스럽게 몰래 간통을 저지르는 볼썽사나운 관계 따윈 필요 없었을 텐데 말이오. 그러니 백작의 사랑이 덜한 게 아닐까 하오. ……. 혹시 오트클레르가 백작을 훨씬 더 사랑해서 벌어진 일이며, 백작은 그냥 그녀가 하는 대로 내버려 둔 건 아니었을까? ……. 자기 발로 성까지 걸어와 남자의 침실로 자진해서 들어간 게 아닐까? 백작은 대담하고 짜릿한 쾌감에 매 순간 유혹의 화신처럼 등장한 전혀 새로운 이 보디발[22]의 아내가 하는 대로 그냥 내버려 둔 것이 아니었을까? ……. 내 눈에 보이는 것만으로는 사비니와 오트클레르에 대해 더 이상 자세히 알 수는 없었소. 둘은 진짜 공범이었던 게요. 어떤 식으로든 간통의 공범자였단 말이오! 하지만 죄를 범하면서 느낀 그들의 심정은 어땠을까? ……. 서로에 대해 어떤 입장이었을까? ……. 난 어떻게든 이 둘의 방정식이 남긴 미지의 의문을 풀고 싶었소. 사비니가 제 아내를 대하는 태도는 흠잡을 데 없이 훌륭하였소. 그러나 오트클레르, 즉 율랄리가 곁에 있으면 평상시보다 조금 더 조심스러워한다는 사실쯤은 금방 간파할 수 있는 일이었소. 그 자체가 아마 그의 심기가 불편하다는 신호일 게요. 매일매일 벌어지는 일상적인 일 가운데 그가 책이나 신문이나 뭐 다른 잡다한 것을 가져오라고 율랄리에게 시킨 후, 그 물건을 받아드는 태도는 베네딕트 수녀원에서 교육을 받은 아내라는 여자만을 제외하고는 그 누구라도 대번에 눈치챌 만한 것이었소. 자신의 손이 오트클레르의 손과 닿을까 봐 겁을 내고 있는 게 확연히 드러나 보일 정도였으니까. 자칫 스치기라도 하는 날이면 그 손을 덥석 붙들지 않고는 못 뱃길 듯한 행동 말이오. 그런데 오트클레르는 그런 부자연스러움이라든가, 겁에 질린 조심성이라든가 하는 게 전혀 없더구먼. 그런 여자들은 하늘나라가 있다면 하느님을,

---

22) 구약성서에 등장하는 인물로, 요셉을 미디안 상인으로부터 사서 자기 집의 집사로 삼아 자기 소유를 관리하게 한 일로 알려졌다. 그는 파라오의 경호실장이었으나 관직이나 신분에 어울리지 않을 만큼 사무적이며 침착하고 너그러운 사람이었는데, 자기 아내가 요셉이 자신을 겁탈하려 했다고 했을 때도 요셉을 해치지 않고 옥에 가두는 정도였다.

지옥이 있다면 마왕을 유혹하는 것도 사양하지 않을 여자라서 그런지 욕망과 위험을 동시에 불러일으키고 싶어 하나 보오. 어떻게 하나 보니 내가 저녁 식사 시간에 들른 적도 한두 번 있었는데, 그런 날 유심히 살펴보면 사비니는 매우 헌신적으로 아내의 침대 옆에 붙어서 아내와 함께 식사를 하는 걸 알 수 있었소. 그리고 오트클레르는 식사 시중을 들고 있었소. 다른 하녀들은 일체 부인의 방에 들어오지 못하게 했소. 그런데 오트클레르가 식탁에 접시를 내려놓으려면 사비니의 어깨 앞으로 몸을 좀 숙여야만 했소. 그때 접시를 놓으면서 가슴 끝으로 백작의 뒷덜미나 귀를 일부러 스치는 걸 본 적이 있소. 그러면 백작은 새하얗게 질리는 표정을 하고서…… 혹시 아내가 보고 있지나 않나 허둥지둥 눈치를 살피는 거였소. 정말이오! 당시만 해도 나 역시 젊은 나이였고, 사람들이 욕망의 충동질이라고들 부르는 몸의 조직 세포가 출렁거리는 것을 주체하지 못할 정도로, 아니 오직 그것만이 나머지 삶의 고역을 참을 이유라고 생각하던 그런 시절이었소. 나는 결국 눈치챌지도 모를 제 아내가 두 눈을 똑바로 뜨고 있는 바로 그 앞에서 하녀로 위장한 여자와 몰래 간통같이 부도덕한 생활을 그가 하는 데에는 분명 남들도 납득할 만한 어떤 행복이 존재하기 때문이라고 상상하게 되었소. 그렇소. 형법이라 불리는 낡은 규율이 말해 주듯, 부부 생활을 영위하는 집에서 발생한 그런 간통 사건이었던 것이오. 난 그때 비로소 확실한 감을 잡았던 거요!

그러나 사비니가 얼굴이 새하얗게 변해 겁에 질린 표정을 참고 있는 것을 제외하면 그들 사이에 어떤 이야기가 얽혀 있는 지 전혀 알 수가 없었소. 결국 이 아슬아슬한 곡예의 피할 수 없 는 종말과 파국은 닥쳐올 테지만 말이오. 두 사람 모두 어디까 지 간 것일까? 그게 바로 그들이 쓰고 있는 소설의 비밀이었고, 나는 그걸 캐고 싶었던 거요. 그러한 의문이 스핑크스의 발톱처 럼 내 머리를 꽉 움켜쥔 채 놓아주질 않고 점점 더 세게 조여 올 수록 난 관찰자에서 마침내 점점 더 정탐자가 되어 갔던 거요. 하긴 정탐자가 뭐 별건가! 위험을 무릅쓰고 관찰하는 사람이지 뭐. 허! 허! 알고 싶다는 강렬한 욕구는 사람의 넋을 완전히 빼 앗아 가곤 하지 않소. 내가 모르는 걸 알아내기 위해서라면 나 는 치사하고 비열한 행동쯤은 얼마든지 감수할 각오가 되어 있 었소. 내겐 전혀 걸맞지도 않고, 그렇게 생각해 본 적이 단 한 번 도 없었던 행동이지만 어쩔 수 없었던 게요. 아! 정탐하길 좋아 하는 습관이란! 내 촉수를 사방에 뻗어 보았소. 성을 방문할 때 면 늘 마구간에 말을 매어 놓곤 했는데, 그때마다 시치미를 뚝 떼고 하녀들한테 주인 내외에 대해 수다를 떨게끔 조금씩 유도 했소. 오직 호기심을 채우려는 욕심으로 난 고자질(이런, 못하는 말이 없구려!)도 사양하지 않았소. 그런데 이상스러울 만큼 하녀 들도 백작 부인과 마찬가지로 죄다 속고 있는 것이었소. 한마디 로 오트클레르를 아주 성실한 동료라 생각하고 있었던 게요. 하 마터면 호기심의 대가가 고작 이 따위 수준에서 머물고 말 뻔했 소. 매사가 다 그렇겠지만 그 어떤 책략보다 효과적이고, 그 어 떤 염탐보다 더 많은 사실을 단번에 알려 주는 우연이 없었더라면 말이오.

　백작 부인을 왕진 다닌 지 두 달이 지났을 무렵이었소. 부인의 건강은 차도가 없었고, 점점 쇠약해지더니 결국은 전신에 증세가 퍼질 지경에 이르렀소. 무기력한 그 시대에 의사들이 빈혈이라는 이름을 붙였던 병이었소. 여전히 사비니와 오트클레르는 완벽하게 연극을 진행하고 있었소. 내가 성에 들락거리면서 그들 앞에 버젓이 앉아 있는데도 불구하고 좀처럼 움츠러들지 않는 위험한 연극이었소. 그런데 그런 배우들에게서 약간씩 피로의 기색이 느껴지는 게 아닌가 싶었소. 사비니 백작이 좀 야위자 V…… 시에서 사람들은 이렇게들 말하는 게요.

　'사비니 백작처럼 훌륭한 남편이 또 있을까! 부인이 병상에 누운 후 얼굴이 몰라보게 달라졌어요. 서로 사랑한다는 건 그러니 얼마나 아름다운 일이에요!'

　한편 오트클레르는 여전히 아름다웠는데 다만 눈가에 푸른 자국이 생기는 것이었소. 그저 울거나 해서 생긴 자국과는 달랐소. 하기야 그 눈에서 눈물 따위가 흐를 리 없을 테니. 그보다는 오히려 며칠씩 밤을 샌 눈 같았고, 그럼에도 불구하고 보랏빛에 감긴 눈빛은 더 강렬하게 빛나고 있었소. 사비니가 여위고 오트클레르의 눈가가 퍼렇게 된 이유는 그들 스스로 짊어진 위험한 생활에서 오는 긴장감 말고 어쩌면 다른 데 있는지도 몰랐소. 생각해 봄직한 원인이야 얼마든지 있지 않겠소! 부글부글 끓어오르는 활화산 같은 상황이었으니 말이오! 그들의 얼굴에 나타난 흔적을 지켜보면서 속으로나마 잠시 저게 무슨 표시일까 하고 의문이 들었지만 어찌 당장에 그 답을 찾을 수가 있었겠소.

어느 날, 도시 외곽에 왕진을 마치고 저녁 무렵에 사비니 백작의 성을 거쳐서 집으로 돌아오는 중이었소. 애초에는 평소처럼 성에 들를 생각이었소. 그런데 그날따라 아기를 분만하는 시골 아낙이 어찌나 시간을 끌었던지 성 근처에 다다랐을 때는 이미 상당한 시간이 지난 뒤라 감히 들어갈 엄두를 못 내고 있던 참이었소. 더구나 몇 시인지도 정확히 분간이 어려웠던 것 같은데, 그건 갖고 있던 시계마저 공교롭게 그때 멈추어 버렸기 때문이오. 그래도 둥근 달이 하늘 저편으로 막 넘어가기 시작하여서 어렴풋이나마 자정을 조금 넘겼겠거니 짐작은 하고 있었소. 사비니 성의 키가 훤칠한 소나무의 맨 끝자락에 닿을 듯 말 듯 기울어져 있던 달은 금세라도 나무 뒤로 넘어가려고 하던 참이었소⋯⋯."

이때 선생이 갑자기 말을 끊고 내게 고개를 돌리며 말했다.

"혹시 사비니 성에 가 본 적 있소?"

"예." 라는 나의 고갯짓에 선생이 다시 말문을 이었다.

"그래! 그렇다면 사비니 성에서 V⋯⋯ 시로 바로 연결되는 길을 찾으려면 소나무 숲으로 들어가 성벽을 따라 한참을 올라가야 한다는 것도 잘 아시겠구먼. 그러니까 성을 반 바퀴 정도 돌듯 오른쪽으로 돌아가야 한단 말이오. 그렇게 우회하던 중에 바스락 소리 하나, 불빛 한 점 없고 깜깜한 숲 안쪽에서 글쎄 무슨 빨래 방망이질과 비슷한 소리가 갑자기 들려오는 게 아니겠소. 처음에는 하루 종일 들일에 시달린 가난한 여인이 낮에 미처 하지 못한 빨래를 밤이 돼서야 달빛을 등불 삼아 근처 빨래터에서 하고 있거니 했는데……. 성 쪽으로 조금 더 다가가면서 처음의 소리와 어우러지는 또 다른 소리를 듣고 나서야 처음 그 소리가 무슨 소리였는지 알게 되었소. 그건 두 칼이 서로 부딪치고, 미끄러지고, 긁을 때 나는 소리였소. 잘 아시겠지만 고요하고 맑은 밤공기 속에서는 작은 소리일지라도 이상하리만치 또렷이 들리지 않던가요? 숨 가쁘게 마찰하는 쇳소리가 저만치에서 들려오는데, 이는 의심의 여지없이 두 칼이 부딪치는 소리였소. 퍼뜩 어떤 느낌이 머리를 스쳐 가는 것이었소. 과연 소나무 숲을 벗어나자 허연 달빛을 받으며 성이 모습을 드러냈는데, 창문이 하나 열려 있는 것이었소.

나는 이렇게 생각했소.

'그래! 바로 저것이 저 두 사람이 사랑을 나누는 방식이로군!'

취미나 습관에서조차 힘이 넘쳐 오르는 방식을 택한 그들이 감탄스럽기까지 했소.

그런 늦은 시간에 사비니 성에서 검술을 할 수 있는 사람은 세를롱과 오트클레르밖에 없었소. 보지 않고 소리만 들어도 검술 연습을 한다는 것쯤은 누구나 알 수 있는 법이오. 내가 빨래방망이 소리라고 생각했던 것은 실상 두 검사가 공격의 신호로 '발을 구르는' 소리였던 것이오. 열린 창문은 네 채의 성관 중에서도 백작 부인의 내실이 있는 건물과 가장 멀리 떨어진 건물에 있었소. 잠든 성이 달빛 아래에서 마치 침울하고 창백한 송장 같아 보이더구먼. 발코니 주위를 둘러싼 창에는 덧문이 반쯤 열려 있었는데, 그들이 일부러 고른 것이 틀림없는 그 건물을 제외하고 다른 데는 아주 조용하고 캄캄했소. 그런 가운데 유독 발코니에 줄무늬 그림자를 드리우며 반쯤 열려 있는 덧문에서는 발을 구르고 칼이 부딪치는 소리가 흘러나오고 있었던 게요. 그 소리가 너무나 맑고 생생하게 내 귀까지 들려왔기 때문에 나는 날이 하도 더워서(7월 한여름이었으니까) 그들이 덧문은 반쯤 열어 놓았지만 창은 아예 활짝 열어 놓았다는 사실을 당연히 짐작할 수 있었소. 난 잠시 숲가에서 말을 멈춘 채 그들이 매우 격렬하게 싸우는 그 소리에 귀를 기울였소. 전에도 칼을 들고 사랑을 나누었고, 지금도 그런 식으로 사랑하고 있는 두 연인이 서로 공격을 주고받는 그 소리에 귀가 솔깃했던 거요. 그렇게 얼마간 서서 그 소리를 듣고 있는데 어느 순간인가 칼이 부딪치고 발을 구르는 소리가 일시에 멈추는 것이었소. 이어 발코니의 덧문이 활짝 열리는 바람에 난 급히 소나무 숲 그늘로 말을 몰아 뒷걸음질하였소. 환한 달빛에 내 모습이 드러나기 일보 직전이었소. 세를롱과 오트클레르는 발코니 난간으로 나와 팔을 기대고 섰소. 두 사람이란 걸 분명히 알 수 있었소. 달은 좁은 숲 뒤로 넘어 간 뒤였지만 방 안쪽에서 흘러나온 샹들리에 빛을 배경으로 둘의 윤곽이 비쳤기 때문이오. 오트클레르의 옷차림은 글쎄, 그게 옷을 입은 거라 할 수 있을지, 하여튼 V…… 시에서 수업할 때 수없이 보아 온 모습처럼 갑옷 같은 샤무아 가죽으로 된 방어 조끼가 몸을 꽉 죄고 있었고, 팽팽히 달라붙는 비단 스타킹이 근육질의 다리 선을 잘 드러내 주고 있었소. 사비니도 거의 비슷한 옷차림이었소. 둘 다 멋있고 튼튼한 체격이라 밝은 불빛에 둘러싸여 있는 모습은 정말 강한 힘과 아름다운 젊음의 동상 그 자체였소. 방금 공원에서 두 사람의 오만한 아름다움에 경탄하였듯이 세월이 그렇게 흘렀는데도 그 둘은 아직 옛날 그 모습입디다. 하여튼 아까 봤겠지만 그때 거의 벌거벗은 거나 다름없는 꼭 끼는 옷을 입고 발코니에 서 있던 한 쌍의 남녀가 내게 얼마나 멋있게 보였겠는지 상상할 수 있을 게요. 둘은 난간에 기댄 채 이야기를 나누었소. 소리가 작아 무슨 말인지 정확히 알아듣지 못했지만 두 몸의 자세가 그들이 나누는 말을 대신해 주었소. 그러다 한순간 사비니의 팔이 열정적으로 이 아마존 처녀의 허리에 감겼소. 싸우기 위해서만 태어난 줄 알았던 그녀는 정작 그냥 가만히 있더군요. 그리고 거의 동시에 오만한 오트클레르가 세를롱의 목에 매달렸소. 그 두 몸만으로도 우리 모두의 기억 속에 생생한 관능의 조각, 그 유명한 카노바[23]의 사람들이 되었던 게요. 두 사람은 그렇게 입술과 입술을 맞댄 조각처럼 마주 서서, 정말이지 한 번도 쉬지 않고 포도주 한 병을 마실 만큼의 키스를 들이키고 있는 게 아니겠소! 당시 나는 지금보다 젊기도 했고, 더구나 그런 장면을 보고 있었으니 더욱 급박해지기도 했겠지만, 아무튼 내 맥박으로 족히 육십은 세었을 시간이 지나갔소.

---

23) 19세기 초반의 이탈리아 조각가 안토니오 카노바(1757~1822). 이 소설이 집필되던 당시 가장 유명한 조각가였다.

그런 다음에 두 피조물이 서로 엉겨 붙은 채 한 방으로 들어갔고, 뒤이어 짙은 커튼이 길게 드리우는 걸 보고 난 이렇게 생각하였소.

'저런! 저런! 조만간 나한테 모든 것을 죄다 털어놓아야겠군. 이제는 자기들만 숨으려 해 봤자 별 소용없겠어.'

이렇게 웅얼거리며 나는 숲 속을 빠져나왔소. 방금 목격한 그 포옹하는 장면과 이후의 농염한 행동 덕분에 난 모든 걸 확인할 수 있었고, 또한 어떤 결말을 맞이하게 될지 마음속으로 헤아려 볼 수도 있었소. 그러나 한편 두 사람의 열정의 강도로 볼 때 내 예상이 빗나갈 수도 있을 것 같았소. 나나 당신이나 모두 아는 이야기지만 서로 지나치게 사랑하면(시니컬한 선생이 실제로 사용한 표현은 좀 달랐지만) 들어서야 하는 아이조차 생겨나지 않는 법이라오.

다음 날 아침, 나는 사비니 성에 갔소. 오트클레르는 다시 율랄리로 돌아와 주인마님의 방으로 이르는 기다란 복도 끝 창가에 앉아 있었소. 간밤에 검사였던 여자가 다음 날 아침에는 옷감과 식탁보 같은 일감이 산더미처럼 쌓여 있는 의자 앞에 앉아 묵묵히 바느질에만 깊이 파묻혀 있다니! 이러니 누가 의심이나 할 수 있을까? 난 하얀 앞치마를 입은 그녀의 모습과 간밤에 불빛이 환한 발코니에 서 있던, 거의 벌거벗은 듯한 그녀의 몸매를 함께 떠올리며 생각했소. 그녀를 겹겹이 둘러싸고 있는 치마의 주름도 어제의 모습을 모조리 집어삼키진 못했다오. ……. 난 그녀의 앞을 지나갔지만 말을 걸진 않았소. 애초부터 내가 뭔가 알고 있다는 표시를 하는 것도, 목소리나 눈초리로 그런 낌새가 새 나가는 것도 싫었던 까닭에, 그녀와는 가능한 한 접촉을 피하고 있었으니까. 그런데 그녀에 비해 나는 배우 기질이 부족해도 한참 부족하다는 걸 절감했소. 그래서 그런지 좀 겁이 나더구먼……. 그녀는 딱히 백작 부인의 시중을 들지 않을 때면 늘 그 복도에 앉아 제 일을 했고, 내가 지나가는 소리를 들으며 그것이 나라는 것을 알 만한데도 고개 한 번 드는 법이 없었소. 그녀는 주로 투구 모양의 풀 먹인 흰 삼베 모자를 썼고 가끔은 원추형 모자와 닮은, 전형적인 노르망디 지방의 모자를 쓰기도 했는데, 오로지 고개를 숙이고 일에만 골몰해 있었소. 돌돌 말린 길고 검푸른 곱슬머리가 그녀의 갸름하고 창백한 두 뺨을 가리고 있어 내게 보이는 것이라고는 단지 뒷덜미의 촘촘한 곱슬머리가 욕망과 함께 똬리를 틀고 있는 머리채뿐이었소. 다른 어떤 것보다 오트클레르의 멋있는 점은 그녀의 동물성이라고 할 수 있을 것 같소. 그 어떤 여자도 그런 식의 아름다움을 소유하진 못했을 거요. ……. 남자들끼리는 무슨 말이든 다 하니까 나도 알게 된 것이지만, 아무튼 하나같이 그녀에 대해서는 그렇게들 말하곤 했소. V…… 시에서 그녀가 검술 수업을 하던 당시, 그녀가 잠시 자리를 비울 때면 남자들은 그녀를 에서[24] 양이라고 불렀다오. 악마는 평범한 여자에게 진짜 여자가 되게끔 가르치는 법이오. 아니, 여자들은 악마가 미처 모르는 것도

---

24) 구약에 등장하는 이삭과 리브가의 맏아들이며 야곱의 쌍둥이 형제. 두 형제는 태어날 때부터 경쟁 상대였으며, 에서의 후손인 에돔인과 야곱의 후손인 이스라엘인은 경쟁 국가가 되었다.

스스로 배우곤 하지……. 평상시 교태라곤 전혀 없었던 오트클레르에게 좀 특이한 점이 있었다면 그건 다른 사람이 그녀에게 말을 걸 때 목뒤에 있는 길고 풍성한 곱슬머리를 손가락에 쥐고 야릇하게 감는 버릇이 있었다는 거요. 아무리 빗으로 빗어 올려도 말을 안 듣는 그 머리카락은 단 몇 가닥만으로도 남자의 '마음을 빼앗는다'라고 성경에 쓰여 있던 그런 머리칼일게요. 물론 그런 장난을 하면 어떤 일이 일어나는지 그녀는 분명히 알고 있었을 것이오! 하지만 하녀로 들어오고 나서는, 심지어 사비니를 보더라도 그녀 특유의 불춤을 추는 듯한 마력을 발산하는 그 행동을 일절 삼가더군.

이것 참, 쓸데없는 군말이 너무 길어졌소. 하지만 오트클레르 스타생이 어떤 여자인지 제대로 설명하기 위해서 중요한 이야기인 걸 어쩌겠소. 그날따라 그녀는 수고스럽게도 방으로 들어와서 내게 얼굴을 비쳐야만 했소. 백작 부인이 벨을 눌러 그녀를 부른 후 처방전을 작성할 잉크와 종이를 내게 가져오라고 일렀기 때문이오. 그러자 얼마 안 가서 그녀가 방으로 들어왔소. 미처 벗어 놓을 여유가 없었다는 듯 손가락에 골무를 낀 채였고, 실을 꿴 바늘은 그대로 가슴에 꽂고 있었소. 그렇지 않아도 도발적인 그녀의 가슴에 바늘이 촘촘히 꽂혀 그녀를 장식하고 있었소. 쇠로 만든 바늘마저도 그 신비한 여자에겐 기막힌 장식이 되어 버리는 것이었소. 쇠를 위해 태어난 여자라 중세 같았으면 갑옷을 둘렀을 텐데 말이오. 내가 처방전을 쓰고 있는 동안 그녀는 내 앞에 서서 필기구를 집어 주곤 했는데, 검술로 단련된 그녀의 팔 동작은 아무도 흉내 낼 수 없을 만큼 우아하고 또한 부드러웠소. 처방전을 다 쓰고 나서 얼굴을 들고 나는 그녀를 쳐다봤소. 아무렇지도 않다는 듯 보이려고 말이오. 그녀의 얼굴은 간밤의 일 때문인지 몹시 피곤해 보였소. 바로 그때, 내가 도착한 시간에는 나타나지 않았던 사비니가 갑자기 방으로 들어왔소. 그녀보다 훨씬 더 피로한 얼굴을 하고……. 그는 회복될 줄 모르는 백작 부인의 용태에 대해 내게 물어 왔소. 그는 아내의 병세가 차도가 없어 몹시 초조해하는 남편처럼 내게 말을 건넸소. 아주 초조해하는 남자의 쓸쓸하고 격하며 응어리진 말투로 우왕좌왕하며 말하는 것이었소. 난 그런 모습을 차갑게 바라보았소. 일격치고는 너무 심하다 싶었지만, 나한테 나폴레옹 같은 말투를 쓴다는 것이 너무 무례하게 생각되었기 때문이오.

'당신 부인이 나의 치료로 회복되면 당신은 정부와 밤새 검술도 사랑도 나누지 못할 텐데.' 라고 속으로 생각했소. 마음만 먹으면 백작이 망각하고 있는 현실감각이라든가 도덕 따위를 일깨워 줄 수도 있었고, 대답 대신 각성제를 그의 코밑에 들이댈 수도 있었던 상황이었소. 하지만 나는 그를 물끄러미 쳐다보는 것으로 그치고 말았소. 그러자 백작이 어떤 인물인지 전에 없이 궁금해지기 시작했소. 백작이야말로 그 어느 때보다도 더 진지하게 연극을 하고 있는 게 틀림없었으니 말이오."

그러고 나서 선생은 다시 말을 멈추었다. 그는 노끈을 꼰 듯한 문양이 새겨진 은빛 상자에 엄지와 검지를 집어넣더니 '마쿠

바'[25] 가루를 한 줌 집어 코로 흡입하였다. 선생은 자기 담배를 그렇게 과장해서 부르는 버릇이 있다. 선생이야말로 재미있는 사람이라는 생각이 들었다. 아무 대꾸 없이 다음 말이 떨어지길 기다리고 있는데 선생은 집어든 담배를 다 빨아들이고 나서 끝이 뾰족하게 굽은 그 게걸스런 콧등을 꼬부라진 손가락으로 쓱 문질렀다.

"아! 백작은 정말로 초조해했소. 하지만 그의 걱정이란 요컨대 아내의 병세가 회복되지 않아서 그런 게 전혀 아니더란 말씀이지. 반대로 아내한테 철저한 배신을 저지르고 있던 것이었소! 희한한 일도 다 있지! 자기 집에서 버젓이 하녀와 간통을 저지르고 있는 마당에 어찌 아내의 병세가 회복되지 않는다고 나에게 화를 내겠소! 아내가 낫는다면 불륜을 저지르기가 훨씬 어려워지지 않겠소? 어쨌든 끝도 없이 질질 끌고 있는 아내의 병 때문에 신경이 날카로워지고 지친 것만은 틀림없었소. 그의 아내가 제 예상보다 더 잘 버틴다고 생각한 것일까? 돌이켜보니 남자 편에서든 여자 편에서든, 아니면 이 둘 다이건 간에 환자도 의사도 질질 끌고 있는 이 지루한 상황을 빨리 끝내 버리자는 생각을 했다면 그건 아무래도 바로 그때가 아닌가 생각이 되는구려."

"뭐라고요! 선생님, 그렇다면 두 사람이……?"

나는 차마 말을 마칠 수가 없었다. 선생이 방금 한 말은 너무나 기가 막히지 않은가!

---

25) 19세기 초에 사용되던 각성제 가루.

선생은 날 쳐다보며 고개를 끄덕였다. 선생은 독이 든 저녁 식사를 허락하는 운명의 사자(死者)처럼 슬픈 표정을 짓고 있었다.

선생은 이런 내 생각에 대답하려는 듯 목소리를 낮추었고, 간간이 한숨을 내쉬며 천천히 말을 꺼냈다.

"그렇소. 그 후 며칠 지나지 않아 백작 부인이 독살당했다는 소식이 쫙 퍼졌소."

"독살이라고요!"

내가 소리쳤다.

"하녀인 율랄리의 짓이었소. 약병을 혼동해서 내가 처방한 약 대신 농축된 잉크 한 병을 부인에게 주고 끝까지 다 마시게 했다는 소문이었소. 아무튼 그런 식의 혼동은 있을 수 있는 일이기도 했소. 하지만 나 율랄리라는 하녀가 다름 아닌 오트클레르라는 걸 알고 있지 않았겠소. 또한 발코니에서 두 사람이 카노바 조각상처럼 엉켜 붙어 있는 걸 직접 목격하지 않았던가 말이오! 물론 내가 목격한 걸 증명해 줄 사람은 세상 어디에도 없었소. 대개 처음에는 부인의 죽음을 그저 우연한 사고인 줄만 알더군. 그러나 그 사건이 있은 지 이 년이 지나 세를롱이 정식으로 '스타생의 딸'과 결혼을 한다는 사실이 사람들에게 알려지고 ―그 가짜 율랄리가 누구인지 밝혀야 했기 때문이오.― 첫 부인 델핀 드 캉토르의 온기가 채 가시지 않은 침대에 그녀를 눕힌다는 소식이 도시에 알려지자 허 참, 그때서야 숙덕거리는 의심의 소리가 멀찍이서 우르릉대는 천둥처럼 여기저기서 터져 나오기 시작하는 것이었소. 소문을 전달하는 사람도 자기가 옮긴 말에 겁을 냈고, 아무튼 상상한다는 자체만으로도 소름이 돋는 그런 일이었소. 그런데 사실 그 소문의 와중에도 내막을 제대로 아는 사람은 아무도 없었소. 사람들은 비천한 신분과 맺어진 결혼 자체에 대해서만 몸서리를 치며 사비니를 손가락질하고, 그것으로 모자라 페스트 환자라도 되는 것처럼 자기들 사회에서 따돌릴 뿐이었소. 그럴 만한 충분한 이유야 얼마든지 있었소. 이제는 많이 변해서 옛날 같진 않지만, 그때만 해도 그 고장에서 하녀와 결혼한다는 게 얼마나 치욕스러운 일이었는지 잘 아시지 않소! 세를롱에겐 이때 입은 불명예가 영원히 더러운 낙인으로 남게 되었소. 독살 부분에 대한 의심도 한때 사람들 입에 오르내리긴 했지만, 사슴이 길바닥에 지쳐 쓰러지듯 이내 수그러들고 말더구먼. 그래도 진실을 알고 독살에 확신을 가진 사람이 있긴 했소."

"선생님밖에 더 있었나요?"

내가 끼어들었다.

"아니, 나 혼자만이 아니었소. 내가 진실을 알 만한 위치에 있었던 유일한 사람이긴 했지만, 난 단지 희미하게 감만 잡은 것에 불과하다고 할 수 있소. 그런 건 오히려 아예 모르느니만 못하잖소. 그래서인지 하마터면 전혀 확신을 갖지 못할 뻔했소."

그리고 선생은 아주 또렷한 목소리로 이렇게 말했다.

"지금은 분명히 알고 있지만 말이오!"

이렇게 힘주어 말하고 나서 뼈마디가 불거진 손을 쓰다 만 핀셋처럼 가지런히 내 무릎 위에 올려놓았다.

"내가 어떻게 자초지종을 분명히 알게 되었는지 말할 테니 지금부터 잘 들어 보시오!"

선생이 이렇게 덧붙였다. 내 무릎을 꽉 조이고 있는, 바다 게의 관절 같은 선생의 무시무시한 손가락보다도 선생이 하고 있는 이야기가 더 아프게 느껴졌다.

선생은 말을 계속 이어갔다.

"이미 짐작했겠지만 백작 부인의 독살을 처음으로 안 건 나였소. 그들의 범죄이건 그렇지 않건 결국엔 의사인 날 부르지 않으면 안 되었던 거지. 말안장을 얹고 말고 할 시간도 없었소. 마구간 심부름꾼이 '털이 빠지게' 달려 V…… 시에 있는 우리 집으로 찾아왔고, 나도 곧바로 그 아이를 뒤쫓아 사비니 성으로 향했소. 도착해 보니 그것도 이미 계산된 각본이었는지는 모르겠지만, 하여튼 부인의 온몸에는 이미 독이 퍼져 버린 후라 너무 늦은 감이 있었소. 세를롱은 허겁지겁 뛰쳐나와 마당에서 내 앞까지 다가와서 막 말에서 내리려는 내게 말했소. 자기가 말을 하면서도 그 내용에 겁을 먹은 투였소.

'하녀 하나가 실수를 했습니다.' (백작은 율랄리라는 이름은 애써 피하더군. 다음 날 모든 사람들이 다 알게 된 이름인데도 말이오.)

'하지만 선생님, 어떻게 그럴 수 있는가 말입니다! 농축된 잉크가 독이 될 수도 있습니까?'

'잉크의 원료에 따라 다르지요.'

내가 대답했소. 백작은 나를 부인의 방으로 안내했소. 부인은 고통으로 기운을 모두 소진한 상태였고, 찡그린 얼굴은 초록색

염료 통에 빠진 하얀 실타래같이 끔찍한 모습이었소. 부인은 나를 보더니 까맣게 탄 입술을 조금 움직여서 일그러진 미소를 지어 보였소. 입을 다물고 있는 남자에게 '당신이 지금 무슨 생각하고 있는지 다 알아요.'라고 말하는 듯한 미소를 지어 보였소. 나는 방 안을 둘러보며 율랄리가 어디 있나 살펴보았소. 이와 같은 절박한 순간에도 얼마나 침착할 수 있는지 한번 보고 싶어서였소. 하지만 그녀는 방에 없었소. 아무리 용감무쌍한 여자지만 그때만큼은 내가 두려웠던 것일까? 아! 역시나 내가 가진 정보는 불확실한 것들뿐이었소…….

백작 부인은 내가 온 것을 보고 억지로 팔을 짚고 몸을 일으키며 내게 말했소.

'아! 선생님이시군요. 하지만 너무 늦으셨어요. 곧 죽을 몸이란 것 잘 알고 있습니다. 부르시려면 의사 선생님보다 신부님을 불렀어야 했는데. 여보, 좋아요, 선생님을 이리 모셔와 주세요. 그리고 몇 분 동안만 선생님과 있게 다들 여기서 나가라고 해주세요. 빨리 그렇게 하세요!'

지금까지 한 번도 들어 본 적이 없는 어조로 '그렇게 하세요.'라는 말이 부인의 입 밖으로 나온 건 그때였소. 앞서 말한 바 있는 그런 이마와 턱을 가진 여자다운 말투가 비로소 튀어나온 것이었소.

'나까지도 말이오?'

사비니 백작이 힘없이 말했소.

그러자 부인은 이렇게 대답했소.

'네, 당신도요.'

그리고 다정하기까지 한 목소리로 이렇게 덧붙이는 것이었소.

'당신도 아시다시피 여자란 특히 사랑하는 사람에게는 부끄러움을 갖는 법이잖아요?'

백작이 방에서 나가자 부인의 태도는 무서우리만큼 돌변했소. 다정했던 모습이 사납게 변하더니 증오에 찬 목소리로 말을 꺼내기 시작했소.

'선생님, 제가 죽는 건 사고 때문이 아니에요. 이건 범죄예요. 세를롱은 율랄리를 사랑해요. 그리고 그 애가 날 독살한 거죠! 선생님께서 하녀치고는 너무 예쁘게 생겼다고 하실 때만 해도 선생님께서 하시고자 했던 말을 저는 믿지 않았어요. 그런데 그런 제가 옳지 않았어요. 날 죽인 이 천벌받을 사악한 계집애를 그가 사랑하다니! 남편이 더 나빠요. 그 계집애를 사랑했고, 그 애 때문에 날 배신했으니까요. 며칠 전부터 내 침대 양편에서 서로 주고받는 눈빛을 보고서 저는 모든 걸 알았어요. 그들이 내게 마시게 한 이 지독한 잉크의 맛을 보고 나니 모든 게 더욱 분명해졌죠. 하지만 난 끝까지 다 마셨어요. 맛이야 지독했지만 다 먹었어요. 죽는 게 훨씬 편하니까요! 해독약 같은 건 제게 주지 마세요. 어떤 약이라도 절대 사양할 겁니다. 저는 이대로 죽을 거예요.'

'그럼 왜 날 여기까지 오라고 했습니까?'

그러자 백작 부인은 헉헉 숨을 몰아쉬며 말을 이어 갔소.

'아! 그 이유를 말씀드리죠. 두 사람이 날 독살했다는 걸 말씀드리고 싶었고, 이 비밀을 지켜 주신다는 약속을 선생님께 받고 싶어서였어요. 이 사건으로 말미암아 세상이 얼마나 시끄러워지겠어요. 하지만 그래서는 안 돼요. 두 사람이 꾸며 낸 이야기지만 제 주치의이신 선생님께서 제 죽음이 정말로 실수에 의한 것이었다고 말씀해 주시고, 그리고 제가 오래전부터 아프지만 않았더라도 이렇게 죽을 지경까지는 이르지 않았을 거라 말씀해 주시면 사람들은 아무런 의심도 안 할 거예요. 그러니 그렇게 하겠다고 제발 저에게 약속해 주세요, 선생님.'

아무런 대답을 하지 않자 부인은 내가 무슨 생각을 하는지 금세 눈치챘소. 나는 그녀가 남편에 대한 사랑 때문에 남편을 구하려 한다고 생각하고 있었소. 물론 속된 것이지만 당연한 추측이기도 하였소. 사랑과 헌신만을 위해 태어났고, 살해당하는 순간까지도 반항하지 않는 여자들이 세상에는 엄연히 존재하기도 하거든. 하지만 나는 사비니 백작 부인이 그런 여자일 것이라고는 전혀 생각하지 못했소!

'아! 선생님께서 생각하시는 그런 이유 때문에 지금 제게 약속해 달라고 애원하는 게 아니에요, 선생님! 그건 아니에요! 절대로! 지금은 그의 배신 때문에 세를롱을 이전처럼 사랑할 수 없을 정도로 정말이지 증오해요. 저는 남편을 용서할 만큼 겁쟁이는 아니에요! 남편은 도저히 용서할 수 없어요. 끝까지 미워하고 질투하며 이승을 떠날 거예요. 하지만 세를롱이 문제가 아니에요, 선생님.'

이렇게 말하는 부인의 목소리에는 힘이 배어 있었소. 진작부터 짐작은 했으면서도 도저히 속 깊이 파고들어 알아볼 수는 없었던 부인의 강인한 성격이 비로소 드러나더란 말이오.

'중요한 건 사비니 가문이에요. 내가 죽은 후 사비니 가문의 백작이 부인을 죽인 살인자가 되었다는 소릴 듣는 게 싫어요. 그가 법정에 끌려다니거나 아내를 독살한 정부와 범죄를 공모했다고 고발당하게 하고 싶지 않아요. 그런 불명예가 사비니란 내 이름에 붙게 할 순 없어요. 오로지 남편뿐이라면 그 어떤 잔혹한 참형으로도 시원치 않겠죠. 난 그의 심장이라도 뜯어 먹었을 거예요! 하지만 이건 아무런 흠잡을 데 없는 모범적인 사람들과 가문에 관한 문제예요. 우리가 마땅히 누려야 할 권력을 행사할 수 있었다면 율랄리 같은 계집쯤은 벌써 사비니 성의 지하 감옥에 처박아 넣고도 남았을 거예요. 그러면 아무 문제도 없었을 텐데! 하지만 지금 우리는 더 이상 이 성에서 절대적인 권력을 갖고 있지 않아요. 소리 없이 신속하게 처리할 사법권이 우리에게 없단 말이에요. 그리고 선생님께서 스캔들을 폭로하거나 마을 사람들에게 알리는 것도 저로선 안 될 일이에요. 난 그냥 두 사람을 살려 주려고 해요. 죽어서 V…… 시 귀족 중에 살인자가 나왔다는 치욕스러운 말을 듣느니 차라리 제 자신을 죽여서 저희끼리 행복하게 살게 내버려 두겠어요. 이렇게 한을 품고 죽더라도 말이에요.'

말을 하면서 부인은 턱을 덜덜 떨고 이를 딱딱 부딪쳤지만, 전에 없이 그 울림이 큰 목소리로 또박또박 말을 했소. 부인이 어떤 인물인지 겨우 알았다 싶었는데 또 새로운 모습이 나타나는 것이었소! 그건 바로 귀족의 딸 그 자체의 힘이라 할까, 그녀가 숨을 거두는 그 순간까지 보여 준 면모는 질투보다 더 강한 귀족의 기질이었소. 부인은 정말 프랑스에 마지막으로 남은 귀족의 도시 V…… 시의 귀족답게 죽음을 맞이한 것이었소! 어쩌면 난 그 순간 필요 이상으로 깊은 감명을 받았나 보오. 부인의 생명을 건지지 못할 경우, 부인이 부탁한 대로 해 주기로 내 스스로 그만 맹세를 해 버렸지 뭐요.

결국 그렇게 하게 됐소. 부인은 죽고 말았소. 생명을 구해 낼 수가 없었소. 부인이 한사코 약을 거부했기 때문이기도 하오. 부인이 죽고 나자 난 부탁받은 대로 말했고, 사람들을 설득하기까지 했소. 벌써 그 일이 있은 지 이십오 년이 지났구려. 지금은 그 무시무시한 사건이 송두리째 침묵 속으로 가라앉아 사람들의 기억에서 잊힌 지 오래이며 아주 조용한 편이지. 물론 그 당시에 살았던 사람들도 많이 죽었고, 아무것도 모르는 또 다른 무심한 세대가 죽은 이의 무덤 위에서 새로 돋아나지 않소. 이 끔찍한 이야기를 누구에게 한 것은 당신이 처음이오!

사실 그 둘이 우리 앞에 나타나지만 않았더라도 이런 이야기는 애당초 꺼내지도 않았을 거요. 세월이 그렇게 지났건만 아름다움은 변함이 없고, 죄를 저지른 범죄자임에도 불구하고 행복과 사랑이 넘치며, 강인한 힘도 그대로인 채 서로에게만 빠져 있잖소. 두 사람은 방금 공원에서 지나쳤던 자태 그대로 인생의 행로를 지나온 거요. 네 폭의 날개로 황금빛 그늘을 만들어 함께 승천하는 두 개의 천사상(像) 같지 않소?"

나는 공포에 사로잡혔다. 그래서 이렇게 말했다.

"하지만 선생께서 하신 말씀이 사실이라면 그런 인간들이 행복하게 산다는 건 정말이지 신의 섭리에 어긋나는 게 아닌가요?"

그러자 이야기의 주인공들 못지않게 냉정하고 절대적 무신론자인 토르티 선생은 이렇게 대답했다.

"그게 섭리든 섭리의 파괴든 좋을 대로 생각하시구려. 하지만 사실은 사실인 걸 어찌하겠소. 둘은 남들이 흉내 낼 수 없을 만큼 뻔뻔스럽고 또 행복하잖소. 난 나이도 많이 들었고, 이 나이까지 사는 동안 수많은 사랑이 깨지는 것을 직접 보기도 했소. 하지만 그들처럼 변할 줄 모르는 깊은 사랑은 처음이라오!

정말이지 그들의 사랑을 이리저리 연구도 해 보고 몰래 엿보기도 했소. 혹시 두 사람의 사랑 속에 조그마한 흠집이라도 있지 않을까 그동안 얼마나 뒤적거렸는지! 이런 표현을 용서하시오. 하지만 이 잡듯이 까뒤집어 보았다고 말해도 틀리지는 않을 거요. 난 두 발과 두 눈을 두 사람의 생활 속으로 가능한 한 깊숙이 밀어 넣고는 목불인견인 그 놀라운 행복의 보이지 않는 어느 구석에 아주 미세한 결점이나 틈새가 없는지 찾았던 게요. 하지만 결과는 늘 부럽기 짝이 없는 그들의 기쁨뿐이라니, 하느님과 악마가 정말 있다면 이거야말로 악마가 하느님을 의기양양하게 놀려 먹는 기막힌 장난이 아니고 뭐겠소! 짐작하다시피 백작 부인이 죽은 뒤로도 나는 사비니 백작과 잘 지냈소. 두 사람에게 독살 사건을 은폐하기 위해 꾸며 낸 어설픈 각본을 보증해 준 공이 있으니 그들이 날 멀리해 봐야 좋을 일이 하나도 없었고, 나로서는 사건 이후가 어떻게 진행될까, 둘이 또 무슨 짓을 벌일까, 일이 어떻게 전개될까 등등의 문제를 계속 추적할 수 있다는 아주 중요한 이해가 걸려 있었소. 머리칼이 다 쭈뼛하더구먼. 그래도 꾹 참았소…….

그 다음 일어난 일은 우선 사비니의 복상(服喪)에 관련된 것이 대부분인데, 대개 그렇듯이 이 년 동안 지속되었소. 사비니는 과거, 현재, 미래를 통틀어 그를 유일무이한 남편으로 여기고 있는 사람들의 기대에 어긋나지 않게 그 기간을 무사히 넘기더구먼. 그 이 년 동안 백작은 아무도 만나지 않았소. 너무나 철저한 고독과 더불어 성에 파묻혀 지냈기 때문에 제 아무리 실수였다지만 그래도 백작 부인의 죽음에 직접적인 원인이 되었던 율랄리, 설사 무죄인 게 틀림없다 하더라도 남들 눈을 생각해서 의당 쫓아내었어야 마땅한 율랄리가 그대로 사비니 성에 남아 있었다는 사실을 아무도 몰랐소. 그런 사건이 일어났는데도 분별없이 그 아이를 데리고 있었다는 것은 세를롱에게도 어떤 미친 듯한 열정이 있지 않았느냐 하는 나의 추측을 뒷받침하는 단서가 되기도 했소. 어느 날 왕진을 다녀오다가 사비니 성으로 가는 길목에서 하인을 만나 성에 무슨 소식이 없냐고 물었을 때 율랄리가 아직도 있다는 말을 듣고도 내가 전혀 놀라지 않았던 이유도 바로 이 때문이오. 하인이 건성으로 대답하는 걸 보고 나 또한 백작의 성에선 아무도 율랄리가 백작의 정부라는 걸 모르고 있다는 사실도 함께 깨닫게 되었소.

'조심은 여전들 하시군. 하지만 왜 외국으로라도 떠나지 않는 걸까? 백작은 돈도 많은데. 어디를 가도 호사스럽게 살 수 있잖아? 왜 그 예쁜 악마(정말로 나는 여자 악마는 있다고 믿소.)와 도망이라도 치지 않는 걸까? V······ 시에 외딴 집을 마련해 놓고 은밀하고 안전하게 백작을 오고가게 할 수도 있을 텐데, 모든 게 끝장날 각오까지 하면서조차 백작을 더 잘 붙잡아 두기 위해 그의 집에 버젓이 들어가 살다니, 정말이지 대범한 여자 아니야?'라는 생각이 들었소.

여기엔 내가 절대 이해할 수 없는 뭔가가 감추어져 있었던 것이오. 그들의 광기나 서로에 대한 탐닉이 너무 강해서 미처 신중함이나 조심함이라는 덕목을 갖추지 못하기라도 한 걸까? ······. 세를롱보다 더 강한 성격의 소유자이자 둘의 불륜 관계에서도 남자 역할을 맡고 있는 오트클레르가 자신이 하녀로 있다는 것을 사람들이 다 아는데다가, 정부라는 것마저 탄로 날지 모를 그 성에 왜 남아 있기를 원했을까? 혹시 사람들이 이 사실을 알고 세상이 발칵 뒤집힌다 해도 그대로 있으면 백작과의 결혼이라는 보다 더 기가 막힐 스캔들에도 사람들이 면역될 거라는 계산이 있어서였을까? 지금 내가 이렇게 말하고 있지만, 더구나 이런 생각을 그녀가 하고 있었는지는 잘은 모르겠지만, 어쨌든 그 당시 반드시 이렇게 생각을 한 건 아니라오. 검술장을 버티던 늙은 기둥 '몸 찌르기의 달인'의 딸 오트클레르 스타생은 V······ 시에서 착 달라붙는 바지 차림으로 검술 수업도 하고,

상대방 깊숙이 칼을 찌르기도 한 여자라는 것은 모두가 다 아는 사실인데 난데없이 사비니 백작 부인이 되다니! 설마 이런 일이 일어날 수가! 이 시골에서 그 누가 이토록 기막힌 역전극을 상상이나 해 보았겠소! 허 참! 맙소사, 나만 해도 말이오, 첫눈에 두 사람이 같은 족속인 걸 알아보고 백작 부인이 보는 앞에서 간통도 불사한 오만 무도한 동물들이니까 끝까지 불륜 관계를 지속할 것이라고 생각하던 터였소. 하지만 하느님이 굽어보고 사람들이 쳐다보는 앞에서 뻔뻔스럽게도 두 사람의 결혼이 결행되었으니, 사람들의 여론에 대한 그들의 무지막지한 도전은 마을의 풍속과 감정을 완전히 뒤집어 놓을 만한 것이었소. 물론 나를 포함해서 말이오! 그런 일이 일어나리라고 상상조차 하지 못했던 나는 세를롱이 상을 당한 지 이 년 후에 갑자기 모든 일을 돌변시켰을 때 뒤통수에 번개라도 맞은 기분이 들었소. 그런 일이 벌어지리라 손톱만큼도 예상 못한 다른 멍청이들이나 나나 똑같았지 뭐요. 그제야 사람들은 이상하다는 듯 시끄럽게 떠들어 대기 시작했소. 밤중에 집 안에서 흠씬 두들겨 맞은 개가 길거리에 나와 크게 짖어 대는 꼴이었다고 해야 하나.

게다가 나는 세를롱이 그렇게 철저히 지켰던, 그러나 끝에 가서는 위선자에다 비열한 인간이라 욕을 먹은 이 년간의 복상 기간 중에는 가능한 한 사비니 성에 잘 들르질 않았소. 가서 딱히 할 일이 있나……. 건강에는 모두 이상이 없었고, 조만간 발각되겠지만 아직은 감춰야 할 아이라도 생겨 밤중에 나를 찾으러 온다면 모를까, 그렇지 않고서야 나를 필요로 할 일이 뭐가 있었겠소. 그럼에도 불구하고 난 가끔씩 큰맘 먹고 백작을 찾아가 곤 했소. 영원히 사그라지지 않는 호기심에 예의라는 가면을 덧 씌우고 말이오. 세를롱은 경우에 따라 나를 성의 여기서도 맞아 주고 저기서도 맞아 주었으며, 아니면 아예 내가 도착했을 당시 자신이 있던 장소에서 나를 맞기도 했소. 그때마다 그는 나를 전혀 불편해하지 않으며 예전처럼 환대해 주었소. 백작은 진지 했소. 난 행복감을 느끼는 사람들이 매사에 진지하다는 걸 이미 알고 있었소. 그런 사람들은 넘칠락 말락 하는 찰랑찰랑한 유리 잔과 같은 가슴을 조심스럽게 자기 내부에 간직하고 있는 거요. 조금이라도 움직이면 넘치거나 잔이 아예 깨질 듯이 말이오. 그 러나 그의 진지한 태도나 입고 있는 검은 상복에도 불구하고 세 를롱의 눈에는 무한한 행복감이 터질 듯 들어차 있었소. 그러나 한편 그의 눈에서 빛나던 행복감은 전에 내가 백작 부인의 방에 서 오트클레르를 알아보았음에도 불구하고 모른 척해 준 그런 종류의 안도감이나 해방감은 아니었소. 글쎄, 전혀 그게 아니더 란 말이오! 진짜로 행복해야만 지어 보일 수 있는 그런 얼굴이 었소! 의례적이고 짧은 방문에서는 그저 수박 겉핥기식으로 표 면적인 이야기만 하고 마는 것 같지만, 똑같은 말을 해도 사비 니 백작의 목소리는 아내가 살아 있을 때와 그 어감이며 느낌이 완전히 달랐소. 억양은 달아올라 뜨겁다 할 정도였고, 누가 봐 도 가슴속에서 터져 나오는 감정을 억제하기 힘들다는 걸 대번 에 알 수 있을 정도였소.

오트클레르는 어땠냐 하면(전에 길에서 하인이 내게 얘기해 주었듯이 하녀의 신분으로 성에 계속 남아 있던 그 율랄리 말이오.) 얼마간 만날 수가 없었소. 백작 부인이 살아 있을 때에는 내가 지나갈 때마다 복도에 앉아 바느질만 하고 있더니 부인이 죽은 후로는 좀처럼 볼 수가 없었소. 하지만 바느질감은 그 자리에 그대로 산더미처럼 쌓여 있었소. 가위나 반짇고리, 골무 따위도 창가에 그대로 있었고. 그걸 보면 그녀가 비어 있는 저 의자에 앉아 아직까지는 일을 하고 있다는 것, 아마도 내가 오는 소리를 듣고 금방 다른 데로 자리를 피했다는 것, 그러므로 손을 대 보면 아직 미지근한 온기가 의자에 남아 있으리라는 것을 알 수 있었소. 내 시선이 파고드는 걸 그녀가 두려워한다고 생각했던 내가 얼마나 멍청했던가 하는 것은 당신도 알고 있지 않소. 더구나 이제 그녀는 사실상 아무것도 겁낼 필요가 없지 않소. 그녀는 내가 백작 부인에게 모든 걸 다 들었다는 사실을 모르고 있었으니까 말이오. 내가 아는 오만하고 안하무인격인 그녀라면 설사 눈치를 챘다고 하더라도 좀처럼 기가 죽을 여자가 아니오. 그리고 실제로 내 추측은 옳았소. 어느 날, 결국 그녀를 만나게 되었는데 이마에서 행복이란 단어가 어찌나 번쩍번쩍 빛을 내던지, 백작 부인을 독살한 잉크 한 병을 다 부어도 지워지지 않을 정도였지 뭡니까!

　사건이 일어난 후에 내가 처음으로 그녀를 만난 건 성의 중앙 계단에서였소. 그녀는 내려오고 난 올라가던 중이었소. 그 쪽에서 좀 빨리 내려오고 있었지 아마. 그런데 날 보자 갑자기 걸음이 느려지는 게 아니겠소. 아마 자기 얼굴을 자랑스럽게 보여 주고 싶어서거나 아까 표범까지 눈을 감게 만든 두 눈을 내 눈속 깊이 박아 넣으려는 심산에서였나 봅니다. 하지만 난 눈을 감지 않았소. 그녀는 날렵한 동작으로 계단을 내려왔는데, 움직임에 맞춰 계단에 사각사각 옷자락 스치는 소리를 들으면 그녀가 하늘에서라도 내려오나 할 정도였소. 행복에 넘치는 얼굴은 바로 천상의 지고지순한 아름다움이었소. 아! 세를롱의 분위기에 비할까, 세를롱에 비하면 족히 만 오천 킬로미터는 더 높은 곳에 올라가 있다고 해야 할 만큼 행복해하고 있었다고나 할까. 난 예의를 차리지는 않았지만 그렇다고 피해서 갈 수도 없는 처지였소. 루이 14세는 계단에서 마주치는 사람에게는 하녀에게라도 인사를 했다지만 독살범이라면 이야기는 달라지지 않겠소! 그날도 그녀는 태도니 옷차림이니 하얀 앞치마며, 아직까지는 하녀 신분 그대로였소. 하지만 그녀의 얼굴은 그저 무표정한 노예의 얼굴이 아니라 말할 수 없이 의기양양하고 위압적이며 행복에 겨운 정부의 얼굴로 바뀌어 있었소. 그때 보았던 그 행복한 얼굴은 지금도 여전하더구먼. 당신도 방금 봤으니 알 거요. 행복이 활짝 핀 아름다운 얼굴 자체보다도 오히려 행복해하는 그 표정이 더 놀라웠소. 그녀는 사랑의 행복에서 비롯되어 지상을 떠나 있는 듯한 의기양양함을 세를롱에게 주었을 테고, 처음에는 그렇지 않았던 세를롱도 이제는 그녀와 똑같아졌다고 말할 수 있을 게요. 그래서 그런지 이십 년이 지난 지금도 두 사람의 표정은 그때 그대로였소. 인생의 기이한 특권자들인 두 사람의 표정은 조금도 사그라지거나 퇴색하지 않은 거요. 둘은 언제나 그런 표정으로 고립과 험담과 성난 여론의 비난에 맞서 온 까닭에 사람들도 그 겉만 보아서는 세간의 의심이 한낱 잔인하게 몰아붙인 중상모략이 아닌가 생각하게 되었소."

그때 내가 선생의 말을 가로막았다.

"하지만 선생님, 선생님께선 모든 걸 다 알고 계셨으니 그들이 아무리 의기양양한 얼굴을 해도 찔끔했을 리 없으셨겠죠? 내내 그들을 쫓으셨잖아요? 항상 그들을 관찰해 오지 않으셨나요?"

그러자 성격이 활달하면서도 속 또한 깊은 토르티 선생이 이렇게 말했다.

"밤에 침실은 빼고요. 하지만 거기도 마찬가지지 뭐요. 그들이 결혼한 뒤로는 한시도 쉬지 않고 그들의 일거수일투족을 관찰했던 것 같소. 귀족은 귀족들대로 극성스럽고 하층민은 하층민대로 시끄러운 V…… 시의 소음을 피해서 그들은 아무도 모르는 곳에서 식을 올리고서 자신들이 살 이곳으로 돌아왔소. 두 사람이 혼인을 하고 돌아오자 하녀였던 여자는 명실공히 사비니 백작 부인이 된 반면, 남자는 하녀와 결혼했으니 완전히 가문의 치부처럼 취급을 받게 되었소. 사람들은 그 두 사람이 절대 사비니 성 밖으로 얼씬거리지 못하게 했소. 모두 그들에게 등을 돌렸소. 물릴 때까지 실컷 서로를 맛보라는 듯이……. 그런데 둘은 좀처럼 물리질 않는 것이었소. 방금 전에도 보았듯 아직도 서로에 대한 허기가 채워지지 않은 것처럼 말이오. 의사의 능력을 살려 죽기 전에 기형 치료에 대한 저서를 꼭 남기고 싶었던 나의 입장에서 볼 때 괴물 같은 두 존재가 나타났으니 좋았고, 때문에 그들을 피하는 사람들 행렬에 줄을 설 순 없었던 것이오. 진짜 백작 부인이 되어 돌아온 가짜 율랄리를 성에서 다시 만났을 때, 그녀는 마치 태어날 때부터 이미 백작 부인이었던 것 같은 태도로 나를 맞이했소. 내가 아직도 하얀 앞치마를 입고 쟁반을 들고 서 있는 그녀의 모습을 기억하고 있을까 굉장히 걱정을 하더라고요! 그녀는 나에게 이렇게 말했소.

'전 이제 율랄리가 아니에요. 난 오트클레르예요. 남편의 하녀였던 걸 자랑스러워하는 오트클레르란 말이죠.'

참으로 기가 막히더군. 그녀는 정말 완전히 다른 사람이 되어 버린 것 같았소. 그들이 결혼식을 올리고 돌아온 후에 사비니 성에 찾아가는 유일한 사람이라는 이유로 스스로를 합리화시킨 후, 나는 염치없을 정도로 그들을 자주 찾아가기 시작했소. 그러고는 사랑으로 이루어진 완벽한 행복 속에 살고 있는 두 사람의 내밀한 관계를 꿰뚫어 보려고 갖은 애를 다 썼소. 허 참! 틀림없이 그들의 짓인 그 범죄로 인하여 더럽혀졌음에도 불구하고 두 사람의 순수한 행복은 색이 바랜다는 말 자체가 어림없다는 듯 단 하루, 아니 단 한순간도 그늘지는 것을 보지 못할 정도였다오. 감히 피 흘릴 염치도 없었던 그 비열한 범죄에서 튀겨 나온 진흙도 둘이 만들어 놓은 행복의 창공만은 멀리 비켜 갔소! 악은 벌을 받고 선은 상을 받는다는 법칙을 만들어 낸 도덕군자들에게는 몹시도 기가 막힐 일이지! 안 그렇소? 남들에겐 모두 버림을 받은 채 고작 나밖엔 만나 주는 사람도 없었던 그들은, 그곳을 줄기차게 들락거린 덕분인지 친구나 다름없는 격의 없는 의사인 나를 전혀 경계하지도 불편해하지도 않았소. 때론 내가 있다는 사실도 잊어버리고서 내 평생을 뒤돌아봐도 그런 사람들이 있을까 할 정도로 열정에 흠뻑 취해서 살더군요. 짐작할 만하지 않소? 방금 전에도 두 사람이 우리 앞으로 지나갔는데 날 알아보지도 못한 걸 당신도 직접 보지 않았소. 우리가 바로 코앞에 있지 않냐 말이오! 그들은 나를 그저 자신들의 인생에서 지극히 일부분만을 자기들과 나누고 있는 사람 그 이상으로는 생각해 주지 않았소. ……. 공손하고 다정했지만 대부분은 딴 데 정신이 팔려 있었고, 사람을 접대하는 태도가 그러했기에 그들이 보였던 믿어지지 않는 행복을 나는 세밀하게 연구했소. 나의 개인적인 만족을 위해 권태나 괴로움, 나아가 후회라고까지 말할 수 있다면 더 좋고, 뭐 그런 모래알 같은 미세한 흔적이라도 그 둘 사이에서 찾아보려고 고집만 안 부렸어도 다시는 사비니 성이라는 곳에는 얼씬도 하지 않았을 게요. 그러나 모든 게 헛수고였소! 헛수고! 헛수고였단 말이오! 서로에 대한 사랑이 당신들이 흔히 하는 말마따나 도덕 관념이니 양심이니 하는 걸 꼼짝 못하게 붙들어 매었고, 나아가 사랑은 모든 걸 채워 주고 모든 걸 그들 속에 가두어 주게 하였던 것이오. 그들이 행복해하는 걸 보고서야 난 비로소 동료 의사인 브루세가 양심에 대해서 '내가 시체 해부한 게 한 삼십 년쯤 되는데, 양심이라고 하는 그 쪼끄만 놈의 코빼기도 보지 못했는걸 뭐!' 라고 한 농담이 얼마나 깊은 뜻을 담고 있는지 차츰 깨닫게 되었소."

늙은 괴짜 토르티 선생은 내 의중을 어느 정도 눈치챘는지 계속해서 이렇게 말하는 것이었다.

"절대로 내가 한 이 말을 허무맹랑한 가설이라고 생각하지 마시오. 브루세도 그랬고 나 역시 옳다고 믿는, 양심의 존재를 부정하는 확실한 주장을 뒷받침하는 증거요. 여기에는 어떤 가설도 없소. 당신의 견해를 반박하려는 의도는 전혀 없소. 당신과 나를 놀라게 한 실제의 사실들만이 있을 뿐이오. 불어나기만 하는 비누거품, 꺼지지 않고 멈추지 않는 행복이라는 현상만이 있을 뿐이오! 행복이 멈추지 않는다는 것도 놀랄 만한 일인데, 죄악과 범죄 안에서 행복을 누린다는 건 완전히 까무러칠 만한 일 아니오? 난 이십 년 동안 이 까무러칠 만한 상태에서 좀처럼 벗어날 수가 없었소. 늙은 의사이자 늙은 관찰가이며 늙은 도덕가…… 아니 '부도덕가'라고 하는 게 낫겠군. (이때 선생은 말을 잠시 끊었다가 내가 미소 짓는 걸 보고서 계속 말을 이어 갔다.) 난 벌써 그렇게 오래전부터 목격해 온 모든 사건에 그만 기가 질려 버렸소. 그걸 어떻게 일일이 다 설명할 수 있겠소. 어디를 가나 빠지지 않고 사람들의 입에 오르내리는 그 말은 그만큼 옳은 소리이기 때문에 그런 것이 아니란 말이오! 뭐고 하니, 행복할 땐 할 말조차 없어진다는 거요. 행복은 뭐라 묘사할 수 없는 것이오. 한 차원 높은 삶에서 녹아 나오는 행복은 혈관 속에서 일어나는 피의 순환만큼이나 겉으로 드러내서 보여 주기 어려운 일이오. 피가 순환하고 있다는 걸 정맥의 박동으로 확인하는 것과 똑같이 나도 우리가 방금 만난 두 사람이 누리는 삶의 행복을 그저 짐작해 볼 뿐이라오. 그러고 보니 그들의 수수께끼 같은 행복의 맥을 짚고 감지한 것도 꽤 오래된 셈이오. 사비니 백작 부부는 일부러 그러는 것도 아니면서 매일 스타엘 부인[26]의 《부부의 사랑》에 등장하는 멋진 한 페이지를 장식하고 있는 것이오. 아니 밀턴의 《실낙원》에 소개된 가장 아름다운 시 구절을 장식하고 있다고 말하는 편이 더 나을 거요. 나라는 사람은 그렇게 감상적이지도 않고 시적 감정에 민감하지도 않지만, 내가 불가능하다고 믿었었음에도 그들이 실현하고 만 그 이상적인 사랑 덕분에 사람들이 부러워하는 다른 어떤 사랑에도 일체 구미가 당기지 않게 되었소. 그 두 사람과 비교해 볼 때 나머지 사랑은 얼마나 열등하고 무미건조하고 차가운 것인지를 내가 절감하고 있으니 말이오! 운명, 자기들의 별, 우연 등등이 과연 어떤 것인지 난들 짐작이나 하겠소? 하여튼 이런 것들이 두 사람을 맺어 준 게요. 둘은 부자였소. 하긴 여유가 없으면 사랑도 불가능한 것이니 그런 여유마저도 이미 타고난 셈이지. 여유는 사랑을 싹트게도 하지만 사랑을 소멸시킬 때도 많지 않소. 따라서 그러한 여유가 그 둘의 사랑을 소멸시키지 않았다는 건 매우 예외적인 일에 속하는 것이라고 할 수 있을 테지. 사랑은 원래 생활을 단순하게 만들기도 하지만, 그렇다고 해도 그들의 생활은 그야말로 단순하기 짝이 없었소. 그들 부부의 생활엔 이렇다 할 사건이라는 것이 개입할 여지가 있을 턱이 없었기 때문이오. 겉으

---

[26] 19세기 초반의 여성 소설가. 제네바 출신으로 프랑스에서 활동했으며, 《독일론》을 비롯해 수많은 여행기와 문학작품을 출간하였다.

로 보기에는 지구상의 모든 성주들처럼 그들은 뭐 하나 딱히 아쉬워하지 않으며 바깥세상과는 멀리 떨어진 채 자신들에 대해 칭찬을 하든 욕을 하든 상관하지 않고 살았소. 둘은 한시도 떨어지지 않았소. 한 사람이 어디를 가면 다른 사람이 반드시 함께 따라갔소. V…… 시 외곽 도로에서는 가끔씩 노병 '몸 찌르기의 달인'이 살아 있던 시절처럼 오트클레르가 다시 말을 타는 모습을 볼 수 있었소. 하지만 이제는 항상 그녀 곁에 사비니 백작이 있었소. 시골 여인네들은 여전히 마차를 타고 다니곤 했는데, 키 크고 신비한 아가씨 오트클레르가 검푸른 베일을 덮어쓴 채 사람들 눈을 피하던 때보다 오히려 더 열심히 그녀의 얼굴을 보려고 애를 태웠을 거요. 그녀는 이제 베일도 벗어 던졌고, 귀족과 결혼까지 한 하녀의 얼굴을 대담하게 드러내 놓고 다녔소. 그러면 여자들은 화가 치밀어 호기심에 내민 제 머리를 다시 마차 안으로 끌어오지만, 그때마다 그녀들의 표정에는 꿈꾸는 듯한 느낌이 묻어났소. 더구나 사비니 백작 내외는 여행도 하지 않았소. 가끔 파리를 다녀오기도 했는데 고작해야 며칠 머물다 돌아오는 게 전부였소. 두 사람의 생활은 온통 사비니 성을 중심으로 밀집되어 있던 셈이라오. 바로 범죄의 무대이기도 한 그곳에서 범죄를 저지른 기억은 마음 깊이 끝없는 암흑 속으로 이미 사라지고 없는지……."

"그런데 둘 사이에 아이는 없었나요?"

내가 말했다. 그러자 토르티 선생은 이렇게 대답했다.

"아이 말이오? 바로 그게 그들의 틈새, 운명의 여신이 이 둘에게 내린 보복일 거요. 이게 아니면 신이 내린 정의의 응징이라 생각해도 좋소. 그래요, 둘 사이에는 아이가 없었소. 정확히 생각이 안 나오! 둘 사이에 아이는 힘들지 않을까 생각한 탓이었는지 내 기억조차 가물거립니다. 아이가 없다면 그건 둘의 사랑이 지나쳐서 그렇소. 불이란 만물을 삼켜 버리고 태워 없앨 뿐 무언가를 생산하진 않는 법이오. 어느 날인가 난 오트클레르에게 이렇게 물은 적이 있소.

'백작 부인께서는 아기가 없는 게 슬프지 않으신가요?'

그러자 그녀는 여왕처럼 근엄한 목소리로 이렇게 말하더군요.

'아이는 바라지 않는답니다! 아이가 생기면 아이 때문에 세를롱을 덜 사랑하게 되겠죠.'

이렇게 말하고는 좀 경멸스럽다는 말투로 덧붙이는 말이 이랬소.

'아이란 불행한 여자들에게나 필요한 거예요!'"

토르티 선생은 이 말을 끝으로 자신의 이야기를 갑자기 멈추었다. 마지막 그녀의 말이 매우 의미심장하다고 생각하고 있었던 것이 분명했다.

선생의 얘기를 재미있게 듣던 나는 이렇게 물어보았다.

"그 오트클레르라는 여자, 죄를 짓기는 했지만 재미있는 여자군요. 죄만 아니었다면 세를롱의 사랑도 이해가 될 것 같은데요."

그러자 선생이 말했다.

"죄가 있더라도 이해가 될 거요!"
그리고 대담한 신사인 선생은 이렇게 덧붙였다.
"나 또한 그렇소!"

피는 물보다 진하다
La fuerza de la sangre

Miguel de Cervantes Saavedra

미겔 데 세르반테스 사베드라 지음 | 유혜경 옮김

미겔 데 세르반테스 사베드라 Miguel de Cervantes Saavedra | 에스파냐의 소설가·극작가·시인(1547~1616). 레판토 해전에 참가하여 왼손에 상처를 입었고, 알제리에서 노예 생활을 하기도 하였으며, 가난한 생활을 보냈다. 풍자와 유머, 사실적 묘사, 사회에 대한 비판적 작풍이 특색이다. 당시 에스파냐의 기사 이야기를 패러디한 소설 〈돈키호테〉의 작가로 유명하며, 《모범 소설집》 등의 작품을 남겼다. 단편소설 〈피는 물보다 진하다〉는 《모범 소설집》에 수록되어 있다.

✝

　어느 무더운 여름날 밤, 한 시골 귀족 노인이 부인과 어린 아들, 열여섯 살 난 딸과 하녀를 데리고 톨레도의 강가에서 휴식을 취하고 돌아오고 있었다. 청명한 밤이었다. 시간은 열한 시. 길에는 사람이 없어서 한산했으며, 발걸음은 느릿느릿 굼떴다. 톨레도 강가에서 널찍하고 편안한 숙소에서 쉬지 못한 탓이었다.
　예의 바른 톨레도 사람들과 안전한 치안 덕분에 착한 귀족 일행은 자신들에게 불행한 일이 일어날 수도 있다는 것은 꿈에도 생각하지 못한 채 돌아오고 있었다. 그러나 원래 엄청난 불행은 예기치 않게 불시에 밀어닥치는 법, 그들에게도 한 불행한 사건이 그렇게 일어났으며 그 일로 평온함은 깨어지고 그들은 오랜 세월 눈물 속에 살아야만 했다.

　부유하고 좋은 가문 출신이지만 비뚤어진 성격, 지나친 자유와 방종한 친구들 탓에 행동에 거리낌이 없으며 버르장머리가 없어서 사람들의 입에 오르내리고 무뢰한이라는 별명을 얻은 청년의 나이는 기껏해야 스물두 살 쯤 되었을 것이다. 이 청년은(아직은 그의 체면을 생각해서 실명을 밝히지 않고 그냥 로돌포라고 해 두자.) 하나같이 젊고 분방하고 무례한 다른 네 명의 친구들과 함께 그 노인 일행이 올라오고 있던 바로 그 언덕을 내려가고 있었다.

 두 무리가 서로 맞닥뜨렸다. 그러니까 늑대 무리와 양 무리가 마주친 것이다. 상건달인 로돌포와 그의 친구들은 얼굴을 가린 채 늙은 귀족 부인의 얼굴과 딸과 하녀의 얼굴을 차례로 훑어보았다. 늙은 귀족은 화가 나서 호통을 치며 그들의 무례함을 나무랐다. 그들은 조롱하는 표정을 짓긴 했으나 그 선에서 그냥 지나갔다. 하지만 로돌포는 방금 본 그 귀족의 딸, 즉 레오카디아의 아름다운 얼굴에 다시 뒤를 돌아다보았다. 무슨 일이 있어도 그녀를 갖고 말겠다는 욕구가 일어날 만큼 그녀의 모습은 그의 기억 속에 새겨지기 시작했다. 그리고 바로 그 순간 그의 생각은 친구들에게 전해졌으며, 그들은 되돌아가서 그녀를 납치하기로 결심했다. 로돌포를 즐겁게 해 주기 위해서였다. 늘 제멋대로인 부자들은 자신들의 무례한 행동을 부추기고 못된 취향을 정당화해 주는 사람을 만나는 법이다. 이렇게 해서 사악한 욕심이 생겨나고, 그 의도를 전달하고 공조하여 레오카디아를 납치하는 그 모든 일이 순식간에 이루어졌다.

 그들은 얼굴을 손수건으로 가리고 칼을 뽑아든 채 돌아섰다. 그리고 몇 걸음을 옮기기도 전에 그 귀족 가족을 따라잡았다. 그들이 악당들의 눈길에서 벗어난 대해 하느님께 감사하다는 말을 미처 끝내기도 전이었다.

 로돌포는 레오카디아를 덮쳐 두 팔로 그녀를 안고 도망을 쳤다. 그녀는 저항할 힘조차 없었다. 그리고 너무나도 놀란 나머지 소리를 지를 수도 없었으며, 의식을 잃고 기절을 하는 바람에 누가 자신을 납치하는지, 어디로 가는지 전혀 알 수 없었다. 그녀의 아버지는 고함을 치고, 어머니는 비명을 질렀으며, 남동생은 울음을 터뜨리고, 하녀는 손가락으로 땅바닥을 긁어 댔다. 그러나 그들의 외침과 비명 소리를 듣는 사람은 아무도 없었고, 울부짖는 소리에 동정하는 이도 없었고, 아무리 땅바닥을 긁어도 소용이 없었다. 주변에는 개미 새끼 한 마리 없었으며, 오직 적막한 밤과 뼛속까지 잔인한 사악한 무리들만 있었기 때문이다.

마침내 로돌포 일당은 신이 나서 떠나갔고, 늙은 귀족 일행은 슬픔에 휩싸였다. 로돌포는 단숨에 제 집으로 내달렸으며, 레오카디아의 부모는 슬픔과 절망에 몸부림치며 집으로 돌아왔다. 딸의 눈동자는 그들에게 빛이었던 만큼 그녀의 눈동자를 볼 수 없게 된 지금, 그들은 이제 장님이나 다름없었다. 집안은 적막하기 짝이 없었다. 늙은 부모에게 레오카디아는 상냥하고 싹싹한 말벗이었기 때문이다. 그들은 이 불행한 일을 경찰에 신고해야 할지 말아야 할지 갈팡질팡했으며, 능욕을 당했다고 만천하에 알리는 것도 두려웠다. 시골의 가난한 귀족인 만큼 도움이 절실했지만 누구에게 하소연을 해야 할지 몰랐다. 그저 자신들의 운이 없음을 한탄할 뿐이었다. 한편 교활하고 날렵한 로돌포는 이미 집에 도착하여 레오카디아를 자신의 방으로 옮겼다. 그녀가 비록 기절해 있었지만 손수건으로 눈을 가린 채 데리고 왔다. 혹시라도 어느 길로 가는지, 어느 집으로 가는지 알아차릴 수 없도록 하기 위해서였다. 그리고 아무에게도 들키지 않았다. 그의 방은 함께 살고 있는 부모의 방과 멀리 떨어져 있는데다가 그가 방의 열쇠를 가지고 있었기 때문이다(아들들을 감시하려고 하는 부모 몰래). 로돌포는 레오카디아의 의식이 돌아오기 전에 자신의 욕망을 충족시켰다. 젊은 시절의 순수하지 못한 충동을 억제하기란 쉽지 않은 법이다. 이성이 마비된 로돌포는 레오카디아의 가장 소중한 것을 훔친 것이다. 그리고 음탕한 죄를 지은 사람들이 대부분 욕망을 충족시키고 나면 그렇듯이 로돌포 역시 레오카디아가 그곳에서 사라져 주기를 바랐다. 그래서 아직 기절해 있는 그녀를 길거리에 내다 버려야겠다고 생각했다. 그리고 그런 생각을 행동으로 옮기려는 순간, 의식이 돌아온 그녀의 말소리가 들려왔다.

"오, 맙소사! 내가 어디에 와 있는 거지? 왜 이리 어둡지? 왜 이리 깜깜한 걸까? 내가 죄를 지은 적도 없는데 지옥에 와 있는 건가? 무슨 잘못을 했다고? 오, 주님, 누가 날 건드리는 걸까요? 내가 침대에서 몸을 더럽히다니! 어머니, 어디 계세요? 오, 아버지, 어디 계신가요? 아, 부모님은 내 말을 듣지 못하시고 원수가 나를 더럽히다니, 이게 웬 일인가! 이 어둠이 영원히 계속된다면 얼마나 좋을까! 내 눈이 이 세상의 빛을 볼 수 없도록, 내가 지금 어디에 있는지 알 수 없도록, 그가 어떤 사람이건 무덤이 되어 주어 내 명예를 지켜 준다면 얼마나 좋을까! 사람들의 입에 오르내리는 명예보다는 차라리 아무도 모르는 불명예가 나을 테니까. 부모님과 함께 집으로 돌아가고 있었던 기억이 나는데(차라리 영원히 기억이 나지 않았으면 좋으련만!)…… 그래 생각난다. 나를 덮쳤어. 그래, 사람들이 나를 보면 좋지 않을 거야. 아,

지금 나와 함께 있는 당신은 어떤 사람인지 모르지만(그러면서 그녀는 로돌포의 손을 잡았다.) 당신의 영혼이 이 간청을 받아들인다면, 제발 부탁이에요. 나의 명예를 앗아 갔듯이 나의 생명도 앗아 가 주세요. 지금 당장 죽여 주세요. 명예가 없는 목숨은 살 가치가 없어요. 자비를 베풀어 나를 죽여 준다면 나를 더럽히는 데 사용했던 당신의 그 잔인함이 수그러들지도 몰라요. 그럼 당신은 잔인한 사람이지만 동시에 자비로운 사람이 되겠지요!"

레오카디아의 말에 로돌포는 혼란에 빠지고 말았다. 게다가 경험이 많지 않은 청년이었던지라 그는 무슨 말을 어떻게 해야 할지 안절부절못했다. 그의 침묵은 레오카디아를 더욱 불안하게 했다. 레오카디아는 자신과 함께 있는 자가 유령인지 그림자인지 확인하고자 두 손을 버둥거렸다. 하지만 그의 몸에 손이 닿고 자신에게 가해졌던 힘이 다시 떠오르고, 부모님과 함께 집으로 가고 있었던 기억이 떠오르자 비로소 자신의 불행이 현실로 다가왔다. 그런 기억과 함께 자신의 처지를 깨닫게 되면서 그녀는 흐느낌과 한숨을 그칠 줄 몰랐다. 그리고 말했다.

"무모한 청년이여, 젊은 나이에는 심판받을 일을 하게 마련이지요. 당신이 어둠 속에서 무례한 일을 저질렀던 것처럼 아무에게도 말하지 않고 비밀을 지켜 준다고 맹세한다면, 당신이 내게 저지른 모욕을 용서할게요. 당신이 저지른 모욕에 비한다면 지금 내가 간청하는 보상은 아주 작은 거예요. 하지만 내게는 가장 큰 보상입니다. 나는 당신의 얼굴을 결코 본 적이 없으며, 보고 싶지도 않아요. 내가 당한 모욕은 잊지 않겠지만, 내게 모욕을 준 사람을 기억하고 싶지 않고 또 그 사람에 대한 기억도 간직하고 싶지 않기 때문이에요. 내 원망은 나와 하늘 사이로 사라질 거예요. 이 세상이 듣지 못하도록 말이에요. 이 세상은 있는 그대로 평가하는 것이 아니라 제멋대로 평가하는 법이지요. 당신에게 내가 어떻게 이런 말을 하고 있는지 모르겠군요. 겨우 열일곱 살인 내가 노련한 경험과 오랜 세월을 겪어야만 알 수 있는 진실들을 말하고 있다니요. 비슷한 고통을 겪어도 말을 하는 사람이 있고 말을 하지 않고 묻어 두는 사람도 있어요. 어떤 경우에는 사람들이 믿게 하려고 자신의 불행을 부풀리기도 하고, 또 어떤 경우에는 가슴속에 묻어 두기도 하지요. 떠벌려 봐야 아무 소용이 없으니까요. 어쨌든 나는 이 불행을 아무에게도 말하지 않을 거예요. 당신도 내 말이 무슨 뜻인지 알 거라고 생각해요. 그걸 모를 만큼 당신이 무지하지 않을 테니까요. 그리고 내 부탁을 들어주지 않는다면 당신은 결코 죄책감에서 벗어날 수 없을 거예요. 당신이 내게 그 정도의 보상을 해 주는 것은 어려운 일이 아니니까 나는 좌절하지 않을 거예요. 시간이 흐른다 해서 내가 당신에게 품은 원한이 가라앉을 거라고는 생각하지 마세요. 또 당신의 욕망을 다시 채울 수 있으리란 꿈도 꾸지 마세요. 이미 나를 농락한 만큼 나에 대한 욕심을 덜 품을수록 나쁜 욕망도 사그라질 거예요. 당신은 나를 우발적으로 범했다는 사실을 잊지 마세요. 아무런 동기도 없이 말이에요. 나는 이 세상에 태어나지 않았다고 생각하겠어요. 아니, 만약 태어났다면 불행한 여자가 되기 위해 태어났겠지요. 나를 밖으로 내보내 주세요. 아니 성당 근처로 데려다 주세요. 거기선 집으로 가는 길을 알아요. 하지만 절대 나를 따라오지 않겠다고, 우리 집이 어디인지, 우리 부모님이 누구인지, 내 이름이 무엇인지, 친척들이 누구인지 묻지 않겠다고 맹세해 주세요. 그들은 부자에다 귀족인 만큼 나로 인해 불행에 빠지는 일은 없을 거예요. 제발 대답해 주세요. 내가 당신의 말투로 당신을 알아볼까 봐 두렵다면, 걱정하지 마세요. 나는 아버지와 고해성사를 하는 신부님 외에는 그 어떤 남자와도 이야기를 해 본 적이 없기 때문에 목소리만 듣고 사람을 구별하지 못하니까요. 그건 사실입니다."

비참한 레오카디아의 진솔한 이야기에 로돌포는 대답 대신 그녀를 끌어안았다. 그러면서 다시 한 번 욕망이 일었지만 그것은 그녀를 더럽히는 일이었다. 그런 눈치를 챈 레오카디아는 어린 나이에 걸맞지 않게 두 발과 두 손으로 이를 악물고 혀를 깨물며 그를 막아 냈다. 그리고 말했다.

"이 배신자, 영혼도 없는 놈, 네가 어떤 종류의 인간이건 나로부터 빼앗아 간 것은 아무 감각도 없는 나무 몸통이나 기둥에서 취했다는 것을 잊지 말아라. 그렇게 정복하고 승리해 봐야 너의 불명예와 몰염치만 더욱 커질 뿐이다. 그러나 지금 네가 하려는 짓은 나를 죽여야만 할 수 있을 것이다. 기절한 나를 유린하고 짓밟았지만 이제는 정신이 돌아온 이상, 나를 죽이기 전에는 결코 짓밟을 수 없을 것이다. 정신이 멀쩡한 지금 내가 저항하지 않고 순순히 응한다면, 네가 나를 유린했을 때 일부러 기절한 척했다고 생각할 수도 있으니까."

레오카디아의 용감하고 끈질긴 저항 덕분에 마침내 로돌포의 욕망이 가라앉았다. 그녀를 범했던 것은 순간적인 충동에서지 진정한 사랑에서 비롯된 것은 아니었다. 욕망은 지나가지만 진정한 사랑은 영원히 남는 법이다. 후회까지는 아니지만 로돌포는 그녀에 대한 마음이 누그러지는 것을 느꼈다. 이성이 돌아오자 문득 피곤해진 로돌포는 아무 말 없이 레오카디아를 침대에 남겨 둔 채 방문을 잠그고 친구들을 찾으러 나갔다. 앞으로 어찌해야 할지 그 방법을 의논하기 위해서였다.

　레오카디아는 자신이 홀로 방에 갇혀 있다는 사실을 깨달았다. 그녀는 침대에서 일어나 손으로 벽을 더듬으며 방 안을 돌아다녔다. 밖으로 나갈 수 있는 문이나 몸을 던질 수 있는 창문이 있나 해서였다. 방문은 굳게 잠겨 있었지만 창문 하나는 열 수 있었다. 창문을 열자 너무나도 밝은 달빛이 새어 들어왔다. 그 달빛에 레오카디아는 방을 장식하고 있는 태피스트리의 색깔을 알아볼 수 있었다. 침대는 황금색이었으며 어찌나 화려한지 평범한 귀족의 침대라기보다는 왕자의 침대처럼 보였다. 의자와 책상의 수도 세어 보았다. 문득 방문이 있는 벽이 눈에 들어왔다. 벽에는 액자들이 걸려 있었지만 어떤 그림인지는 자세히 보이지 않았다. 창문은 큼지막했으며 굵은 창살이 달려 있었다. 창밖으로 정원이 보였으며, 정원 역시 높은 담장으로 에워싸여 있었다. 결국 그 높은 담장은 밖으로 뛰어내리지 못하게 가로막는 장애물이었다. 그 집의 화려한 장식과 규모로 미루어

보아 집주인은 부유한 권력가라는 것을 알 수 있었으며, 설사 그렇지 않다고 해도 평범한 집안이 아닌 것만은 분명했다. 창문 옆에 있는 책상 위에 작은 은십자가 보였다. 그녀는 그것을 집어 옷소매 속에 감추었다. 그것은 신앙심 때문도 아니고 훔치려는 것도 아닌, 그녀만의 은밀한 계획 때문이었다. 그런 다음 다시 창문을 닫고 침대로 돌아간 그녀는 이 불행한 일이 어떻게 끝이 날지 그 결말을 초조하게 기다렸다.

채 30분도 지나지 않은 것 같은데 다시 방문이 열리고 한 사람이 다가오는 소리가 들렸다. 그 사람은 한마디 말도 하지 않고 손수건으로 그녀의 눈을 가리고, 그녀의 팔을 붙잡고 방 밖으로 끌어냈다. 그러곤 다시 방문을 닫는 소리가 들렸다. 그는 다름 아닌 로돌포였다. 친구들을 만나러 나갔지만 그녀에게 저지른 일에 대한 증인을 만드는 것은 좋은 일 같지 않아서 그냥 돌아온 것이다. 그래서 친구들에게는 자신의 행동이 후회스럽고 또 그녀의 눈물에 마음이 움직여서 그녀를 그냥 놓아주었다고 말할 작정이었다. 이런 생각으로 그는 그녀가 요구한 대로 성당 근처에 데려다 주려고 서둘러 다시 돌아온 것이다. 날이 밝으면 그녀를 다시 방에 가둬 두어야 할 것이다. 그러면서 또다시 완력을 쓰고 싶지도 않았고, 사람들 눈에 띄게 하고 싶지도 않았다. 그래서 그녀를 시청 광장까지 데리고 갔다. 그리고 그곳에서 포르투갈어와 스페인어를 반씩 섞어 가며 목소리를 바꿔 그녀에게 거기서부터는 집을 찾아갈 수 있을 거라고 말했다. 그는 그녀가 미처 눈을 가린 손수건을 풀기도 전에 눈에 띄지 않는 곳으로 몸을 숨겼다.

　혼자 남은 레오카디아는 손수건을 풀고 나서야 자신이 어디에 와 있는지를 알 수 있었다. 사방을 둘러보았으나 아무도 보이지 않았다. 하지만 누군가 자신을 쫓아올지도 모른다는 생각에 한 걸음 옮길 때마다 멈춰 뒤를 돌아보곤 하면서 그리 멀지 않은 집까지 걸어갔다. 그리고 만약의 경우를 대비해 미행자를 따돌리고자 문이 열려 있는 어떤 집으로 불쑥 들어갔다. 몇 번인가를 그렇게 되풀이하다가 자신의 집으로 갔다. 집에 돌아온 그녀는 옷도 벗지 않고 쉴 생각도 하지 못한 채 얼이 빠져 있는 부모를 발견했다.

　그녀의 부모는 그녀를 보자 두 팔을 벌린 채 뛰어나왔다. 그리고 눈물이 글썽한 눈으로 그녀를 맞아 주었다. 잔뜩 겁에 질리고 놀란 레오카디아는 조용한 곳으로 부모를 데리고 가서 자신이 겪은 그 불행한 사건의 자초지종을 간략하게 들려주었다. 그 청년의 주변 환경에 대해서는 모두 이야기를 했지만 막상 자신의 명예를 더럽힌 자에 대해서는 아무런 소식도 들려줄 수가 없었다. 그녀는 그 불행한 비극을 겪은 집에서 자신이 보았던 것들을 이야기했다. 창문, 정원, 창살, 책상, 침대, 태피스트리 따위의 것들이었다. 마지막으로 그녀는 그 집에서 가져온 십자가상을 보여 주었다. 그녀의 부모는 그 십자가를 보자 다시금 눈물을 흘렸으며, 주님께 복수를 간청했고, 벌을 내려 줄 것을 간청했다. 그녀는 자신을 더럽힌 자가 누구인지 알고 싶지는 않지만 부모님이 원한다면 그 십자가상을 통해 알 수 있을 거라고 말했다. 성당 관리인이 그 시의 모든 교구에서 그런 십자가상을 잃어버린 사람을 찾는다면 그 십자가상의 주인이 누구인지, 어느 집인지, 또 그 원수는 누구인지를 알 수 있을 거라고 말이다."

그러자 아버지가 반대하고 나섰다.

"그래, 얘기 잘했다. 네 말대로라면 그 방에서 십자가상이 없어진 것이 곧 밝혀질 테고, 그 십자가상의 주인은 자신과 같이 있던 사람이 그것을 가져갔다는 것을 알게 될 것이다. 그리고 성당에서 그것을 보관하고 있다는 소식을 듣더라도 누가 그것을 갖다 놓았는지 알기 전에는 자신이 그 십자가상의 주인이라고 나서지 않을 것이다. 왜냐하면 다른 사람에게 그 십자가상의 모양을 미리 설명해 주고, 그 사람을 보내서 찾아오도록 할 수 있기 때문이다. 그렇게 된다면 우리는 범인이 누구인지 알지도 못하고 혼란만 더해질 게다. 우리 역시 직접 나서지 않고 제삼자를 통해 그 십자가를 신부님께 드릴 수도 있다. 그러니 일단은 그것을 잘 보관하고 그 십자가에 너 자신을 맡겨 보거라. 네 불행의 목격자인 그 십자가가 이번 일을 올바로 심판할 수 있도록 도와줄지도 모른다. 그리고 명심하거라. 아무리 사소한 불명예일지라도 일단 드러나면 감추어진 큰 불명예보다 더 치욕스런 법이다. 그리고 하느님이 함께 하시면 명예롭게 살 수 있으니, 남모르는 불행으로 인해 슬퍼하지 마라. 진정한 불명예는 죄에 있고, 진정한 명예는 미덕에 있단다. 말과 욕심과 행동으로 하느님을 거역하는 법이다. 너는 말로도, 생각으로도, 행동으로도 하느님을 거역하지 않았으니 네 자신을 명예롭게 여겨라.

나도 네 아비로서 진정으로 너를 명예롭게 여기마."
　이렇게 진중한 말로 아버지는 레오카디아를 위로했다. 그녀의 어머니도 다시금 그녀를 끌어안으며 딸을 위로하려고 애를 썼다. 레오카디아는 신음 소리를 내며 울었다. 그리고 부모의 말대로 모든 것을 비밀로 묻어 둔 채 부모의 보호 아래 정숙하게 소박한 옷을 입고 숨어서 지내기로 결심했다.

　한편 로돌포는 집에 도착하자마자 십자가상이 없어진 것을 보고 누가 그것을 가져갔을지 생각해 보았다. 하지만 곧 대수롭지 않게 여겼으며, 워낙 부자였던 만큼 별 신경을 쓰지 않았다. 그리고 사흘 뒤에 로돌포가 이탈리아로 떠날 때에도 그의 부모는 그 십자가상에 대해 묻지 않았으며, 로돌포는 자신의 방에 있던 모든 물건을 어머니의 하녀에게 맡겼다.
　로돌포가 이탈리아로 떠나기로 한 것은 이미 오래전에 결정된 일이었다. 이미 이탈리아에 가 본 적이 있던 그의 아버지가 진정한 남자라면 국내에만 있기보다 해외에도 나가 봐야 한다고 그를 설득한 것이다. 이런저런 이유로 인해 어쨌든 로돌포는 아버지의 뜻에 따르기로 했으며, 그의 아버지는 바르셀로나, 제네바, 로마, 나폴리에 갈 수 있도록 그에게 많은 돈을 챙겨 주었다. 그리고 두 친구도 같이 갈 수 있도록 해 주었다. 로돌포는 몇몇 군인들로부터 이탈리아와 프랑스에는 작은 호텔들이 많을 뿐만 아니라 그곳에서 스페인 사람들이 자유를 누린다는 이야기를 들은 터라 신이 나서 출발을 했다. 로돌포에겐 햇병아리,

멍청이, 공상가, 돼지 순대 따위의 그들 이름이 익숙했다. 또 군인들은 이탈리아와 프랑스에서 스페인으로 넘어오면 여인숙과 술집이 좁아서 불편하다고 하나같이 입을 모았다. 마침내 로돌포는 레오카디아와 있었던 일은 기억에도 희미한 채, 아니 아무 일도 없었다는 듯 그렇게 길을 떠났다.

 한편 레오카디아는 사람들 눈에 띄지 않도록 부모의 집에서 가급적 문밖 출입을 하지 않고 지냈다. 자신의 불행이 얼굴 표정에 니터날까 두려웠던 것이다. 하지만 몇 달 지나지 않아 어쩔 수 없이 숨어서 지내게 되었다. 그녀가 임신을 했기 때문이었다. 그 일로 한동안 말랐던 눈물이 다시금 쏟아졌으며, 한숨과 한탄이 터져 나오기 시작했다. 현명한 어머니의 신중함도 그녀를 위로하지 못했다. 시간이 흘러 출산일이 다가왔다. 소문이 날까 봐 너무나도 조심을 했기 때문에 그들은 산파조차 부르지 않았으며, 어머니가 산파 역할을 대신했다. 이렇게 해서 그녀는 더없이 잘생긴 사내아이를 낳았다. 아이가 태어난 사실을 비밀에 붙여야 했기 때문에 레오카디아는 일단 시골로 내려가 그곳에서 4년 동안 아이를 키웠다. 4년이 지난 뒤, 할머니는 아이를 조카라고 속이고 집으로 데리고 와서 그곳에서 함께 살기 시작했다. 그들이 큰 부자는 아니었지만 아이는 예의 바르게 키웠다.
 아이(아이의 이름은 외할아버지의 이름을 따서 루이스라고 했다.)는 잘생기고, 유순하고, 영리했다. 어린 나이임에도 불구하고 모든 행동에서 어느 귀족의 아들이라는 생각이 들 정도로 기품이 풍졌다. 할아버지와 할머니는 손자의 영리함과 잘생긴 외모, 기품 있는 행동에 반하고 말았으며, 그런 손자를 두게 된 것으로 딸의 불행이 행복으로 바뀌었다고 생각하기에 이르렀다. 외출이라도 하면 아이에게는 수많은 찬사의 말이 쏟아졌다. 아이의 훌륭한 외모를 칭찬하는 사람도 있었고, 그런 아이를 낳은 어머니를 축복하는가 하면, 아이의 아버지를 축복하는 사람도 있었고, 그렇게 잘 키운 사람을 칭찬하는 사람도 있었다. 이 같은 찬사 속에서 아이는 어느덧 일곱 살이 되었다. 그리고 이미 글자를 읽을 줄 알았으며 완벽하게 쓸 줄도 알았다. 왜냐하면 할아버지와 할머니의 의도는 손자를 덕과 지식을 갖춘 사람으로 키우는 것이었기 때문이다. 많은 돈을 물려줄 형편은 되지 않았으며, 마치 지혜와 덕은 도둑들이 탐내는 재산도 아니고 부가 아니라고 여기는 것 같았다.

그러던 어느 날, 아이는 할머니의 심부름으로 한 친척집으로 가던 중 경마가 벌어지는 길을 지나게 되었다. 아이는 경주를 구경하다가 조금 더 좋은 자리를 찾기 위해 길을 건넜다. 바로 그 순간 말 한 마리가 전속력으로 달려왔으며, 기수는 아이를 보고도 말을 멈출 수가 없었다. 말은 아이를 짓밟고 지나갔고, 아이는 죽은 듯이 바닥에 누워 있었다. 머리에서 많은 피를 흘리고 있었다. 경주를 구경하던 한 노신사가 이를 보자마자 재빨리 말에서 뛰어내려 아이가 있는 곳으로 달려갔다. 그는 어떤 사람의 팔에 안겨 있던 소년을 빼앗다시피 낚아채고는 체면이나 권위도 아랑곳하지 않은 채 단숨에 자신의 집으로 달려갔다. 그리고 하인들에게 아이를 치료할 의사를 불러오라고 지시했다. 많은 신사들이 그토록 잘생긴 아이가 사고를 당한 것을 안타까워하며 그의 뒤를 따랐다. 왜냐하면 사고를 당한 아이의 이름은 루이스이며, 루이스라는 신사, 즉 그 할아버지의 조카라는 소문이 퍼졌기 때문이다. 이 말은 입에서 입으로 전해져 결국 루이스의 할아버지와 할머니 그리고 레오카디아의 귀에까지 전해졌다. 이들은 사고를 확인한 뒤, 실성한 사람들처럼 정신없이 아이를 찾으러 나섰다. 아이를 데리고 간 신사는 워낙 잘 알려진 귀족인지라 많은 사람들이 그의 집을 가르쳐 주었다. 그 귀족의 집에 도착했을 때 아이는 이미 의사의 보살핌을 받고 있었다.

그 집의 주인인 귀족과 그의 부인은 그들에게 울지도 목소리를 높이지도 말라고 부탁했다. 아이에게 좋을 것이 없기 때문이었다. 의사는 자자한 명성에 걸맞게 노련한 솜씨로 치료를 마친 다음, 생각했던 것보다 그렇게 심한 증상은 아니라고 설명했다. 루이스는 치료를 받던 도중에 의식을 되찾았으며, 삼촌과 숙모를 보자 기쁨을 감추지 못했다. 삼촌과 숙모는 눈물을 흘리며 루이스에게 어디가 아프냐고 물었다. 아이는 온몸과 머리가 몹시 아프다고 대답했다. 의사는 아이에게 말을 시키지 말고 안정을 취하게 해야 한다고 당부했다. 의사의 말대로 하고 나서 루이스의 할아버지는 집주인에게 조카에게 베풀어 준 호의에 대해 고맙다는 인사를 했다. 그러자 노신사는 아이가 쓰러져 말에 밟히는 순간, 아이의 얼굴이 사랑하는 자기 자식의 얼굴처럼 느꺼졌다고 말했다. 그래서 자신도 모르게 소년을 안고 집으로 데려왔으며, 가능하다면 상처가 나을 때까지 자기 집에서 보살폈으면 좋겠다고 말했다. 기품 있게 생긴 그의 부인도 남편과 같은 말을 하며 더욱 다정하게 대해 주었다.

루이스의 할아버지와 할머니는 노신사의 친절에 감격했지만, 루이스의 어머니는 더욱더 놀라고 말았다. 왜냐하면 의사의 설명으로 놀랐던 가슴이 어느 정도 안정을 되찾자, 그녀는 아들이 누워 있는 방을 차분히 살펴보다가 여러 물건들을 보는 순간 이 방이 바로 자신이 불행을 겪었던 곳임을 알게 되었기 때문이다. 비록 그 당시에 있었던 태피스트리는 보이지 않았지만 그 방이 분명했다. 정원으로 나 있는 창살이 달린 창문을 보았다. 지금은 루이스 때문에 창문이 닫혀 있지만, 그 창문이 어느 정원 쪽으로 나 있느냐고 물어서 확인을 했다. 하지만 가장 눈에 익은 것은 자신의 무덤이 되었던 바로 그 침대였다. 그리고 그 십자가상이 놓여 있던 책상은 더더욱 눈에 익었으며, 예전 그 자리에 그대로 있었다.

마침내 모든 의심이 진실로 드러났다. 결정적인 증거는 계단이었다. 그녀는 눈을 가린 채 밖으로 끌려 나왔을 때 거리까지 이어진 계단의 수를 몰래 세어 두었던 것이다. 아들을 그 집에 남겨 두고 집으로 돌아오면서 그녀는 다시 그 계단의 수를 세어 보았다. 이런저런 증거들을 짜 맞추어 보고 자신의 생각이 사실임을 확인하자 그녀는 어머니에게 모든 사실을 털어놓았고, 신중한 어머니는 그 귀족 신사에게 아들이 있는지를 알아보았다.

그리고 그 아들의 이름은 다름 아닌 로돌포이며, 그가 스페인에서 떠나 있는 시간을 따져 본 결과, 그 기간이 정확히 7년임을 알게 되었다. 손자의 나이와 일치했다.

  그녀는 이 모든 사실을 남편에게 알렸으며, 이들 부부와 레오카디아는 일단 루이스를 하느님 손에 맡기기로 의견을 모았다. 루이스는 보름 만에 위험한 상태에서 벗어났으며, 한 달이 지나자 자리에서 털고 일어났다. 그동안 하루도 빠짐없이 할머니와 어머니가 찾아와 주었으며, 집주인 부부는 친아들처럼 극진하게 간호를 해 주었다. 이따금 집주인인 에스테파니아 부인은 레오카디아와 이야기를 나누면서 루이스가 이탈리아에 가 있는 자신의 아들과 몹시 닮았다는 말을 할 때도 있었다. 그래서 아이를 볼 때마다 마치 아들을 보는 것 같다고 했다. 그래서 레오카디아는 그녀와 단둘이 있게 된 어느 날, 부모님과 의논한 대로 사실을 털어놓을 기회를 잡게 되었다.

  "부인, 저의 부모님께서는 당신들의 조카가 다쳤다는 말을 듣고, 하늘이 무너져 내리는 줄 아셨답니다. 루이스를 잃는다는 것은 눈의 빛이 사라지고, 노년에 믿고 의지하던 기둥이 무너지는 것이라고 하셨습니다. 그 정도로 루이스를 사랑하셨고, 다른 부모들이 자식에게 주는 사랑보다 더 큰 애정을 쏟으셨습니다. 그러나 하느님이 병을 주시면 약도 주신다는 말이 있듯이 루이스는 이 댁에서 의사를 만났고, 저는 살아 있는 동안에는 결코 잊을 수 없는 기억을 떠올리게 되었습니다. 부인, 저는 고귀한 부모님 밑에서 반듯하게 자랐으며, 저희 선조들도 모두 훌륭하신 분들입니다. 저희 가문은 부유하진 않지만 명예를 소중하게 여기며 살아왔습니다."

에스테파니아 부인은 레오카디아의 조리 있는 말을 들으며 놀랍고도 의아한 표정을 지었다. 젊은 나이에도 그런 신중함을 지니고 있다는 것이 믿어지지가 않았다. 기껏해야 스무 살 정도밖에 안 보였기 때문이다. 그녀는 아무 대꾸도 없이 레오카디아가 하고 싶은 말을 하도록 내버려 두었다. 마침내 레오카디아는 로돌포의 못된 장난, 자신의 불행, 납치, 눈을 가리고 그 방으로 끌려온 일 그리고 그 장소를 알아보게 된 증거물들에 관한 모든 이야기를 털어놓았다. 그녀는 자신의 말을 확인시켜 주기 위해 품속에 늘 간직하고 있던 십자가상을 꺼냈다. 그리고 말했다.

"제가 강제로 순결을 빼앗긴 증인이신 주님, 제 명예를 회복시키는 재판관이 되어 주소서! 저는 제가 당한 일을 기억하기 위해 저 책상에서 십자가상을 가져갔습니다. 이는 복수를 하기 위해서가 아니라 저의 불행을 잘 이겨 낼 수 있도록 저를 위로해 주시기를 바라는 마음에서였습니다.

부인, 지극한 정성으로 돌봐 주신 이 아이는 부인의 진짜 손자입니다. 하늘이 허락하셔서 이 아이가 다쳐서 이 댁으로 왔으며, 또 제가 이곳으로 온 것입니다. 이것이 제가 바라던 것입니다. 이 십자가는 제가 당한 불행에 대한 해결책은 아니었지만, 그나마 견딜 수 있는 힘이 되어 주었습니다."

이 말을 마친 레오카디아는 십자가를 끌어안은 채 에스테파니아 부인의 팔에 안겨 정신을 잃고 말았다. 에스테파니아 부인은 본성이 동정심과 자비심으로 넘치는 사람이었다. 그녀는 레오카디아가 혼절하는 것을 보자 레오카디아의 얼굴에 자신의 얼굴을 묻은 채 어찌나 많은 눈물을 흘렸던지 레오카디아의 의식을 되찾게 하려고 따로 물을 가져다가 뿌릴 필요가 없을 정도였다.

두 여인이 이러고 있을 때, 에스테파니아 부인의 남편이 방으로 들어왔다. 그는 어린 루이스의 손을 잡고 있었다. 그리고 에스테파니아는 눈물을 흘리고 레오카디아는 혼절한 것을 보자 황급히 무슨 일이냐고 물었다. 루이스는 어머니와 할머니를 끌어안으며 왜 우느냐고 물었다.

"여보, 당신에게 긴히 할 얘기가 있어요."

에스테파니아가 남편에게 대답했다.

"여기 정신을 잃은 레오카디아는 당신의 며느리이고, 이 아이는 당신의 진짜 손자예요. 레오카디아에게 직접 들은 얘기예요. 이미 사실을 확인했고, 또 이 아이의 얼굴이 그것을 말해 주고 있어요. 이 애가 우리 아들을 꼭 닮았잖아요."

"부인, 더 자세히 말해 봐요. 그게 대체 무슨 소린지 모르겠소."

남편이 물었다.

그때 레오카디아의 의식이 돌아왔다. 그녀는 십자가를 끌어안은 채 하염없이 눈물만 흘렸다. 마치 눈물이 바다를 이루는 것 같았다. 노신사는 큰 혼란에 빠졌으나 레오카디아에게서 들은 대로 부인이 자초지종을 설명해 주자 비로소 혼란스런 마음을 가라앉혔다. 그는 모든 것을 곧이곧대로 믿었다. 마치 하늘의 허락 아래 수많은 진실한 증거가 그 사실을 증명이라도 한 것처럼 말이다. 그는 레오카디아를 포옹하며 위로하고, 손자의 뺨에 입을 맞췄다. 그리고 그날 당장 나폴리에 있는 아들에게 편지를 보내 집으로 돌아오라고 했다. 너무나도 아름다운 처녀와 혼인을 성사시켜야 한다고 둘러댔다. 로돌포로서도 거절할 이유가 없었다. 노부부는 레오카디아와 루이스가 집으로 돌아가는 것을 허락하지 않았다. 레오카디아의 부모는 이 소식을 듣고 말로는 다할 수 없는 기쁨에 하느님께 무한한 감사를 드렸다.

마침내 편지가 나폴리에 도착했고, 로돌포는 아버지가 말한 그토록 아름다운 여인을 만날 생각에 부풀었다. 그리고 편지를 받은 지 이틀 만에 스페인으로 떠나는 갤리선에 올랐다. 그는 같이 지내고 있던 두 친구와 함께 배를 탔으며, 배를 탄 지 12일 만에 바르셀로나에 도착했다. 그곳에서 7일 만에 톨레도에 도착하여 늠름한 모습으로 집으로 돌아왔다.

로돌포의 부모는 건강하게 돌아온 아들을 보자 기쁨을 감추지 못했다. 레오카디아는 에스테파니아 부인이 지시한 대로 구석에 숨어서 이 광경을 지켜보았다. 로돌포의 친구들은 각자 자기 집으로 돌아가고 싶어 했지만, 에스테파니아 부인은 그들을 붙잡아 두었다. 로돌포가 도착했을 때는 이미 저녁 무렵이었으므로 저녁 식사 준비가 한창이었다. 에스테파니아 부인은 아들의 친구들을 따로 불렀다. 분명 그들은 레오카디아가 말한 대로 로돌포가 그녀를 납치했던 날 밤에 같이 있던 세 친구들 중 두 명이 틀림없다고 생각했던 것이다. 부인은 간청하는 듯한 목소리로 그들에게 로돌포가 몇 년 전 어떤 날 밤에 한 처녀를 납치했던 일을 기억하느냐고 물었다. 왜냐하면 그 사건의 진실을 아는 것이 가족 모두의 명예와 평화에 필요하기 때문이라고 덧붙였다. 그녀는 더없이 상냥하게 간청을 하면서 사실대로 털어놓는다 해도 그들에게는 아무런 피해도 가지 않을 것임을 약속했다. 그러자 그들은 어느 여름날 밤에 일어났던 사건을 털어놓았다. 그 두 사람과 로돌포의 또 다른 친구와 함께 길을 가던 중 그녀가 말한 바로 그날에 한 처녀를 납치했으며, 로돌포가 그 처녀를 납치하는 동안 친구들은 그녀의 가족을 가로막았다고 했다. 가족들은 고함을 지르며 그녀를 찾으려고 했으며, 다음 날 로돌포는 그녀를 집에 데려다 주었다고 말했다는 것이다. 이것이 그들이 알고 있는 전부라고 했다.

그 두 친구의 고백은 모든 의혹을 깨끗이 씻어 주었다. 그래서 에스테파니아 부인은 자신의 계획을 실행에 옮기기로 마음먹었다. 저녁 식사를 하기 직전 그녀는 로돌포를 데리고 방으로 들어갔다. 그리고 초상화 하나를 내밀었다.

"아들아, 맛있는 저녁을 먹기 전에 먼저 네 신붓감을 보여 주고 싶구나. 이것이 실물 초상화란다. 사실 외모는 조금 부족하지만 덕성은 넘치는 아가씨란다. 기품 있고 사려 깊고 재력도 상당해. 아버지와 내가 네 배우자로 골랐으니 네게 어울리는 신붓감이 틀림없다."

로돌포는 그 초상화를 자세히 들여다본 다음 말했다.

"화가들은 보통 실제보다 더 아름답게 그리는 법인데, 이것도 그렇겠지요. 실물은 분명 못생겼을 거예요. 어머니, 자식은 부모의 말에 순종하는 것이 당연하지만, 부모도 자식이 좋아하는 것을 해 주는 것이 옳은 일이라고 생각합니다. 더구나 결혼은 한 번 하면 죽을 때까지 함께하는 인연을 맺는 일인 만큼 서로 비슷한 사람들이 만나야 한다고 생각합니다. 미덕, 품위, 분별력, 재산도 신부를 맞이하는 신랑의 마음을 기쁘게 할 수 있지만 못생긴 신부는 신랑의 눈을 기쁘게 해 줄 수 없습니다. 절대 불가능한 일이지요. 저는 아직 젊지만 성스러운 결혼에서 중요한 것은 신랑 신부가 누리는 기쁨이라고 생각합니다. 그런 기쁨이 없다면 부부관계는 절름발이가 되고 결국 다른 마음을 먹게 됩니다. 거실에서, 식탁과 침대에서 그 못생긴 얼굴을 대한다고 생각하면 즐거울 수 있을까요? 다시 한 번 말씀드리지만 절대 즐거울 수 없을 것입니다. 어머니, 저를 화나게 하는 사람이 아니라 즐겁게 해 줄 수 있는 사람을 골라 주세요. 왜냐하면 하늘이 맺어 준 인연으로 두 사람이 어긋나지 않고 올바른 길을 가야 하니까요. 어머니 말씀대로 그 아가씨가 고상하고 사려 깊고 부자라면 저와 다른 취향을 가진 신랑을 만나야겠지요. 신분을 추구하는 사람도 있고, 분별력을 추구하는 사람도 있고, 돈을 추구하는 사람도 있고, 아름다움을 추구하는 사람도 있게 마련입니다. 저는 아름다움을 추구하는 사람입니다. 왜냐하면 저는 이미 하늘에서 주셔서 부모와 조상에게서 고귀한 신분을 물려받았고, 신중함은 여자가 바보나 멍청이가 아니라면 그것으로 충분합니다. 재산 역시 부모님께서 주시는 것만으로도 가난해질 걱정은 없습니다. 저는 아름다움을 추구하며, 그것이 바로 제가 원하는 것입니다. 저는 다른 재능이나 덕목은 추구하지 않습니다. 그래서 제 아내가 아름답다면 저는 하느님을 잘 섬기고 부모님께 효도하겠습니다."

그의 어머니는 로돌포의 조리 있는 설명에 더할 나위 없이 흡족했다. 자신의 계획대로 이루어질 것 같았기 때문이다. 그녀는 그 아가씨와의 혼사는 얼마든지 없었던 일로 할 수 있으며, 결혼은 아들이 원하는 대로 노력하겠다고 대답했다. 로돌포는 어머니에게 고마워했으며, 두 사람은 저녁 식사 시간이 되었으므로 식당으로 향했다. 그리고 아버지와 어머니 그리고 로돌포와 두 친구가 모두 식탁에 앉자 에스테파니아 부인이 무심한 목소리로 말했다.

"어머, 내 정신 좀 봐. 손님을 이렇게 대하다니! 저기······."

그녀는 한 하인에게 말했다.

"가서 레오카디아 양을 모시고 와. 얼른 와서 이 식탁을 빛내 주시라고 해. 우리 모두 여기 모여 있다고 말이야."

그 모든 것이 그녀의 계획이었다. 레오카디아에게도 이미 설명을 해 놓은 터였다. 잠시 후 레오카디아가 더없이 자연스럽고 아름다운 모습으로 나타났다.

겨울이었던 만큼 그녀는 금과 진주 단추가 달린 검은색 벨벳 드레스를 입고 다이아몬드 벨트와 목걸이를 하고 있었다. 살짝 금발인 그녀의 긴 머리에는 스카프를 쓰고 있었으며, 반짝이는 다이아몬드와 함께 보는 사람들의 눈을 부시게 만들었다. 그녀는 상냥하고 화사한 레오카디아였다. 그녀는 루이스의 손을 잡고 있었으며, 두 개의 은촛대가 그녀의 앞길을 비추어 주었다.

모든 사람이 그녀를 맞이하기 위해 자리에서 일어났다. 마치 기적이라도 일어나 하늘에서 천사가 내려온 것 같았다. 그곳에 있던 사람들은 하나같이 바보처럼 입을 벌린 채 그저 넋을 잃고 그녀를 바라볼 뿐이었다. 레오카디아가 우아하고 조심스런 태도로 모두에게 공손히 인사를 하자 에스테파니아 부인은 그녀의 손을 잡아 자신의 옆자리에 앉혔다. 로돌포와 마주 보는 자리였다. 그리고 루이스는 할아버지 옆에 앉았다.

로돌포는 레오카디아의 더없이 아름다운 모습을 가까이서 보자 중얼거리듯 말했다.

"어머니가 중매를 선 아가씨가 이분의 절반만 예뻤어도 난 이 세상에서 가장 운 좋은 남자가 되었을 텐데. 오, 맙소사! 이게 꿈이야 생시야? 혹시 창문으로 천사가 내려온 건 아닐까요?"

이 말을 하는 순간, 레오카디아의 아름다운 모습이 로돌포의 눈동자를 통해 들어와 그의 영혼을 사로잡고 있었다. 레오카디아는 저녁 식사를 하는 동안 바로 코앞에서 그를 보자 로돌포와 옛날에 겪었던 일이 다시금 떠오르기 시작했다. 그녀의 영혼 깊은 곳에서 그의 어머니가 말한 것처럼 로돌포가 자신의 남편이 될 거라는 희망이 점점 옅어지기 시작했다. 어머니의 약속이 이루어질 만큼 행운의 여신이 과연 자신의 편을 들어줄지 두려웠다. 행복이 바로 코앞에 있든지 아니면 영원히 사라지든지 할 것이라 생각했다. 그런 생각이 어찌나 강렬하게 그녀를 사로잡 았던지 심장이 두근거리기 시작했고, 식은땀이 흐르고 안색이 백지장처럼 창백해지더니 의식을 잃은 채 에스테파니아 부인 의 품으로 쓰러지고 말았다. 에스테파니아 부인은 그런 그녀를 보자 혼비백산하여 그녀를 품에 안았다.

그 자리에 있던 모든 사람이 깜짝 놀라 식탁을 박차고 일어나 그녀를 돕기 위해 뛰어왔다. 그중에서 가장 놀란 사람은 로돌 포였다. 그는 허둥지둥 뛰어오다가 두 번이나 넘어졌다. 단추를 풀어 주고 얼굴에 물을 끼얹었음에도 그녀는 의식을 되찾지 못 했다. 심장 박동과 맥박이 잡히지 않아 마치 숨이 끊어지는 듯 보였다. 하인과 하녀들은 생각 없이 큰 소리로 그녀가 죽었다고 떠들어 댔다. 그 비통한 소식은 레오카디아의 부모에게까지 전 해졌다. 에스테파니아 부인은 그들이 좀 더 적절한 기회에 나오 도록 미리 숨겨 두었던 것이다. 그러나 레오카디아의 아버지와 어머니는 함께 있던 교구 신부와 함께 거실로 뛰쳐나왔다.

신부는 황급히 밖으로 나왔다. 죄를 회개할 기미가 보인다면 용서를 받도록 기도를 해 주기 위해서였다. 그런데 기절한 사람 은 한 사람이 아니고 두 사람처럼 보였다. 로돌포가 레오카디아 의 가슴에 얼굴을 대고 있었기 때문이었다. 사람들 틈을 헤치고 다가온 레오카디아의 어머니는 로돌포 역시 의식이 없어 보이 자 혼비백산했다. 만약 로돌포가 정신이 돌아오지 않았다면 그 녀도 제 정신이 아니었을 것이다. 로돌포는 마치 민망한 현장을 들킨 사람처럼 급히 몸을 일으켰다.

에스테파니아 부인은 아들의 생각을 읽기라도 한 듯 이렇게 말했다.

"아들아, 괜찮다. 적절한 시기가 올 때까지 말하지 않으려고 했지만 더 이상 비밀을 감추어 두고 싶지 않구나. 네가 알아야 할 것이 있다. 지금 내 품에서 기절한 이 처녀가 바로 너의 진짜 신붓감이란다. 아버지와 내가 숨겨 둔 신붓감이다. 초상화의 아가씨는 가짜였어."

이 말을 들은 로돌포는 사랑의 감정이 활활 타오르는 것을 느꼈다. 그는 체면이나 예의 같은 것은 다 떨쳐 버리고 레오카디아의 얼굴에 입을 맞추었다. 그리고 그녀의 영혼이 그를 맞이하러 나오기를 기다리기라도 하듯 그녀의 입술에 키스를 했다. 모든 사람들의 눈물이 탄식으로 바뀌고, 고통으로 그 탄식의 소리가 커지고 있었다. 레오카디아의 어머니와 아버지는 머리카락과 수염을 쥐어뜯으면서 애통해하고 루이스의 비명이 하늘을 찌르고 있을 때 레오카디아의 의식이 돌아왔다. 그녀가 정신을 차리자 다시금 기쁨과 즐거움이 모든 사람들의 가슴에 넘쳐흘렀다.

레오카디아는 로돌포의 품에 안겨 있었다. 그녀는 부끄러움에 그의 품에서 벗어나려고 했다. 그러자 로돌포가 말했다.

"아가씨, 그냥 가만히 있어요. 영혼 속에 당신을 품고 있는 사람에게서 벗어나려고 하지 마세요."

이 말에 레오카디아는 완전히 의식을 되찾았으며, 에스테파니아 부인도 애초의 계획을 무리하게 진행하려고 하지 않았다. 그리고 신부에게 로돌포와 레오카디아의 혼인식을 맡아 달라고 부탁했다. 신부도 이를 수락했다. 어떤 절차나 예고도 없이 두 사람의 의지에 따라 결혼식이 거행되었으며, 두 사람의 결혼을 방해할 아무런 장애물도 없었다. 그 자리에 모인 모든 사람들의 기쁨을 묘사하려면 필자보다 더 재능 있는 작가의 표현이 필요할 것이다. 레오카디아의 부모는 로돌포를 끌어안고 하느님과 그의 부모에게 감사했다. 로돌포의 친구들도 스페인에 도착한 바로 그날 저녁, 뜻밖에도 아름다운 결혼식에 참석한 것을 감탄했으며, 신부가 그 옛날 로돌포가 납치했던 그 여인이라는 것을 알았을 때는 더더욱 놀라움을 감추지 못했다. 에스테파니아 부인이 그 모든 사실을 공표했던 것이다. 로돌포의 놀라움도 그에 못지않았다. 그는 레오카디아에게 자신의 부모님이 그토록 확신하게 된 증거가 있는지 그것을 설명해 달라고 부탁했다. 그녀가 대답했다.

"그날 기절해 있던 제가 의식을 되찾고 보니 이미 순결을 잃고 당신 품에 안겨 있었습니다. 그런데 지금도 역시 정신을 차리고 보니 제가 당신 품에 안겨 있는 것을 발견했습니다. 하지만 이번에는 명예를 되찾았습니다. 이것으로 충분하지 않다면 십자가상을 보여 드리지요. 제가 아니면 가져갈 수 없었던 물건입니다. 당신이 찾고 있던 그 십자가는 바로 저의 어머니가 가지고 계십니다."

"당신은 나의 영혼이오. 하느님이 허락하는 세월 동안 영원히 그럴 것이오."

로돌포는 다시금 그녀를 포옹했다. 그러자 다시금 모든 사람들의 축복과 축하의 말이 두 사람에게 쏟아졌다.

저녁 식사가 다시 시작되었다. 그 자리를 위해 미리 준비한 악사들이 나타났다. 로돌포는 자기 아들의 얼굴을 보자 마치 자신의 모습을 거울로 보는 것 같았다. 양쪽 할아버지와 할머니는 기쁨의 눈물을 흘렸다. 집 안 곳곳에서 기쁨과 환희와 즐거움이 넘쳐났다. 가볍고 검은 날갯짓을 하며 흘러가는 밤이 로돌포에게는 목발을 짚고 절뚝거리며 흘러가는 것처럼 느껴졌다. 그는 한시라도 빨리 사랑하는 아내와 단둘이 있고 싶었.

마침내 그토록 원하던 시간이 다가왔다. 모든 일에 끝은 있는 법이기 때문이다. 모든 사람들이 잠자리에 들었고, 집 안은 침묵에 잠겼다. 그러나 이야기의 진실만큼은 침묵 속에 잠기지 않을 것이다. 톨레도의 수많은 후대 사람들이 그 진실을 침묵 속에 방치하지 않을 것이기 때문이다. 그 행운의 부부는 아들과 손자를 거느리고 오래도록 행복하게 살았다. 그 모든 것이 하늘의 도움과 피는 물보다 진했기 때문이다. 용감하고 저명한 인사이자 기독교 신자였던 루이스의 친할아버지가 사고로 쓰러진 손자의 피를 본 덕분이었다.

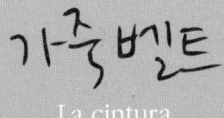
La cintura

Alberto Moravia

알베르토 모라비아 지음 | 서대원 옮김

알베르토 모라비아 Alberto Moravia | 이탈리아의 소설가·기자(1907~1990). 섹슈얼리티와 정신이상을 테마로 한 작품들을 써서 센세이션을 일으켰다. 그의 작품의 주된 테마는 도덕의 부재, 위선, 전통적인 방법으로 행복을 추구할 수 없는 인간의 무능력 등이다. 이탈리아 최고의 문학상인 스트레가 문학상의 제1회 수상자이며, 이후 마르조토 문학상, 비아레조 문학상을 수상했다. 1967년 중국·한국·일본에 특파원으로 파견되어 한국과 인연을 맺기도 했으며, 1985년 '유럽의 인물'로 선정되었다. 〈냉담한 사람들〉, 〈로마 여인〉, 〈치오치아라 여인〉, 〈권태〉, 〈삐뚤어진 욕망〉, 〈아고스티노〉를 비롯하여 수십 편의 중·장편 소설과 수필집 및 희곡들이 있다.

✝

　나는 잠시 동안 어제 하루 일과를 떠올리며 심한 모욕감과 상처받은 느낌 그리고 처절하게 짓밟힌 기분이 드는 가운데 잠을 깼다. 난 몸에 실오라기 하나 걸치지 않고 있다. 붕대가 칭칭 감긴 미라처럼 침대 시트를 몸에 돌돌 말고 침대 왼쪽에 웅크리고 누워 있다. 한쪽 눈은 베개에 파묻고 다른 쪽 눈으로 침대 옆에 있는 의자를 바라본다. 의자에는 어젯밤 남편이 잠자리에 들기 전 벗어 놓은 옷가지들이 걸려 있다. 남편은 어디 있지? 나는 자세를 바꾸지 않은 채 손을 등 뒤로 뻗어 침대 옆자리가 비어 있음을 확인한다. 그이는 이미 일어난 것이 틀림없어. 어렴풋이 들리는 소나기 같은 물소리에 남편이 욕실에 있을 거라 짐작한다. 난 다시 손을 다리 사이에 끼고 눈을 감은 채 잠을 청해 보지만 모욕감에서 비롯된 치유되지 않는 상처 때문에 도저히 잠을 이룰 수가 없다. 다시 눈을 떠서 앞에 있는 남편의 옷을 바라본다. 재킷은 의자 등받이에, 바지는 잘 접힌 채 재킷 밑에 걸려 있다. 가죽 벨트는 채워진 상태로 버클이 의자에 걸려서 매달려 있다. 남편은 벨트를 빼지 않고 바지를 벗은 것이다. 한쪽 눈만 동그랗게 뜨고 시선을 고정시켜 벨트의 가죽을 본다. 바늘로 꿰맨 자국이 없는 통가죽이다. 가죽은 두껍고 반들반들하며 오래 사용해서 기름때가 잘잘 흐른다. 버클은 금색 도금이 된 사각형 모양이다. 이 가죽 벨트는 결혼 초기인 5년 전에 내가 남편에게 선물한 것이다. 나는 가죽 벨트를 사러 콘도티 거리에 있는 고급 구두 가게에 가서 한참을 망설이다가 이것을 선택했다. 처음엔 파티에 갈 때 맬 수 있는 검은 악어가죽 벨트를 남편에게 사주려고 생각했다. 그러다가 밤색은 평상시나 파티에서도 맬 수 있을 거라고 결론을 내렸다. 남편은 비만은 아니지만 몸집이 좋았으므로 벨트에 구멍을 세 개나 더 뚫어 달라고 했다. 그는 대식가라서 식사 후에 벨트를 느슨하게 매는 버릇이 있었다. 나는 버클에 '당신의 V가 V에게'라는 문구를 새기게 했다. 이 문구는 '당신의 비토리아가 비토리오 당신에게'라는 뜻이었다. 나는 이름이 비슷하다는 게 너무 좋았다. 이름이 비슷하다는 점이 우리들이 결혼하게 된 중요한 동기였다. 난 가끔 그이에게 말하곤 했다. "당신 이름은 비토리오, 내 이름은 비토리아니까 우리는 승리하지 않을 수 없을 거야."

  남편이 욕실 문을 연다. 비곗살이라곤 눈을 씻고 봐도 보이지 않는, 훤칠하고 힘이 넘치는 몸매가 나타난다. 그는 이미 러닝셔츠와 짝 달라붙는 팬티를 입고 있다. 침대 옆에 있는 의자와 누워 있는 나 사이로 와서 멈춘다. 그를 보자 갑자기 어제 어디에서 누가 나의 마음을 상하게 했는지 떠오른다. 남편 회사 사장 집에서 저녁 식사를 마치고 나서 바로 내 남편이 나를 그렇게 만들었다. '당신들의 이상적인 여성 타입은 어떤 것인가?'라는 질문이 던져졌다. 남편은 서슴없이 자신의 이상적인 여성

---
1) 비토리아는 이탈리아어로 승리를 뜻한다.

타입은 금발에 하얀 피부를 가진 풍만한 영국 여자라고 내뱉었다. 스포티한 글래머, 한마디로 어리고 활달한 여자를 꿈꾸고 있었던 것이다. 반면에 내 피부는 구릿빛인데다 몸은 깡말랐고, 엉덩이를 빼놓곤 몸 전체가 절벽이다. 얼굴에서 어려 보이는 구석이라곤 눈을 씻고 봐도 없으며 게다가 밝지도 않다. 내 얼굴은 마른데다 창백하고 고열로 인해 까맣게 타들어 간 모습 같다. 내 눈은 푸른색이고, 코는 매부리코이며, 입은 크고, 입술은 두툼하고 팽팽하다. 나는 시골의 창녀들처럼 얼굴 화장을 진하게 한다. 왜 그러는지 나도 이유를 알 수 없지만, 난폭해 보이는 가면의 모습이나 어둡고 위협적이며 엄숙한 느낌을 주는 화장에 대한 유혹을 떨쳐 버릴 수가 없다.

어제 저녁 남편의 입에서 나왔던 말들을 다시 떠올리자 그때 느꼈던 굴욕과 질투심이 한데 뒤엉켜 다시 밀려온다. 어제는 많은 사람이 보는 가운데 그런 감정을 여과 없이 표현하고 싶은 충동을 느끼며 기회를 엿보았지만 그럴 수가 없었다. 지금 남편이 허리를 굽혀 내 귀에다 살포시 키스를 한다. 난 꼼짝하지 않고 할 수 있는 한 목소리를 깔고 앙칼지게 말했다.

"내게 키스하지 말아요. 오늘은 그날이 아냐."

하지만 내심으론 이렇게 말하고 싶었다.

'오늘이 그날이야.'

난 이미 그렇게 느끼고 있다. 오늘이 내가 마음속으로 '개 같은 상황'이라 부르는 것이 일어나려고 하는 날이 분명하다. '개 같은 상황'이 뭔지 말해야 할 것 같다. 그것은 우연히 일어나는 것이며, 위험하고 부정적이다. 바나나 껍질이나 자동차 엔진오일 혹은 얼음덩이처럼 피하고 싶은 것이지만, 반대로 숙명에 의해 그 위에 떨어져 미끄러지는 어떤 것이다. 우리의 의지와 아무 상관없이 내뱉는 말과 같으며, 우리도 모르는 사이에 내지르는 주먹질과도 같은 것이다. 그것은 폭력이다. 한마디로 개 같은 상황인 것이다.

"도대체 왜 그래?"

깜짝 놀란 남편이 묻는 목소리가 들린다.

"어제 저녁 당신이 많은 사람 앞에서 내게 모욕을 줬어."

"당신 미쳤구나."

"난 미치지 않았어. 내가 미쳤다면 당장 그 자리에서 나갔을 거야."

"그렇다면 뭐가 문제야?"

"뭐가 문제냐고? 이상적인 여성의 타입에 대해 대화할 때 당신이 뭐라고 했는지 알아? 당신이 좋아하는 타입이 금발에 풍만하고 스포티한 영국 아가씨라고?"

"그게 어때서?"

"게다가 뭐? 샴페인 거품 같은 체모, 금색에 투명하고 숱이 많은 체모를 상상했다고? 그런데 당신이 내게 입버릇처럼 말했듯이 나는 수도승의 턱수염처럼 새까만 체모를 갖고 있다고!"

"그래서 그게 어쨌다는 거야?"

"내 감정이 상했다는 거야. 난 상처받았거든. 모든 사람들이 나를 쳐다보고 내가 당신의 이상형이 아님을 확인했단 말이야.

난 쥐구멍에라도 들어가고 싶은 심정이었어."

"그런 게 아니야. 그냥 재미로 했던 말이야. 모두가 재미있어 했어. 왜냐하면 당신은 금발도 아니고 풍만하지도 않기 때문이지."

"제발 부탁인데, 나 만지지 마. 당신 손이 내 몸에 닿는 순간 온몸에 소름이 돋거든."

 이런 앙탈을 부린 것은 내가 말하는 동안 이미 남편이 침대 가장자리에 걸터앉아 내 몸을 가리고 있던 시트를 엉덩이까지 내리고 거기를 만지려 했기 때문이다. 난 얼굴을 파묻고 한마디 덧붙인다.

"농담 아니거든."

 이렇게 말하면서 난 남편에게 가냘픈 구릿빛 팔을 보여 준다. 팔에는 고요하기 그지없는 잔잔한 호수에 돌풍이 일듯이 오싹함으로 인해 눈에 띄게 닭살이 돋는다. 그는 말이 없다. 시트를 아래로 더 내려 내 볼기가 드러나게 하고는 허리를 굽혀 거기에 입맞춤하려 한다. 나는 팔목에서 노예들의 수갑처럼 크고 묵직한 팔찌를 빼서 그의 얼굴을 향해 힘껏 던진다. 너무 세게 던져 그의 코뼈가 부러지는 듯한 느낌이 든다. 그는 고통으로 신음소리를 내며 소리를 지른다.

"뭐하는 짓이야, 못된 년!"

 이렇게 쏘아붙이며 내 오른쪽 어깨를 주먹으로 한 대 친다.

"보자보자 하니 이젠 상스런 욕에다 치기까지 해! 해볼 테면 더 해봐! 왜 지난번처럼 바지에서 가죽 벨트를 빼서 날 때리지 않는 거야? 당신이 알아듣도록 분명히 말해 둘게. 당신이 바지에서 가죽 벨트를 빼는 순간 난 이 집에서 나갈 거야. 더 이상 날 볼 생각은 아예 하지도 마."

 이 말을 이해하기 위해서는 부연 설명이 필요하다. '그날들'에 일어나는 소위 '개 같은 상황'의 마지막에 남편은 쉬지 않고 나불거리는 나를 벌하기 위해 가죽 벨트를 사용했다. 난 그를 자극하고 욕을 퍼붓고 그에게 상처와 모욕을 주는, 잔인하고 냉소적이며 경멸에 찬 말을 해 댄다. 그러면 그는 욕이나 말싸움을 줄이기 위해 바지에서 가죽 벨트를 빼내서 내게 달려든다. 커다란 손으로 목을 눌러 나를 움직이지 못하게 하고 얼굴을 바닥으로 향하게 한 다음 다른 손으로 혁대를 잡고 나를 때리는 것이다. 그는 정말로 화가 났음에도 불구하고 아주 체계적으로 이런 행동을 한다. 그의 채찍질은 한곳에 집중되지 않고 몸을 가로질러 여기저기 골고루 가해졌다. 그로 인해 엉덩이엔 진한 검붉은 벨트 자국이 얼룩말의 무늬처럼 새겨졌다. 그의 호흡 리듬에 맞춰진 일정하며 아주 느린 채찍질에 나는 반항하지 않고 그런 상황을 벗어나려 하지도 않는다. 마치 간호사가 주사를 놓을 때 움직이지 않는 것처럼 난 가만히 고개를 파묻고 참으며 주의를 기울인다. 내가 체험하는 매우 복합적인 느낌을 밖으로 드러낼 뿐이다. 카랑카랑하고 허스키한 평소의 내 목소리와는 전혀 다르고, 흐느끼는 울음소리와 거의 흡사하게 조용하며 애조를 띤 신음 소리를 낸다. 신음 소리를 내는 동안 나는 자신의 소리에 깜짝 놀란다. 그 신음 소리에서 내가 모르는 완전히 다른 나의 한 부분을 보기 때문이다. 난 신음 소리를 내며 엉덩이를 움직인다. 매질을 피하기 위해서가 아니라 벨트가 일정하게 내 몸을 내려치게 하기 위해서다. 마지막에 그는 숨을 거칠게 몰아쉬며 내 몸 위로 올라와서 벨트를 내 턱 밑에 감아 당긴다. 그런 다음 벨트를 베개 위에 놔두고는 손으로 살을 살며시 벌리고 내 안으로 들어온다. 나는 개처럼 벨트의 가죽을 입으로 꽉 물고 눈을 감은 다음 그가 내게 주는 새롭고 전혀 다른 느낌에 신음 소리를 낸다.

"대단한 발견이군! 가학피학성 변태 섹스라니! 모두가 알고 있는 흔해 빠진 얘기야."

이렇게 외치는 어떤 목소리가 들린다.

분명히 말하지만 그런 게 아니다. 나는 피학성 음란증 환자가 아니고, 내 남편은 가학성 음란증 환자가 아니야. 부부 관계를 맺는 5분 내지 10분 동안만 우리는 그렇게 변한다고 말하는 게 맞을 거야. 난 이점을 강조하고 싶어. '개 같은 상황' 때문에 우리는 그렇게 변한다고 말이야. 달리 말하면 나나 남편이 갈망하거나 예상한 적도 없는데 바나나 껍질 같은 것에 미끄러지는 일과 같은 거야. 술 취한 사람들이 서로 욕지거리를 해 대며 치고받고 싸우는 일이나 고의성이 없는 범죄들, 맑은 하늘에 천둥치듯, 행복한 순간에 우리에게 닥치는 폭력처럼 돌발적으로 일어나는 것이야. 이런 일이 있은 후 우리 부부는 부끄러워 고개를 못 들고 그에 대해 함구한다는 것 또한 사실이다. 마지막 관계에서도 그랬듯이 우리는 어떤 일이 있어도 다시는 그런 유혹에 빠지지 말자고 약속한다.

이를테면 내가 지금 남편이 나를 때리도록 유도하는 동안에도 내 영혼을 들여다보면 손톱만한 욕망의 흔적도 찾아볼 수 없어. 아냐, 난 맞는 걸 원하지 않아. 생각만으로도 난 식상하고 슬픔을 느껴. 하지만 유감스럽게도…… 또 반복된다.

"용기를 내요! 어서 벨트를 빼서 나를 쳐요, 어서!"

난 바지의 허리띠 고리들 사이로 보이는 벨트를 바라보고 있다. 내 말이 암시하는 대로 미리 알아차리고 분개해서 혐오감을 갖고 그걸 보고 있는 게 아니야. 그 반대야. 난 벨트를 근본적으로 나와 악연이 아닌 친근한 대상으로 바라보고 있는 거야.

하지만 이번에는 왜 그런지 알 수 없지만 아무 일도 일어나지 않고 있다. 아니야, 남편이 의자로 가서 바지를 집어 들잖아. 그런데 다른 때처럼 바지에서 벨트를 빼는 대신에 바지를 입고 있네. 난 그를 자극하려고 최대로 노력을 기울이고 있어. 다른 무엇보다 벨트가 그의 손안에 있다는 거야. 벨트를 채우는 대신 허리띠 고리에서 벨트를 빼내기만 하면 돼. 난 그에게 분개해서 말한다.

"자, 용기를 내 보시지! 뭘 기다리는 거야? 늘 하던 대로 어서 때려 봐요! 뭘 겁내는 거야? 어서 쳐 보라니까! 나 여기에 있잖아! 당신은 내 발가벗은 엉덩이를 당신 맘대로 요리할 수 있고, 난 당신의 잔인한 폭력을 받아들일 준비가 되어 있는데 뭘 망설이는 거야?"

미친 사람처럼 나 자신도 모르게 튀어 나오는 말들을 내뱉으며 매질을 당하기 위한 자세를 취한다. 허리까지 덮여 있던 시트를 다시 아래로 차 낸다. 남편은 나를 당혹스런 눈빛으로 바라보며 가만히 서 있다. 나는 다시 시작한다.

"사실대로 말해 봐! 겁나는 거지? 당신은 졸장부야. 이번에 내가 진짜로 당신을 버리고 이 집을 나갈까 두려운 거지? 당신, 잘 봤어, 정말 잘 봤다고. 나를 때리려는 시늉이라도 하는 순간이면, 분명히 시늉이라고 했어. 우리 사이는 영원히 끝나는 거야."

그는 갑자기 뭔가 중요한 것을 깨달았다고 생각하는 사람이 보여 주는 호기심에 찬, 놀란 눈빛으로 나를 뚫어져라 바라본다. 거칠게 어깨를 으쓱하더니 방을 뛰쳐나간다. 방문과 복도 문, 마지막에는 현관문이 연쇄적으로 쾅쾅 소리를 내며 닫히는 소리가 들린다.

나는 자리에서 일어나 용변을 보고 옷을 입는 것 말고는 할 일이 없다. 나의 상상은 굴욕감으로 처참하게 깨어졌으므로 난 지극히 일상적으로 움직이는 것 외에는 선택의 여지가 없다. 욕실에서 나와 화장을 하기 위해 거울 앞으로 가서 얼굴을 바라보며 난 깜짝 놀란다. 얼굴이 몹시 일그러져 있다. 동공은 커져 있고, 굶주림과 갈증으로 인해 짓는 지친 표정처럼 입이 한 자나 나와 있다. 움푹 들어간 두 볼은 핼쑥하고 뭔가를 갈망하는 듯하다. 탐욕스럽고 굶주린 여인의 얼굴이다. 무엇을 목말라하고 무엇을 갈구하지? 화장을 마치고 갑자기 자신에게 말한다.

"하는 수 없지. 엄마에게 가서 비토리오와 헤어지기로 결심했다고 전해야지."

친정엄마는 같은 건물 아래층에 산다. 결혼할 당시 내가 원해서 그렇게 했다. 난 결혼을 애정과 결부시켰다. 하지만 지금은 내게 박해를 가하고 잔혹하게 대하며 학대하는 사람들 속에 자신을 가두려는 본능적이며 운명적인 욕구에 집착하고 있음을 직감한다. 나의 엄마는 어떤 사람일까? 지금까지의 내 인생에서 나를 괴롭혔고, 부끄러운 일이지만 조금 전처럼 나 스스로 똑같은 괴롭힘을 유도하면서 그에 반항하게 만든 가해자들 중 한 사람이다. 그런 가해자들 중 엄마가 주축이었다는 점을 빼고는 엄마에 대해 할 말이 없다. 내 아파트에서 엄마의 아파트로 내려가는 동안 지구상에 사는 한 인간으로서 내가 갖고 있던 권리 중에 엄마가 나에게서 훔쳐 갔던 모든 것을 속으로 헤아려 본다. 맞아, 엄마는 비인간적이고 부적절한 행동으로 내게서 그 권리들을 훔쳤어. 난 순진하고 아무것도 모르는 유년 시절을 보낼 권리가 있었어. 하지만 엄마는 아버지와의 수치스런 성관계를 내가 목격하게 함으로써 나를 섹스에 눈뜨게 만들며 내게서 그런 권리를 훔쳤어. 난 평온하고 행복한 사춘기를 보낼 권리가 있었어. 하지만 엄마는 아버지와의 이혼을 유발시켰던 다양한 애정 행각에 나를 끌어들이면서 그런 권리를 내게서 훔쳤어. 나는 이해관계에 얽히지 않은, 빛나는 젊음에 대한 권리가 있었어. 하지만 엄마는 내게 이해관계에 얽힌 결혼을 시킴으로써 내게서 그걸 앗아 갔어. 오늘 아침 난 이런 결론을 내릴 수밖에 없다. 난 남편으로부터 벨트로 채찍질을 당할 권리가 있어. 하지만 남편은 바지를 입고 가죽 벨트를 고리에 채운 다음 나가 버렸어. 자식으로서 받은 욕구불만과 아내로서 받은 욕구불만 사이에는 어떤 인과관계가 있음을 느낀다. 굴욕적이고 추한 인과관계야. 한때 나도 인생에서 아름답고 선하고 정당한 것을 기대했던 적이 있었어. 하지만 엄마 때문에 내가 추구했던 것을 손에 넣지 못했어. 오늘 아침 내가 매를 맞았다면 난 만족했을 거야. 하지만 이런 것조차 성취하지 못했어. 한마디로 내 인생은 깊은 나락으로 떨어지게 되었어. 어떻게 이렇게 바닥까지 떨어질 수 있지? 엄마를 제외하고 누가 이 문제에 직접적인 책임이 있지?

난 초인종을 누르고 아랫입술을 깨물며 초조하게 기다린다. 늘 그렇듯이 내가 아랫입술을 깨문다는 것은 불안하다는 증거다. 문이 열리자 두터운 목욕 가운을 걸치고 머리를 수건으로 말아 올린 엄마가 얼굴을 내밀며 요란을 떤다.

"너였구나. 네가 오길 기다렸다."

아무 말 없이 엄마를 바라보고 안으로 들어간다. 엄마의 얼굴은 내게 늘 같은 느낌을 준다. 달리 말하면 항상 같은 생각을 하게 만들어. '엄마는 언제나 늙기 시작할 거야? 정말로 늙는 것 말이야. 얼굴에 주름이 생기고, 치아는 누렇게 변하며 흔들리고, 눈에서는 눈물이 나고, 머리채는 헝클어지게 되는 것 말이야.' 하지만 엄마는 늙지 않았어. 어떤 노하우가 있는지는 모르지만 엄마에게는 세월도 비켜 가고 있어. 지금 쉰 살인데도 불구하고 서른 살 때와 같은 팽팽하고 윤기가 흐르며 앳된 얼굴을 하고 있어. 역겨운 느낌을 주는 우아한 달걀형 얼굴은 스위스에서 많은 비용을 들여 뜯어고친 거야. 하지만 난 엄마를 볼 때마다 항상 같은 느낌을 갖는다. '엄마의 외모가 변하지 않은 것은 엄마의 성격 때문이라는 생각이 들어. 그래, 엄마는 조용하고 자신감이 넘치며 신경이 둔해서 지금까지 이렇게 젊은 거야. 엄마가 조용하고 자신감이 있고 신경이 둔한 이유는, 출발은 이렇지, 말하자면 중산층들이 위선적으로 행동하며 도덕적으로 정직하게 보이려는 태도가 도덕을 완성하는 데 걸림돌이 된다는 확신을 갖고 있어. 난 스물아홉인데도 자신은 물론 모든 것에 대해 의심을 갖고 있기에 얼굴에 깊은 주름이 있다는 것이 지극히 부당하다고 생각한다. 반면 엄마는 반대의 이유로, 달리 말하면 어떤 것도 의심하지 않는 바보 같은 사람이어서 팽팽하고 인형처럼 싫증나는 얼굴을 갖고 있어.' 이런 생각들을 떠올리자 자명종에 태엽을 감듯이 분노가 차오름을 느낀다. 엄마를 따라서 50년대식 응접실에 들어선다. 이 응접실에 대해서도 엄마의 가짜 젊음 앞에서 느끼는 것과 마찬가지로 늘 같은 생각을 할 수밖에 없어. 겉보기에만 앤티크로 보이는 이 모든 가구들, 많은 원래의 부품과 새로운 부품들을 접합해서 만들어진, 엄마가 젊은 시절에 명품 골동품 도둑들에게서 구입한 것들이야. 그게 가능한 얘기야? 경대, 보석함들, 작은 의자들, 식탁들과 등받이 없는 의자들은 가짜 스페인산, 프로벤자산, 토스카나산 등등으로 아직도 완벽하게 수선되지 않은 채 응접실에 있다. 그런 가구들은 진품 여부와 견고성에 대해 문외한인 방문객들의 눈을 속이지. 난 엄마에게 냉랭한 목소리로 묻는다.

"내가 필요하다고요? 뭐하는데?"

엄마는 목욕 가운 밖으로 다리를 내밀어 맨발을 내게 보여 주며 여주인이 하녀를 대하듯 자연스레 말한다.

"내가 발 관리사에 갈 시간이 없구나. 너도 잘할 줄 알지? 저 아래 엄지발가락 위의 작은 티눈 좀 제거해 주려무나. 계속해서 생겨나는데 왜 그런지 모르겠다."

"발 관리사에게 가요. 난 오늘 그럴 기분 아냐. 그리고 분명히 해 두고 싶은 말이 있는데, 엄마 발에 있는 티눈은 구역질 나!"

난 화가 머리끝까지 치민다. 엄마는 내가 기대했던 대로 잠시도 머뭇거리지 않고 바로 역공을 취한다. 모든 걸 자신과의 관계에서만 생각하는 순수한 이기주의자의 태도로 말이다. 순간적으로 목욕 가운을 채우고 놀란 듯이 내게 묻는다.

"그렇다면 뭣 때문에 왔니?"

"엄마 티눈이나 빼 주려고 온 건 분명 아니야."

엄마는 응접실 가운데에 있는 테이블 위의 항아리에 꽂혀 있는 한 아름의 꽃을 돌보는 척한다. 꽃부리를 가지런히 하고 마른 꽃들을 빼낸다. 한숨을 지으며 말한다.

"예의라곤 눈을 씻고 봐도 없구나. 버르장머리 없는 것 같으니라고. 널 견뎌 낼 수가 없어."

난 순간 생각지도 않았던 결정을 즉흥적으로 내리며 통보한다.

"엄마에게 비토리오하고 헤어진다는 걸 알리려고 왔어."

"넌 늘 말로만 헤어진다고 하더라."

엄마는 냉담하게 말한다.

"이번엔 진짜야. 그이는 날 사랑하지 않아. 우리의 결혼은 실패작이었어."

"너희들 애를 가져야만 해. 내가 할머니가 되는 게 끔찍하긴 하지만 이 방법밖에 없을 듯하다."

"애 가질 생각 없어. 애는 낳아서 뭐하려고?"

"도대체 네가 원하는 게 뭐니?"

난 꽃을 다듬으려고 그것을 항아리에서 꺼내는 엄마의 손을 바라본다. 덩치 큰 여인에게서 볼 수 있는 큼직한 손이다. 손은 목련꽃처럼 어두운 흰색이며 살이 통통하고 매끄럽다. 기다란 손가락엔 달걀형의 큰 손톱이 달려 있다. 두 손은 게으름을 피우며 마지못해 천천히 움직인다. 그 손이 어떤 손인지 난 너무 잘 알고 있다. 특히 그 손이 얼마나 무자비하고 체계적으로 잔인하게 변할 수 있는지 기억한다. 나와의 언쟁이 길어지다 보면 어느 순간 엄마는 내게 귀싸대기를 올렸다. 나의 유년 시절에 있었던 일이다. 하지만 소위 '개 같은 상황', 다시 말해 엄마의 폭력을 유발시켰던, 내가 원하지도 않고 내가 만들어 낸 것도 아닌 운명적이고 암울한 사건의 형태를 분석해 보면 현재 남편이 나를 가죽 벨트로 매질하게 하는 형태와 동일한 것이다. 엄마는 독특하리만큼 미련하게 성질을 돋우는 방법으로 나를 꾸짖곤 했다. 나는 조목조목 따지며 엄마에게 대들었다. 그러면 엄마는 또 내가 그런 식으로 대들도록 나를 꾸짖는다. 나는 수위를 더 높여 강력하게 대항한다. 이렇게 하면 몇 마디 오고가지 않아 내가 바로 '개 같은 상황'이라 부르는 순간이 닥치곤 했다. 그것을 개 같은 상황이라고 부르는 이유는 구타의 순간이 오는 것을 내가 절대적으로 원하지 않았고, 동시에 그 순간에 도달하기 위해 모든 것을 하고 있었다는 것을 느끼고 있었기 때문이다. 실제 엄마는 어느 순간 내게 맹렬하게 달려들어 손으로 귀싸대기를 올렸다. 어떤 때는 엄마가 나를 후려치려고 하면 정확하고도 잔인한 커다란 손의 위협으로부터 도망치기도 했다. 온 집 안 여기저기로 달아나다가 마지막에는 가구가 있는 방으로 피신했다. 이 방은 사방이 가구로 차 있는 방으로, 보통 가정부 베로니카가 커다란 테이블 앞에 서서 다림질을 하는 곳이었다. 나는 재빨리 이 방으로 뛰어 들어가 베로니카의 팔 사이로 몸을 던졌다. 엄마는 내게 다가오자마자 조용히 그리고 정확하게 나를 후려치기 시작했다. 한 대 맞은 나는 괴성을 질렀다. 오늘날 남편이 가죽으로 내려칠 때 내는 개의 끙끙거리는 소리와 같은 소리였다. 그 신음 소리들이 마치 나 자신의 숨겨진 부분을 파헤치는 것 같아 난 경악한다. 마지막에는 엄마가 나를 손바닥으로 칠 때 터져 나오는, 돼지 목을 딸 때 내는 날카로운 비명과 흡사한 소리에 나는 놀라곤 했다. 내가 이런 식으로 소리를 지르는 게 가능한 걸까?

난 베로니카에게 딱 달라붙어 소리치곤 했다. 하지만 엄마는 전혀 동요하지 않고 계속해서 규칙적으로 매질을 했다. 심지어 귀싸대기를 정확하게 올리기 위해 내 턱을 잡아 머리를 돌리기까지 했다. 내가 정신을 차려 어떻게든 엄마를 밀치고 도망갈 기회를 가질 만큼 엄마의 매질은 오래 지속되었다. 하지만 분명한 것은 내가 결코 그런 행동을 하지 않고 그저 소리를 지르는 데 그쳤다는 것이다. 엄마는 숨을 헐떡거릴 때까지 자신만만하게 매질을 하고 나서야 그곳에서 나가곤 했다. 엄마는 나가며 이런 말을 내뱉곤 했다.

"이건 다음 기회를 위한 수업이야."

애매모호한 말이었다. '다음 기회'가 있을 것이라고 약속이라도 하는 듯 보였다. 내 옆에 있는 베로니카는 냉정하고 까다롭기까지 했다. 그녀는 날 보호하기 위해 손가락 하나 까딱하지 않았다. 난 그런 그녀의 팔을 붙잡고 딸꾹질을 하며 말했다.

"엄마를 증오해, 증오한다고. 난 이 집에 더 이상 있기 싫어. 단 일 분이라도 싫어."

난 지금 그 손을 보며 엄마는 그때처럼 나를 잘 때릴 수 있을 거라고 자신에게 말한다. 엄마와 나 사이에 '개 같은 상황'의 분위기만 만들어지면 될 거야. 난 이런 생각을 바탕으로 무뚝뚝하게 엄마를 향해 말한다.

"원하는 거 없어. 내가 원하는 건 엄마가 내게서 훔쳐 간 것을 다시 돌려주길 바랄 뿐이야."

"훔치다니? 무슨 말을 하는 거니?"

"맞아, 훔쳤어. 어쩌면 훔친 건 아닌지도 몰라. 하지만 한 인간이 갖고 있는 행복에 대한 권리를 편취한 것 아냐?"

"네가 말하는 인간이 누구냐?"

"나지 누구야. 난 행복한 유년 시절을 가질 권리가 있었어. 하지만 아버지와의 추잡한 섹스 장면들을 내게 보여 주면서 엄마가 그걸 가로막았어."

"네 아버지도 책임이 있지. 내 말이 틀리니?"

사실은 이와 다르다는 것을 난 분명히 알고 있다. 내가 스스로 저지른 일이었다. 어렸을 적 저항할 수 없는 어떤 호기심에 이끌려 엄마와 아버지가 섹스를 하는 모습을 훔쳐보았던 것이다. 엄마와 아버지는 자신들의 섹스 장면을 누군가 훔쳐본다는 것에 신경을 쓰지 않았다. 난 계속해서 말을 만들어 낸다. 내 목적은 진실을 말하는 게 아니라 '개 같은 상황'을 촉발시키려는 것이기 때문이다.

"맞아, 난 엄마가 아버지에게 손으로 해 주는 걸 봤고…… 엄마와 아버지가 별 추잡한 모습으로 섹스를 하는 것도 봤단 말이야."

"다 끝난 거니?"

엄마는 동요하지 않는다. 꽃 항아리에서 마른 꽃을 빼내며 말한다.

"아직 안 끝났어. 관음증 환자의 유년 시절을 거쳐 엄마는 내게 뚜쟁이의 사춘기를 갖게 했어. 나를 엄마의 애정 행각에 끌어들였어. 엄마의 질투에 놀란 애인과 화해하기 위해 나를 이용했어. 엄마는 심지어 아무 생각 없이 엄마의 애인에게 교태까지 부릴 것을 제안하기도 했지. 엄마와 딸이 나서서 이렇게 고혹적으로 유혹을 하는데 안 넘어갈 남자가 있겠어?"

이 말도 사실이 아니다. 사실은 딱 한 번 엄마와 그녀의 애인

중 한 명 사이에서 중재 역할을 한 적이 있었다. 이유는 그 남자가 좋았고, 욕망이 이글거리는 소녀인 내가 반쯤은 제정신이고 반쯤은 정신이 나간 상태에서 엄마를 그 남자로부터 떼어 내려는 환상을 갖고 있었다. 그 남자는 내 장난에 응하지 않았다. 약간의 의견 충돌이 있은 후 독특하고 굴욕적인 방법으로 나를 내쳤다. 이 사실에 대해 나는 엄마를 용서할 수 없었다. 이 악의의 거짓말이 분노를 불러일으키는지 보기 위해 엄마를 몰래 살펴본다. 엄마는 아무 반응이 없다. 사려 깊은 참을성을 보여 주기라도 하는 목소리로 묻는다.

"다 끝났니?"

"아직 안 끝났어. 계속할 거야. 엄마는 내 젊은 시절의 행복 또한 훔쳤어. 엄마가 비토리오에게 날 팔았잖아. 일종의 가족 간 인신매매야. 날 팔아넘긴 대가가 이 아파트. 우리의 결혼식이 있은 직후 비토리오가 거래를 매듭지으려고 엄마에게 이 아파트를 선물한 거 아냐?"

이 말도 사실이 아닐 뿐만 아니라 실제와는 정 반대이다. 이미 말했듯이 남편이 엄마에게 선물을 하도록 요구한 것은 바로 나였기 때문이다. 난 엄마를 같은 아파트에 두어 항상 내 맘대로 할 수 있길 원했다. 나는 엄마의 얼굴을 살피며 한때 나를 벌주기 위해 손이 부들부들 떨렸던 것처럼 어떤 동요의 징조가 나타나길 기대한다. 하지만 여전히 반응이 없다. 가학하는 사람의 직관력을 통해 사실은 내가 엄마를 자극하려 한다는 것을 간파하고 나를 만족시키길 거부하는 거야! 엄마는 조금도 흐트러지지 않고 말한다.

"이제 여기서 나가 주겠니? 난 할 일이 있거든. 네 마음이 가라앉을 때까지 나타나지 말거라."

이 집을 나가야지. 현관문을 여는 순간 엄마에게 소리치고 싶은 충동이 일어난다.

"결코 그럴 일 없을 거야!"

욕구불만으로 감정이 날카로워진 나는 층계참에 잠시 멈춰 섰다. 온몸이 부들부들 떨린다. 눈물이 앞을 가린다. 눈물로 앞이 뿌연 가운데 하나의 장면이 떠오른다. 그것은 이미 짧지만 고뇌에 찬 내 인생에서 익숙해진 일이 되었다. 물보라가 하얗게 퍼져 왕관을 쓴 것 같은 높고 푸른 파도가 떠오른다. 반짝반짝 빛나는 유리 같은 그 파도가 내 머리 위를 위협하듯 휘감는다.

이 장면은 내가 너무 놀라서 만들어 낸 상상이 아니다. 오래전 내가 실제로 치르체오 앞바다에 있을 때 난 그 파도를 보았다. 어느 날, 아버지와 나는 아무 생각 없이 수영을 하러 나갔다. 우리는 곶의 북쪽 해변에서 출발했다. 곶을 두 바퀴 돌았을 때 바다가 점점 거세지며 성을 내기 시작했다. 그러다가 도무지 이해가 안 가는 일이지만, 우린 순식간에 파도의 소용돌이에 휩싸였다. 언뜻 보니 파도는 무질서하고 일정한 방향 없이 서로 교차하고 부딪치며 부서졌다. 아버지는 자신을 따라오라고 내게 소리치고 미친 듯이 춤추는 파도를 뚫고 곶의 해안을 향해 헤엄쳐 가기 시작했다. 바로 그 순간, 아버지에게 가까이 가려고 안간힘을 쓰며 미친 듯이 소용돌이치는 광란의 바다로부터 벗어나기 바로 전에 형용할 수 없이 두텁고 상당히 큰 파도가 보였다. 그 파도는 오로지 나만 위협하며 틀림없이 나를 덮치고 나를 삼키려는 듯했다. 나는 소리쳤다. "아빠!" 잠시 후 둥글게 말린 파도는 바다에 홀로 떨어진 나를 향해 다가오는데 파도 주변의 바다는 대조적으로 고요해 보였다.

난 다시 절규하는 목소리로 소리를 질렀다. "아빠!" 그 순간 파도는 나를 삼켰다. 아버지는 멀리 있지 않았다. 파도가 우리를 삼키기 전에 내 가까이 물위로 아버지가 보였다. 난 세 번째로 아버지를 부르며 아버지의 목을 팔로 끌어안았다. 닌 아버지에게 찰싹 달라붙었다.

파도는 우리를 강타하며 무너져 내렸다. 우린 어둠 속에서 사투를 벌이다 물에 잠겼다. 아버지는 해변을 향해 헤엄쳐 나가려 했고, 나는 아버지 목에 더욱 세게 매달렸다. 그러자 아버지는 다시 뒤로 자빠졌고, 나를 뿌리치려는 시도를 했다. 하지만 난 아버지의 목을 놓지 않고 매달렸다. 내가 마지막으로 본 것은, 아버지가 목에서 내 팔을 떼어 내려고 안간힘을 쓰다가 여의치 않자 아랫입술을 이로 꽉 깨물고 잘 겨냥한 다음 있는 힘을 다해 내 얼굴을 주먹으로 무자비하게 친 것이다. 나는 기절했다. 아버지는 내게서 자유로워진 다음 내 머리채를 잡고 해변까지 나를 끌고 갔을 것이다. 내가 깨어났을 때 아버지는 내 위에 웅크리고 앉아 자신의 입을 내 입에 대고 인공호흡을 하고 있었다.

그 당시 알게 되었던 높은 파도는 이 혼돈스런 인생에서 나를 위협하는 모든 것의 상징이 되었다. 아버지의 주먹은 비록 폭력적이었지만, 나를 구원하길 원하고 그렇게 할 수 있는 모든 것의 상징이 되었다. 지금 파도가 나를 덮치고 있다. 난 즉시 아버지에게 가기로 결정한다. 아버지는 오래전의 그 위험으로부터 나를 구할 수 있는 유일한 사람이다.

나의 아버지는 조각가이다. 사니콜로 언덕 아래에 돌보지 않아 풀이 무성한 한 정원 구석의 낡은 작업장에서 살고 있다. 대문 밖에 차를 세우고 고색창연한 초인종을 누른다. 이삼 분이 지나자 철문이 삐걱거리는 소리를 내며 열린다. 나는 자니콜로 언덕 아래 한편에 있는 작업장을 향한다. 잡초들이 무성한 화단 사이로 난 길을 통해 서둘러 걷는다. '아버지에게 가는 목적이 뭐지?' 높이 자란 6월의 화초 사이 여기저기서 불쑥불쑥 나타나는, 아버지의 무기력한 창조성을 잘 보여 주는 조각품들을 보며 자문한다. 이 조각품들은 핑크색, 회색, 하늘색을 띠는 거대한 통돌 덩어리들이다. 파스카의 섬들이나 콜럼버스 이전의 멕시코 같은 형상들이 거칠게 조각되어 있다. 괴물이나 인간의 두상들을 암시하지만 어쨌든 흉물스럽다. 실제로 이 조각품들은 대충 살펴보니 거대한 문진이나 재떨이 같은 것에 지나지 않는다는 느낌이다. 또한 조각품들이 거대하다고 해서 원래 돌이 가지고 있던 특성인 무용성을 바꾸지는 못했다. '어쨌든 이런 문진들이나 만드는 조각가에게 가서 뭘 한담?' 스스로 해답을 얻는다. 아버지에게 나를 다시 한 번 때려 달라고 말해야지. 얼굴 한가운데에 나를 구했던 그 주먹을 요구해야지.

눈을 뜨자 아버지가 작업장 현관에 나와 있다. 아버지는 키가 큰데다 허약하고 뭔가 불안정해 보인다. 잿빛 셔츠에 코르덴 바지를 입고 있다. 난 아버지를 올려다보며 새삼스럽지 않은 생각을 해 본다. 다시 말해 내가 아득한 향수를 느끼고 있는 그 주먹을 아버지는 내게 뻗지 않을 것이고, 나는 나를 위협하는 저 파도에 휩쓸리지 않기 위해 나 자신만을 믿어야 한다는 생각이다. 그 이유는 2년 전부터 아버지는 얼굴에 마비 증세가 있어 괴상한 모습을 하고 있기 때문이다. 마치 힘 있는 두 손가락으로 왼쪽 볼을 잡고 힘껏 잡아 늘려 눈이 영원히 찌그러지게 만든 것 같은 모습이다. 뭔가를 잘못 이해해서 바보 같은 표정으로 눈을 찡그린 모습이다.

아버지는 나를 포옹하고 뭔가 분명치 않은 신음 소리를 내며 작업장 안으로 앞장 선다. 항상 즐비한 돌덩어리들 중 이제 겨우 초벌 작업을 끝낸 돌덩어리 하나가 중앙에 자리하고 있다. 이미 작업을 끝낸 다른 돌덩어리들은 벽 쪽에 있다. 나는 예의 상 조각품들 주위를 돌며 그것들에 관심이 있는 척한다. 한마디로 존경과 이해를 표시하는 방문객들의 형식적인 예의에 지나지 않는다. 하지만 한편으로 불안함이 무겁게 다가온다. 나는 갑자기 목을 죄는 목소리로 아버지에게 한마디 던진다.

"비토리오와의 이혼 문제를 말씀드리러 왔어요."

이 말은 도대체 무슨 소리인지 분간이 안 가게 끙끙거리는 아버지와 목을 쥐어짜듯 탄식하는 어조로 말하는 나 사이를 파고 들었다.

"이유가 뭐니?"

"나를 구타해요."

"어떻게 너를 구타하는데?"

"옷을 벗겨 머리를 숙이게 하고 바지의 혁대로 매질을 해요."

"그 이유 때문에 이혼하려는 게냐?"

갑자기 내 머리 위를 휘감으며 다가오는 거대하고 시커먼 파도가 떠오른다. 그리고 주먹을 날리기 위해 이 사이로 아랫입술을 깨무는 아버지가 떠오른다. 난 아버지의 국부 신경마비를 잊고 외친다.

"사실은 아빠와 함께 이곳에서 살고 싶어서 그와 헤어지려 해요."

아버지는 겉으로 보기에도 놀란 표정이 역력하다. 아버지는 너듬거리는 밀투로 작업장에는 자리가 없고, 아버지에겐 인생의 동반자인 한 여인이 있다고 말한다(아버지의 가정부라는 것을 난 알고 있다). 또한 내가 남편과 화해를 해야만 한다는 등등의 얘기를 한다. 난 아버지의 말에 아랑곳하지 않고 오래전에 바다에서 했던 것처럼 순간적으로 아버지 목에 팔을 감고 매달려 외친다.

"아빠, 15년 전 치르체오의 일을 기억해요? 내가 물에 빠져 허우적거릴 때 아빠가 나를 구해 줬잖아. 내가 지금처럼 아빠 목을 두 팔로 감아 매달렸고, 아빠는 나와 함께 물속으로 가라앉지 않기 위해 내 얼굴에 주먹을 날렸던 것 기억나요? 아빠! 아빠! 많은 사람들이 날 굴복시키고 모욕을 주려 하는데 나를 진심으로 생각하는 사람은 오직 아빠뿐이야. 난 아빠가 내게 날린 그 주먹을 사랑하는 마음으로 받은 유일한 모욕으로 기억하고 있어요."
 난 아버지에게 미친 듯이 밀착한다. 아버지는 깜짝 놀라 뒤로 물러서며 신음하듯 말한다.
 "누가 너를 모욕하는 게야?"
 "엄마와 남편 그리고 모두가 그래요."
 "모두가 그렇다고?"
 "엄마는 조금 전에 내 귀싸대기를 때렸어요. 난 엄마에게 모든 것을 털어놓으려 했는데 그 대가가 바로 이런 거예요."
 아버지는 눈을 부릅뜨고 양손으로 내 팔목을 잡아 나를 자신에게서 떼어 놓지만 나에게 주먹을 날리지는 않는다. 그리고 중얼거린다.
 "엄마는 널 사랑해."
 난 아버지에게 소리를 지른다.
 "아빠, 내 뺨에서 엄마의 끔찍한 손자국이 안 보여요? 게다가 내 남편은 가죽 벨트로 나에게 매질을 했단 말이에요. 안 믿겨요? 그렇다면 여기를 봐요."
 나 자신도 모르게 노출증 환자의 광기에 사로잡힌 것인지, 작업장 한가운데에 있는 돌덩어리에 몸을 기대고 머리를 앞으로 숙인 다음 치마를 엉덩이 위로 걷어올렸다. 나의 엉덩이는 남자처럼 생겼다. 좁고 근육질이다. 엉덩이에는 격정적인 느낌을 주는 두 개의 홈이 패여 있다, 그 중 하나는 양쪽 볼기 사이에 패인 홈이다. 난 외친다.
 "여기 좀 봐요, 내 남편이 날 어떻게 취급하는지."

무슨 일이 있었났을까? 상황을 묘사하면 이렇다. 내가 슬립을 아래로 내리려고 하는 동안 무거운 침묵이 흘렀다. 그리고 아버지는 내 손을 잡아 슬립에서 떼어 놓은 다음 치마를 아래로 내렸다. 돌아서 보니 아버지는 내 앞에 있다. 아버지는 머리를 설레설레 흔들며 우물거린다.

"이런 짓 하면 안 돼."

나는 격정적으로 아버지에게 달려들어 아버지의 손을 잡고 입을 맞추며 말한다.

"아빠만이 나를 구해 줄 수 있어."

아버지는 내 손을 뿌리치고 나를 바라보다가 찾아갔을 때부터 줄곧 생각하고 있던 것을 힘들게 말한다.

"너, 미쳤구나."

"나, 안 미쳤어요. 변한 건 아빠라고요. 아빠는 멋진 남자였어. 하지만 지금은 얼굴 전체가 일그러진 흉물로 변했어. 아빠는 딸에게 주먹을 날릴 수 있는 능력을 가진 남자였어. 그런데 지금은 그 딸의 엉덩이 보는 것을 두려워하다니!"

이번에 아버지는 화를 낸다. 아버지의 안면 신경마비에 대한 암시가 아버지를 자극했다. 이상한 일이지만 아버지는 분노로 인해 안면 신경마비의 장애를 넘어서며 매우 분명하게 말한다.

"넌 네 남편 때문에 제정신이 아니다. 여기서 나가는 게 좋겠다."

난 고함을 지른다.

"아빠는 비겁해. 어서 내게 주먹을 날려 봐요. 그 손으로 이런 보잘것없는 돌덩어리 문진들 따위 말고 다른 것도 할 수 있는지 보여 줘요."

이건 정말 아니야. 아버지는 큼직한 손을 펴서 천천히 들어 올린다. 마치 내게 손의 크기를 가늠하게 하려는 듯. 그런 다음 고심한 흔적이 묻어나는 목소리로 내게 말한다.

"여기서 나가거라. 내게 원하는 게 뭐니? 뭣 때문에 귀싸대기에 그리 집착하는 거니? 미안하지만 난 여자를 때리지 못한다."

이 말을 듣자 난 나갈 수밖에 선택의 여지가 없다. 정확히 말하면 남편과 엄마에게서 일어났던 것과 너무나 똑같은 일이 벌어졌다. 난 아버지의 작업장을 나간다. 아버지는 나를 문 앞까지도 배웅하지 않는다. 이미 손에는 조각하기 위한 도구가 들려 있다. 멀리서 도구를 든 손으로 작별 인사의 제스처를 보낸다. 내 생각에 아버지는 실제로 나에 대해 아무 관심이 없고, 내가 이곳에서 나간 뒤에는 내가 퍼부었던 욕들을 용서할 것이다.

나는 다시 한 번 쫓겨나고 좌절감을 맛본다. 난 아무 생각 없이 풀들이 무성하게 자란 화단 사이로 난 오솔길을 되돌아간다. 화단에는 아버지의 통돌들이 모습을 드러낸다. 길로 나와 자동차에 오른 다음 시동을 건다. 기어를 후진에다 놓는다. 그런데 불안한 마음에 기어를 잘못 조작해 자동차가 앞으로 튀어나가 정면에 있는 가로등을 들이받았다. 왜 하필이면 거기에 가로등이 있어? 1미터만 저쪽에 있었어도 이런 일이 안 생길 텐데. 차를 세우고 문을 열어 차에서 내린다. 차를 살펴본다. 보닛은 쑥 들어갔고 라이트 한쪽이 깨졌다. 범퍼는 찌그러졌다. 하지만 평소 같았으면 이 정도 상황에서 무기력하고 천박한 분노가 치밀었을 텐데 아무렇지도 않다. 이 돌발 사건으로 내게 한 가지 생각이 떠올랐다. 말하자면 실용적인 아이디어다. 지아친토를 찾아보러 가는 것이다.

지아친토는 5년간의 결혼 생활 중 내가 남편을 배신하게 한 유일한 남자이다. 그와 함께 내가 남편을 배신했다고 말하지만 그건 사실이 아니다. 실제로 지아친토는 그 일을 '중요하게 생각하지 않기' 때문이다.

가끔 나는 자신에게 묻는다. '배신한다는 것이 무슨 의미일까? 이러한 경우들에도 해당될까? 지아친토는 내 안에 단 한 번 들어왔다 나갔을 뿐이다. 어쩌면 이것도 배신일까?'

사정은 이렇다. 어느 날, 나는 오늘과 같은 사고를 당했다. 후진 기어를 넣는다는 것이 3단 기어를 넣고 말았다. 오늘처럼 보닛이 찌그러졌지만 나머지는 이상이 없었다. 그 자동차는 내 생애에 처음으로 구입한 차라서 아는 엔지니어가 없었다. 나는 갑자기 집에서 멀지 않은 곳에 있는 카센터를 생각해 냈다. 이 카센터는 내가 매일 지나다니는 좁은 길에 있었다. 이 카센터 앞, 길 왼편에는 항상 수리 중인 자동차가 있었고, 바닥에 누워 작업하는 엔지니어의 몸은 반은 자동차 밑에, 나머지 반은 밖으로 삐져나와 있었다. 그 엔지니어가 바로 지아친토였다. 나는 그의 얼굴을 보기 전에 먼저 그의 성기 부분을 관찰했다. 그가 늘 다리를 벌리고 누워서 일하는 관계로 그의 성기 부분은 멀리서도 눈에 보일 정도로 불쑥 튀어나와 있었다. 그 이후 얼굴을 보게 되었는데, 그는 잘생긴 중년 남자로 고대 로마인의 얼굴 모습을 하고 있었다. 그는 날씬하고 엄숙하게 생겼으며, 코는 매부리코였고, 입은 엄숙한 느낌을 주었다. 분명히 말하지만 내가 처음으로 사고를 당한 날 지아친토와 사랑을 나누게 될 줄은 꿈에도 생각하지 않았다. 나는 그저 정신이 없었을 뿐이다. 그 자동차는 내가 처음으로 구입한 자동차였는데 이미 찌그러진 상태인데다 수중에는 돈이 한 푼도 없었기 때문이다. 나는 그 좁은 골목길로 직행했다. 때는 5월이었다. 날씨는 화창했고 더웠다. 그는 바닥에 누워서 다른 차를 고치고 있었는데 그날도 몸의 반은 자동차 밑에, 나머지는 밖으로 삐져나와 있었다. 영감이라 부르는 어떤 것이 내 머릿속을 스쳤는지는 모르겠지만, 나는 허리를 숙이고 아무 말 없이 청바지 위로 그의 불룩 튀어나온 부분을 툭 건드렸다. 그러자 그는 얼른 알아차렸고, 나는 그를 불렀다.

"저기요, 이 차 좀 봐주시겠어요?"

나는 너무 가볍게 그의 거기를 쳐서 그가 자동차 밖으로 나와서 푸른 눈을 부릅뜨고 잠시 동안 나를 뚫어지게 쳐다보았을 때 그가 눈치채지 못했을까 봐 나는 거의 실망할 정도였고, 내가 미안한 생각을 갖고 있는지 아니면 이 일을 즐기는 건지도 알 수 없었다. 그는 내 자동차를 보고 나서 거칠고 냉랭한 목소리로 수리하는 데 드는 비용이 얼마인지 즉시 알려주었다. 내가 걱정했던 것보다 훨씬 많은 금액이었다. 나는 갑자기 구두쇠로 돌변하여 아무 생각 없이 그에게 말했다.

"제 생각엔 비싸요. 아주 많이 비싸거든요. 다른 방법으로 지불할 순 없나요?"

그는 마치 내가 교환할 물건이라도 되는 듯이 나와 자동차를 번갈아 바라보고 장인의 진실함이 묻어나는 톤으로 말했다.

"다른 방법이 있긴 합니다만, 이해하시겠죠?"

그리고 잠시 생각하더니 말했다.

"위로 올라오세요. 모터에 이상이 없는지 자동차를 테스트 해 봅시다."

그가 차를 운전하고 나는 놀라서 아무 소리 없이 그의 옆에 앉아서 테베레 강 옆으로 난 대로로 나갔다. 그는 갑자기 어느 오솔길로 차를 돌렸다. 오솔길을 달리며 그는 말했다.

"이번 한 번뿐이에요. 난 결혼했거든요. 내 아내를 사랑해요."

나는 적극적으로 말했다.

"동의해요, 단지 이번만이라는 것에. 정말로 돈이 없거든요."

무엇이 나를 그렇게 인색하게 만들었는지 알 수 없다.

그로부터 3년이 흘렀다. 나는 이미 자동차를 두 번이나 바꿨고, 수리를 위해 항상 그에게 간다. 그가 내게 돈을 받지 않기 때문이다. 내가 핸드백에 손을 넣기라도 하면 그는 변함없이 말한다.

"우리 카센터가 드리는 선물입니다."

그만의 방법으로, 그가 내 몸 안에 있었던 그 10분이 그에게는 아주 중요한 사건이라는 것을 내게 말하는 것이다. 매번 내 차를 공짜로 고쳐 줄 정도로 그에게는 중요한 사건인 것이다.

섹스에 대해서는 약속한 대로 더 이상 말하지 않았다.

나는 지금 내 인생의 이러한 암초에서 나를 도와줄 수 있는 유일한 사람인 그에게 가고 있다. 이번에는 돈을 절약하기 위해서가 아니다. 그가 내 몸을 거쳐 간 그날, 내가 왜 그에게 질문을 했는지 모르기 때문에 가는 것이다. 우리가 섹스를 한 후, 섹스하기 전 그가 결혼했다는 사실을 내게 미리 말했으므로 나는 그에게 물었다.

"만약 내가 오늘 남편을 배신한 것처럼 당신이 사랑하는 아내가 당신을 배신한 사실을 알게 된다면 어떡하시겠어요?"

"그런 일은 생각조차 하고 싶지 않아요."

"만약 사실일 경우 어떡하시겠어요?"

"아내를 죽일지도 모릅니다."

'아내를 죽인다고?' 바로 그거야. 얘기를 꾸미는 거야. 짖는 개는 물지 않는다. 지금 이 개가 정말로 문다고 하더라도 난 편안함을 느낄 거야. 어쩌면 지아친토는 노동자이고 무산자이며 인민의 한 사람이라서 그런지 몰라도 잔인하고 기쁨을 주는 저 동사가 이상하게 머릿속을 맴돌고 있다. '처형하다' 이 말은 테러리스트들이 가끔 자신들의 운전대에서 실제 행동으로 보여주는 말이야. 그들은 이렇게 말하지. "우리가 처형했어." 처형된 사람의 이름과 성, 직업과 그에 대한 경멸과 증오에 찬 정의를 내리며 말이야. 모든 폭력에 운명적으로 던져진 희생자인 나의 귀에는 그 말이 참 멋지게 들린다. "어제 우리가 비토리아를 처형했어. 그녀는 타고난 피학대 음란증을 가진 가련한 존재라는 사실을 빼놓고는 아무런 매력이 없는 전형적인 중산층 부인이야." 지아친토가 이상적인 사형집행인이 아니라는 건 사실이야. 다른 사람과 마찬가지로 그도 융통성이 없고 인색할지도 모른다는 의심이 들어. 하지만 내 생애에서 사랑을 나눈 유일한 평범한 남자야. 만약 누군가가 나를 죽여야 한다면 그의 손에 죽고 싶어.

내 집에서 멀지 않은 그의 카센터가 있는 거리로 간다. 평상시처럼 그는 차 밑에서 몸의 반쯤은 차 밖으로 내민 채 수리를 하고 있다. 나는 자세를 낮추어 주변을 살펴본다. 아무도 보이지 않는다. 나는 그의 바지 밖으로 불쑥 튀어나온 곳을 힘차게 누른다. 그는 눈살을 찌푸리고 즉시 밖으로 나온다. 화가 난 것 같다. 난 그에게 말한다.

"내게 무슨 일이 일어났는지 좀 봐줘요."

그는 대답이 없다. 아무 말 없이 내 차로 가서 차 주변을 살펴본다. 그런 다음 싸늘하게 말한다.

"조금 망가진 게 아니네요. 수리비가 5만 리라 정도 나오겠네요."

"좋아요, 고쳐 주세요."

"하지만 이번에는 신용거래가 안 돼요."

"무슨 말이죠?"

"당신이 내게 5만 리라를 지불해야 된다는 말이죠."

내게 사무적인 어투로 말하다니! 많은 감정이 얽힌 분노가 치민다. 인색함, 좌절, 더 이상 살고 싶지 않은 생각, '처형하다' 라는 말 등등이 복합적으로 엉켜 있는 감정이다. 나는 그에게 작지만 흔들림 없는 목소리로 말한다.
"오솔길로 가죠. 당신에게 할 말이 있어요."
그는 다시 말이 없다. 그가 차에 오르자 나도 차에 올라 그의 옆자리에 앉은 다음 출발한다. 이동하는 동안 나는 이를 악물고 그에게 말한다.
"당신이 공짜로 해 주길 바라지 않아요. 처음에 했던 방법으로 수리비를 낼 준비가 되어 있어요."
그는 내게 얼굴도 돌리지 않고 대답한다.
"그렇게는 못해요. 난 돈을 원해요. 내가 이미 당신에게 말했잖아요. 난 결혼한 남자이고 아내가 있어요."
나는 즉시 그의 말을 반박하고 나선다.
"당신의 아내가 바람을 피우는데도 아내가 있다고 말해요? 당신에게 그 사실을 알려 주려고 여기에 온 거예요. 당신 아내는 피오렌조와 바람이 났어요."
한 가지 사실을 말해야겠다. 내가 한 말이 사실처럼 보이지만 맹세코 1분 전만 해도 그의 아내가 바람났다고 말할 생각은 하지도 않았다. 게다가 상대가 그의 종업원인 피오렌조란 사실을 말이다. 순간적인 영감이 떠올라 나도 모르게 그렇게 말한 것이다. 당연하지만 그 말은 거짓이다. 하지만 그의 폭력을 유발시키기 위해 내겐 그런 거짓말이 필요하다. 여기저기 자동차 오일이 묻은 손가락 자국들이 있고, 거의 검은색에 가까운 암적색 얼굴이 벌게지는 게 보인다.

"누가 당신에게 그런 말을 했죠?"

그의 눈에는 이미 위협적인 분위기가 보인다. 아님 내가 잘못 생각한 것일 거고. 나는 서둘러 거짓의 수위를 높인다.

"당신의 엄숙한 분위기를 풍기는 얼굴은 마치 고대 로마인 같네요. 하지만 당신의 아내가 신의를 저버리고 당신은 그런 사실을 모르는 가련한 현대 로마인이라고요. 맞아, 당신이 모르는 건 당연해. 당신이 차 밑에서 일을 하는 동안 피오렌조가 당신 아내 위에 올라가 있거든."

말하길 잘했어. 이 자극적인 말들은 그의 가슴에 박혀 고통을 줄 거야. 실제로 그는 곧바로 이성을 잃어 갔어. 그는 갑자기 몸을 돌려 두 손으로 나의 목을 잡았어. 내가 원하던 게 바로 이거였어. 나는 숨이 막혀 울먹이기 시작했고, 나의 목을 조르고 있던 손아귀로부터 나는 외쳤어.

"날 죽여, 날 죽이라고, 날 처형해 줘."

이런 제기랄! 내가 그에게 간절히 요구하며 했던 말들은 내가 뜻하는 것과는 정반대의 효과를 가져왔어. 어쩌면 그는 '처형하다'라는 동사를 듣고 나를 의심하며 깜짝 놀랐는지 몰라. 그는 나를 놔주고 차에서 내린 다음 오솔길을 달려가는 거야. 마지막으로 본 그의 모습은 우거진 풀숲 사이로 도망치는 그의 허리였어.

나는 얼마 동안 망연자실하여 넋을 잃은 채 차 안에서 꼼짝도 하지 않고 있다. 열린 자동차 문을 통해 종이와 쓰레기들로 얼룩진 우거진 숲을 본다. 결국 이 모든 예기치 않은 사건들은, 존

경받는 모든 아내들처럼 나도 남편으로부터 사랑을 받고 싶어
한다는 사실에서 온다는 결론에 도달한다. 모든 게 여기서 출발
한다. 오늘 아침 남편에게서 받은 실망으로부터 다른 모든 실망
이 유발되었다. 엄마와 가졌던 언어의 폭력, 아버지와 큰소리로
싸운 일, 지아친토와의 결별, 지아친토와의 일은 잘 생각해 보
면 다른 무엇보다 진짜로 많은 것을 잃은 것이다. 이제부터 자
동차 수리를 하려면 돈을 내야 하기 때문이다. 이러한 너무나도
평범한 생각들이 어떤 식으로든지 나를 솔직하게 만든다. 결국
난 나를 때리고, 나를 망가트리고, 나를 죽이는 누군가를 찾는
미친 사람이 아니다. 사랑을 필요로 하는 단순한 여자이다. 난
차 문을 닫고 시동을 걸어 집을 향해 출발한다.

　몇 분 후 나는 내 아파트의 층계참에 서 있다. 문을 살짝 열고
도둑처럼 조심조심 소리를 내지 않으려고 주의하며 살며시 들
어간다. 입구에서부터 발끝으로 복도를 걸어간다. 계속해서 발
뒤꿈치를 들고 침실 앞에까지 간다. 침실은 깨끗하게 정리되어
있다. 시간제 가정부가 청소를 해 놓고 간 것이다. 방은 텅 비어
있었다. 블라인드는 반쯤 내려와 있고, 청결하고 신중하며 평온
하지만 눈에 보이지 않는 어떤 색다름의 징후가 있다. 그 이유
를 알 수는 없지만 평상시와 다른 뭔가를 느낀다. 어쩌면 이 질
서정연함, 고요함과 차분함은 오늘 아침 나와 남편 사이에서 일
어났던 장면과 너무 대조되기 때문에 받는 느낌에 지나지 않을
지 모른다. 하지만 그건 아니다. 다른 뭔가가 있다. 평상시와 다
른 새로운 뭔가가 있지만 정확히 그게 뭔지 모르겠다. 한참을

고민하다가 침대 쪽을 바라보자 순간 내 자리의 머리맡 왼쪽에 내가 한 번도 본적이 없는 못에 남편의 가죽 벨트가 매달려 있는 것이다.

나는 가죽 벨트를 떼어 내서 손으로 움켜쥔 다음 침대 가장자리를 내려친다. 흥분됨과 동시에 두렵다. 지금까지 남편에게서 받은 매질은 예기치 못했고 예측 불가하며 동시에 두렵고 무의식적으로 원했던 저 숙명에 의해 유발되었다. 나는 그 숙명을 내 마음속으로 '개 같은 상황'이라고 불렀다. 나와 남편은 우리의 의지에도 불구하고 우리가 모르는 사이에 거기에 빠져들곤 했다. 하지만 지금부터 침대 머리맡에 걸려 있는 이 가죽 벨트는 조사실의 고문 도구처럼 필요하다고 느껴질 때는 언제라도 사용할 수 있게 손이 닿는 곳에 준비되어 있는 것이다. 내가 잠을 자는 동안 내 머리 위에 매달려 있을 이 가죽 벨트는 밤을 새워 눈앞에 있을 것이다. 또한 이 가죽 벨트는 나와 남편이 서로 의식하고 인지하는, 그렇다고 강제성을 띠지 않은 공범의 길에 결정적으로 들어섰다는 표시라는 점에서 나를 깜짝 놀라게 한다. 지금 이 순간부터 계획된 즐거움이란 전제하에 어느 순간 내가 얼굴을 침대 바닥에 묻고 누워 볼기가 드러날 때까지 시트를 밑으로 걷어 내리면 남편이 못에 걸린 가죽 벨트를 빼서 나를 정확하게 내려칠 것이다. 그러면 나는 고통으로 인한 이상한 신음 소리를 낼 것이다.

이 모든 것은 이미 예상된 것이고 결과적으로 혐오스럽다.

어쩌면 저 못에 걸려 있는 가죽 벨트는 사랑이 담긴 경고이다.

남편이 못을 박고 내게 이런 생각들과 이런 혐오감을 고취시키기 위한 목적으로 가죽 벨트를 걸어 놓은 것이다. 이렇게 말하는 것 같다. "여보, 이게 우리가 떨어지고 있는 심연이야."

어쩌면 나처럼 남편도 원하는지 아니면 그 반대인지 알 수 없다. 하지만 못을 박고 거기에 가죽 벨트를 건 사람이 바로 남편인 것만은 분명하다.

무릎 위 양손 사이에 있는 가죽 벨트를 바라보며 난 망설인다. 그러다가 마음을 결정짓고 일어서서 못에다 가죽 벨트를 건다. 이제 시계를 본다. 거의 한 시다. 잠시 후 남편이 점심을 위해 집에 올 것이다. 뭔가 먹을 것을 준비할 시간이다. 침대 머리맡에 걸린 가죽 벨트에 마지막 시선을 주고 방에서 나간다. 그가 오면 점심을 먹는 동안 이 모든 것에 대해 대화를 나눌 것이다. 여기엔 적어도 우리들의 공모가 필요하다. 그것에 대해 대화를 나누는 것. 〈끝〉

【 작품 해설 】

누가 이 여인들에게 감히 돌을 던질 수 있는가

시대와 장소를 막론하고 예기치 않게 솟구쳐 오르는 인간 내면의 항구적인 감정이 있다. 중세에는 침묵으로 일관될 것을 강요받았고, 르네상스 시대에는 부상하는 휴머니티와 반비례하여 제 존재감이 희석되는 것을 감수해야 했으며, 이성과 합리가 이례 없이 역사의 큰 줄기를 걸머쥐었던 19세기에는 윤리와 미덕에 눌려 어지간해서는 드러내 놓고 정체성을 주장하기가 어려웠으며, 과도한 몇몇의 경우엔 교정되거나 감시받아야 할 광기의 일종으로 취급받기도 했던 이 내면성을 범박한 말로 우리는 '성욕' 이라고 부른다.

사회의 규범과 도덕적 잣대에서 한 걸음 정도 벗어나 있을 때, 인간의 성욕이 박해의 원인이 되었으며 심지어 질병의 한 유형으로 취급받았다는 사실을 우리는 모르지 않는다. 정신과 몸을 대하는 태도에 있어서 개방의 수위가 한층 관대해진 오늘날에도 법질서를 이탈한 불륜은 금기와 크게 다른 것이 아니며, 성적 욕망의 무분별한 분출이나 상식적 수준을 무시한 채 추구되는 육체적 쾌락은 도덕적 지탄의 대상은 물론 정도에 따라 지탄받아야 마땅한 범죄로 분류되는 경우조차 허다하다.

20세기 초, 일련의 임상 실험을 통해 프로이트가 욕망의 실체에 주목하고 신경증의 패턴과 구조를 규명하고자 시도하면서 무의식이 인간 심리의 일부라는 진단을 내리기 전까지, 실로 인류는 이 감정을 눈여겨보지도 돌보려고 하지도 않았다. 메커니즘 자체에 수많은 의문이 제기되었던, 성욕이나 무의식이라는 이름의 이 잠재적인 에너지를 프로이트보다 한 걸음 앞서 호기심 어린 눈으로 바라본 것은 다름 아닌 문학과 예술 작품이었다. 특히 소설은 주체하지 못할 정도로 솟구쳐 오르는 성적 욕망과 이로 인해 빚어지는 곤혹스러운 사건들을 세상에서 활보하게 해 주었으며, 그늘진 제 고민을 상상을 가미하여 우리 곁에 내려놓았던 유일한 장소였다. 소설에서 우리는 욕정을 맘껏 발산하는 바람둥이가 되기도 하고, 근엄한 사회 명사나 고지식한 유부남을 유혹하여 당대의 도덕률을 비웃고도 도도함을 잃지 않는 '팜 파탈'을 선망하기도 하며, 성적 욕구를 통제하지 못해 하지 말아야 할 일을 저지른 후 어처구니없는 서스펜스의 상황에 몰려 끝내 최후를 맞이하는 비운의 주인공이 되기도 한다. 소설이라고 가정한다면 하지 못할 일이 무엇일 것이며, 상상해서는 안 될 것이 또 얼마나 되겠는가? 한 번의 방사로 천지가 요동을 치는 일도 벌어지며, 아름다운 처자를 천 일하고도 하루를 더 붙잡아 놓고서 온갖 기상천외한 이야기를 청해 듣기도 하고, 심지어 망토를 입고 하늘도 나는 마당에.

다소 지나치다 싶을 성욕과 이로 인해 빚어지는 아슬아슬한 모험을 들려주는 묵직한 소설 네 편을 여기에 모았다. 아내의 눈에 띄지 않게 의자 등받이 안에 감추어 발표를 미루었다던 톨스토이의 〈악마〉, 이성과 합리의 깃발 아래 온 세상이 변혁을 꿈꾸던 시기의 프랑스 어느 시골 마을에서 벌어진 기괴한 사건을 들추어 낸 도르비이의 〈범죄 안에 깃든 행복〉, 젊은 날의 일탈에서 야기된 기묘한 운명으로부터 교훈을 이끌어 내는 세르반테스의 〈피는 물보다 진하다〉, 여성의 내면에 도사리고 있는 성적 쾌감을 매우 사실적으로 조망하는 모라비아의 〈가죽 벨트〉는 공히 과도한 성욕이라는 공통점을 지니지만, 서로 다른 사연과 상이한 해결책을 제시한다. 하나씩 살펴보자.

〈악마〉에서 스물여섯 살의 혈기왕성한 예브게니 이르체네프는 육체적 건강과 정신의 그것 사이의 균형을 유지하기 위해 여자의 몸을 탐닉해야 한다고 생각하는 몹시도 엉뚱한 인물이다. 유부녀 스체파니다와의 격렬한 섹스는 솟아오르는 성욕을 어찌하지 못하던 젊은 시절, 잦아들기를 바라는 일탈이었지만 결혼을 앞둔 예브게니에게는 반드시 정리해야 할 골치 아픈 일이기도 하였다. "조금도 걱정하지 마세요. 제게 있어서 장차 가정생활이 얼마나 귀중한지 알기 때문에 어떤 경우에도 질서를 문란케 하지 않을 겁니다. 총각 시절에 있었던 일은 전부 깨끗이 끝났습니다. 그리고 이제 결코 어떤 관계도 갖지 않을 것이고, 누구도 제게 어떤 감정을 갖고 있지 않을 겁니다."(34쪽)라고 당당하게 말하는 예브게니. 그러나 과연 말처럼 그렇게 쉽게 정리가 될까? 돌아온 탕아가 제 문란한 과거를 청산하고자 어금니를 물고서 내뱉는 각오가 현실에서 문제없이 관철되는 경우를 보았는가. 그렇게나 쉽사리 마무리될 거라면 소설이 어떻게 전개될 수 있겠는가. 유부녀는 좀처럼 그를 놓아주지 않을 것이지만, 그 또한 성욕이라는 사슬을 쉽게 끊어 내지 못한다. 예브게니가 보기에 그녀는 유혹의 악마인 것이다. 악마가 별건가! 그러지 말자고 굳게 다짐하는 이 젊은 예비 신랑이 그녀의 유혹을 이겨 내지 못하리라는 것은 그러니 예정된 수순에 가깝다. 절반쯤 벌어진 그녀의 입에서 흘러나오는 신음 소리와 교태로 가득한 요염한 몸짓, 흰 살결에서 느꼈던 형용할 수 없이 농익은 감촉이 이 젊은이의 넋을 홀라당 빼앗아 버린 것이다. 결혼 후, 낮에는 부인과, 저녁에는 유부녀 애인과 시간에 쫓기는 숨바꼭질을 하지만 이 아슬아슬한 곡예가 오래 지속될 리 없다. 예브게니가 악마에서 벗어나는 길은 결국 그 스스로 목숨을 끊거나 아니면 스체파니다를 권총으로 쏴 죽이는 것이었다. 우리의 주인공이 형무소에서 초라하게 늙어 가며 알코올 중독자 신세로 전락하는 것에 비추어 볼 때, 톨스토이가 비중을 둔 것은 결국 죄의 값을 치르게 하는 것이었을지도 모른다. 물론 '그렇게 하지 않았더라면' 식의 어떤 가정이 남겨진다. "그 여자는 악마야. 진짜 악마라고. 그 여자는 내 의지와 반대로 온통 나를 사로잡고 뒤흔들고 있어."(89쪽)라는 예브게니의 고백이 자기변명에 가까운 것도 바로 이러한 가정이 남겨지기 때문이다. 오히려 이렇게 물어야 할지도 모른다. 악마는 누구란 말인가? 누가 위선자인가? 누가 죄인인가? 과도한 성욕이 악마를 만들어 낸 실체인가?

이러한 관점에서 볼 때, 바르베 도르비이의 선택은 사뭇 달라

보인다. 그는 오로지 지남철처럼 서로가 서로에게 밀착되고야 마는 경이롭고도 기이한 남녀의 심적 상태에 주목하였기 때문이다. 도르비이는 인간의 밑바닥에 자리 잡은 본능을 과학적 지식과 합리적 안목을 갖춘 의사 토르티의 관찰자 시점을 빌려 세밀하게 보고한다. "한 남자를 쳐다보면서 사랑의 찬사 외에는 일절 다른 것은 담아내거나 표현하고 있지 않은 바로 그런 두 눈"(111쪽)의 소유자가 그 눈길을 주는 대상이 만일 귀족 유부남이라면 거개의 궁금증은 이들의 사랑이 과연 어떤 식으로 마무리될 것인가에 놓일 것이다. 아버지에게 검술 수련장을 물려받아 운영하면서 마을의 모든 남자들의 마음을 단박에 사로잡은 얼음처럼 냉정하고 보석처럼 아름다운 여검사 오트클레르가 어느 날 갑자기 사라지는 일이 벌어진다. 그러나 마을 사람 그 누구도 그녀가 하녀로 변장하여 귀족의 성으로 잠입했다거나, 심지어 사랑하는 남자와 공모하여 그의 아내를 독살한 당사자라고 짐작조차 할 수 없었다.

도르비이는 흔히 이성의 시대라 불리는 19세기 초의 프랑스 사회의 사상을 전면으로 부정하거나 완강히 거역하는 욕정이라는 이름의 예측 불가능한 인간의 심성에 주목할 것을 우리에게 요구한다. 그는 욕망이 뿜어내는 무시무시한 힘과 사랑이라는 이름으로 자행되는 기이한 범죄를 담담한 필치로 그려 내며, 이성과 합리의 논리적 체계로는 좀처럼 설명할 길이 없는 특이한 예 하나를 우리 앞에서 보란 듯이 제시한다. 사랑과 죄악, 성욕과 행복의 본질에 대한 그의 의구심은 범죄행위를 기반으로 성립된 남녀 간의 사랑이 지속될 수 있었던 이유를 캐묻는 데 놓이는 것 같지만, 오히려 물음의 본질은 뻔히 범죄인 줄 알면서도 휘말리게 되는 인간의 정념과 욕망의 괴력을 주목하는 데 놓여 있다. 이십 년이 지나도록 죄의식은커녕 이 두 범죄자가 변함없이 행복을 누리는 것을 어떻게 받아들여야 하는가? 소설의 이야기꾼 토르티 의사의 말을 인용해 보자. "틀림없이 그들의 짓인 그 범죄로 인하여 더럽혀졌음에도 불구하고 두 사람의 순수한 행복은 색이 바랜다는 말 자체가 어림없다는 듯 단 하루, 아니 단 한순간도 그늘지는 것을 보지 못할 정도였다오. 감히 피 흘릴 염치도 없었던 그 비열한 범죄에서 튀겨 나온 진흙도 둘이 만들어 놓은 행복의 창공만은 멀리 비켜 갔소. 악은 벌을 받고 선은 상을 받는다는 법칙을 만들어 낸 도덕군자들에게는 몹시도 기가 막힐 일이지!"(184쪽). 탄식에 가까운 이 지적은 악마적인 욕망이 존재한다는 사실을 인정할 수밖에 없다는 체념과 절망에 가득 찬 고백과 다름이 없다.

 도르비이의 소설이 욕정과 범죄를 바탕으로 행복과 사랑을 쟁취하는 데 성공한 기이한 연인에 대한 보고서라면, 세르반테스의 〈피는 물보다 진하다〉는 순결과 결혼의 문제 전반을 성욕에서 빚어진 불행한 사건과 결부시켜 당시의 도덕과 풍속을 환기하면서 경각심을 불러일으킨 작품에 가깝다.

 세르반테스의 소설 가운데 성 행위에 대한 묘사가 가장 적나라하게 드러난 작품으로 간주되기도 하는 〈피는 물보다 진하다〉는 젊은 날의 실수에서 빚어진 성욕을 다루고 있다는 측면에서 일견 톨스토이의 〈악마〉와 닮아 있다. 무더운 여름밤 집으로 돌아오던 시골 귀족의 딸이 괴한들에게 납치되어 겁탈을 당하지만, 현명한 처신으로 그들의 손아귀에서 빠져나오는 데 성공한다. 이 일로 야기된 임신은 불행한 일임에 분명하였지만, 그녀는 꿋꿋하고 강건하며 심지가 굳은 여인이었다. 아이를 낳아 정성껏 키워 가던 어느 날, 예기치 못한 사건이 벌어진다. 그녀를 납치하여 겁탈했던 '로돌포'가 부유한 귀족 집의 아들이라는 사실을 우여곡절 끝에 알게 되었던 것. 결국 로돌포의 부모도 제 자식의 과오를 알게 되었고, 그리하여 이탈리아로 유학 간 아들을 고향으로 급히 부른 후, 문제의 당사자들이 자연스레 결혼에 이르게 하게끔 '기지'를 발휘하는 것으로 작품은 마무리된다.

  이 작품을 통해 세르반테스는 순결을 빼앗긴 여성의 심리를 섬세하게 묘사하면서 당시의 결혼관을 되짚어 내었다는 평가를 받았다. 인간이 저지른 죄악과 그것을 속죄하려는 마음의 정화 과정을 사회적 책임이나 가족의 의무와 결부되어 있는 결혼이라는 제도를 통해 조화롭게 풀어내었다는 것이다. 내용과 얼개도 이렇게 교훈담에 가깝다고 할 수 있다. 겁탈한 여인을 훗날 아내로 맞이한다는 구도에서 핵심은 회개를 전제로 행복한 결말을 맞이한다는 사필귀정식의 도덕과 윤리이기 때문이다.

  세르반테스는 도르비이처럼 성욕 자체의 무시무시한 힘이나 그 오만하고도 예측 불가능한 성질에 초점을 맞추기보다는, 실수의 한 유형으로 젊은 남자의 무절제한 욕망을 보고자 했던 것은 아닐까? 자신이 겁탈했던 당사자인지 미처 알아보지 못하는 상태에서 그녀의 아름다움에 넋을 빼앗겨 결혼의 진정한 상대자로 이 여인을 갈망하게 된다는 순환식 이야기 구조를 세르반테스가 선택한 까닭은 저지른 죄를 구제할 방법이란 오로지 죄의 성립 요건을 원점으로 되돌리고 죄로 인해 상실된 무엇을 다시 회복하는 것뿐이라고 생각했기 때문일 것이다. 성적 일탈에서 빚어진 사건을 이렇게 제자리로 돌려놓고, 심지어 "그 행운의 부부는 아들과 손자를 거느리고 오래도록 행복하게 살았다."(220쪽)라고 내빼듯 이야기를 매듭지은 것은 욕정에서 야기된 실수로 인해 잃게 된 것을 가족의 행복으로 보상한다는 식의 도덕률이 강하게 작용했기 때문이다.

   이런 점에서 성욕의 솔직하기에 당황스러운 한 단면을 포착하여 소외와 실존이라는 주제와 연관을 지은 모라비아의 〈가죽 벨트〉는 범상치 않은 성적 취향을 오롯이 그리는 데 주력하고 있다는 점에서 독자들에게 놀람을 선사하기에 부족함이 없을 것이다.

   이탈리아 소설가 모라비아는 영화화되기도 했던 작품 〈권태〉에서 40대 철학 교수와 17세 누드모델의 걷잡을 수 없이 빠져드는 성욕을 사실적으로 그려 내면서 항간에 이름을 떨친 바 있다. 〈가죽 벨트〉는 물리적 폭력을 겪을 때만 느끼게 되는 한 여성의 독특한 성적 취향을 전면으로 다루고 있어 어찌 보자면 스캔들을 불러일으킬 수도 있는 작품이라고 해야 할 것이다. 자기를 학대하게끔 타인을 유도하기 위해, 정반대이거나 거짓으로 점철된, 그러나 상대방을 몹시도 자극하는 말을 늘어놓거나 황당한 욕설을 퍼붓는 여인을 일상에서 목격하는 것은 쉽지 않다. 학대를 당할 때마다 제 몸에서 감지되어 정수리까지 차오르는 이 여인의 쾌락은 어디서 비롯되었는가? "금발에 하얀 피부를 가진 풍만한 영국 여자"(225쪽)를 좋아한다며, 어느 저녁 자리에 동석한 상사에게 남편이 농담 반 진담 반으로 털어놓은 적당히 허풍이 섞인 말 때문이었을까? 아내인 자신이 정작 남편의 이상형에 부합하지 않는다는 심적 불일치와 나름의 불만도, 그녀의 기이한 성적 취향의 발생 원인을 제대로 설명해 주지는 못하는 것으로 보인다. 왜냐하면 그녀는 자신의 목을 졸라 학대해 주기를 바라며 제 엉덩이를 아버지 앞에서 훌러덩 까 보이기도 하며, 어머니에게 발칙하고 자극적인 말을 일부러 퍼부어 따귀를 얻어맞는 상황을 애써 조장하려는 여인이기 때문이다. 그녀는 오로지 육체적으로 학대받을 때만 성적 쾌감을 느끼는 사람인 것이다. 딱히 상실감이나 절망에 사로잡혀 있는 것도 아니며, 지독한 우울이나 불안에 시달리는 히스테리 환자도 아니다. 섹스 요구에 불응해 홧김에 한 번 자기를 내려친 남편의 우연한 채찍질이 제 몸의 깊숙한 곳에 잠재하고 있던, 소위 짜릿한 쾌감을 의식의 표면으로 불러내었다는 것, 고작 이 경험이 이 여인의 학대 취향에 대해 우리가 알 수 있는 전부라고 해야 할지도 모른다. '가죽 벨트'는 따라서 상징적이다. 그녀가 갈망하는 것이 훤히 드러낸 제 엉덩이를 가죽 벨트로 마구 얻어맞는 '개 같은 상황'(228쪽)에서만 가능해지는 쾌락이라고 한다면, 문제는 이 여인 주위의 범박하고 따분한 일상과 현실보다는 성적 욕구 자체의 특이함에 놓여 있다고 보아야 할 것이다. 이러한 쾌감을 우리는 변태라는 말로 일축할 수 있을까? 좀 더 생각해 볼 일이다.

러시아, 프랑스, 스페인, 이탈리아를 대표하는 작품을 '성적 욕망'이라는 주제로 묶어 한 자리에 모아 놓았지만 시대가 다르고 문화적 취향과 습관이 상이한 관계로, 네 작가가 그려 내고 있는 성욕과 쾌락의 실체나 그 미묘한 사건들은 우리에게 경험해 보지 못한 세계를 보여 줄 것이며 그 과정에서 놀라움이나 적지 않은 충격도 선사할 것이다. 그럼에도 우리는 작품을 읽으면서 거역하지 못할 인간 내면의 에너지가 어떻게 분출되고, 각기 다른 사회에서 어떤 방식으로 '성 담론' 전반이 조절되어 독자를 찾아가는지, 어떤 해결 방안을 나름대로 제시하는지도 함께 목격하게 될 것이다.

톨스토이가 사망한 이듬해에 우연히 발견되었던 〈악마〉. 발칙한 생각 자체가 부끄러웠기에 발표를 미룬 것이라고 본다면, 진정한 악마는 이미 톨스토이의 내면 깊숙한 곳에 자리하고 있었던 저 발칙한 상상력은 아닐까? 오로지 육체적 학대 속에서만 꽃피우는 성욕과 그 쾌락의 소유자를 그려 내기까지 모라비아 자신의 욕망을 바라보는 특이한 관점, 이를테면 아슬아슬하게 위험의 수위를 넘나드는 그의 성 관념이 개입되어 있지 않았다고 볼 수 있을까? 예측 가능한 파멸과 불행을 단박에 일축할 정도로 범죄 속에서도 당당하게 영원히 사그라지지 않을 행복을 추구해 나가는 치명적이고 냉철한 고혹의 여인 오트클레르는 혹시 범접할 수 없어 오로지 꿈에서나 그려 보았던 바르비이의 이상형은 아니었을까? 물론 그 무엇도 우리는 확신할 수는 없다. 그것이 성적 욕망이자 특별한 이유도 없이 한껏 차오르는 정념, 기습하듯 우리를 시시각각 엄습해 오는 쾌락인 한에는 말이다. 한 가지는 분명해 보인다. 참으로 다양한 모습의 성적 욕망이 상이한 장소와 공간과 지역을 활보하고 있다는 것, 그럼에도 우리는 어떤 방식으로 그것이 전개되고 있는지 감히 짐작조차 하기 어렵다는 사실 말이다.

- 조재룡(문학평론가, 고려대학교 불어불문학과 교수)

LA CINTURA
Copyright ⓒ BOMPIANI 1958
All rights reserved.
Korean translation copyright ⓒ 2012 by Editor Publishing Co.
Korean translation rights arranged with BOMPIANI
through EYA (Eric Yang Agency).

이 책의 한국어판 저작권은 EYA(Eric Yang Agency)를 통한
BOMPIANI 사와의 계약으로 한국어 판권을 '에디터 유한회사'가 소유합니다.
저작권법에 의하여 한국 내에서 보호를 받는 저작물이므로 무단전재와 복제를 금합니다.

테마명작관 5
성적 욕망

초판 1쇄 발행 | 2012년 7월 17일

지은이 | 톨스토이, 바르베 도르비이, 미겔 데 세르반테스 사베드라, 알베르토 모라비아
옮긴이 | 이나미, 정숙현, 유혜경, 서대원
발행인 | 김태진, 승영란
마케팅 | 함송이, 강소연
디자인 | Design co*KKIRI
출력 | 한국커뮤니케이션
인쇄 | 미래프린팅
펴낸 곳 | 에디터
   서울특별시 마포구 공덕동 105-219 정화빌딩 3층
   전화) 02-753-2700, 2778
   팩스) 02-753-2779
출판등록 | 1991년 6월 18일 제313-1991-74호
값 11,000원

ISBN 978-89-92037-99-0 04800
ISBN 978-89-92037-79-2(세트)

본사의 서면 허락 없이는 어떠한 형태나 수단으로도 이 책의 내용을 이용하지 못합니다.
*잘못된 책은 구입하신 곳에서 바꾸어 드립니다.